변호사가 웬 소설을……

유 중 원
에 세 이

변호사가
웬 소설을
......

차 례

변호사가 웬 소설을……

퀴어 연가

올해(2016년) 레인보우(동성애자)들의 슬로건은 '퀴어 연가'다. 혈연으로 맺어진 가족만이 가족이 아니라는 사실을 일깨우고자 '퀴어 연가'로 정했다고 한다.

유럽이나 미국에서 한때 동성애자들에게 가장 모욕적인 말이었던 '퀴어(변태)'라는 단어. 이 단어는 이제 동성애자를 지칭하는 일반 명사로 진화하였다. 그들은 '여러분! 우리는 퀴어인데요! 그대로 받아들여주세요!'라고 외침으로써 오히려 이러한 이름을 모욕이라기보다는 명예로운 상징으로 삼으면서 우리 사회에 되돌려주고 있는 것이다.

시드니 게이 페스티벌에서 힌트를 얻어 성적 소수자 단체와 함께 '퀴어문화축제'를 기획해서 지금까지 이어지고 있다. 첫해의 슬로건은 '한번 나와봐라'였다. 자신의 성 정체성을 감추고 살아야 하는 사람들에게 자신을 분출할 장소를 제공하고 함께 놀아보자는 의미에서 정한 것이었다. 그러니까 올해 '퀴어 연가'는 동성애자의 사랑의 노래라는 뜻도 있지만 인연을 맺은 가족이라는 의미로 해석할 수도 있다는 것이다.

이 축제에서는 성적 소수자들을 위한 다양한 교육 프로그램과 워크숍도 준비되어 있지만 축제의 하이라이트는 역시 퍼레이드다. 첫 회에는 홍대 앞거리를 행진했었고 그 다음에는 이태원, 종로를 거쳤고 수년 전부터는 청계천으로 옮겨왔다. 퍼레이드를 할 때는 어려움이 너무 많았다. 일반인들이 격렬한 반감을 보내기 때문이다. 특히 유교관념에 젖어있는 나이 많은 사람들과 많이 부딪혔다.

최근 어떤 의사가 '게이는 파트너가 일생에 500명 정도 된다.'는 트윗을 올려 사람들을 놀라게 하였다. 그러나 동성애자들이 사람을 만나는 이유도 이성애자들이 사람을 만나는 이유와 똑같다. 오직 섹스를 위해 사람을 만나는 게 아니다. 이런 편견들을 조금이나마 불식시킬 수 있을까? 그들은 자신의 해묵은 분노를 솔직하게 분출할 수 있을 것인가? 그들은 퍼레이드에 참여해서 환하게 웃고 행복을 느낄 수 있을까? 편견에 몹시 시달리는 청소년들에게 건강하게 살아갈 수 있도록 용기를 북돋을 수 있을까?

우리는 성 소수자의 과감한 자기 표현이라는 점에서, 차이를 감추지 않고 솔직하게 드러냈다는 점에서 퀴어문화축제에 박수를 쳐야 할 것이 아닌가.

그런데 그 축제의 조직위원장은 (그리고 조직 위원들은) 누구인가? '저로서는 달리 어쩔 수가 없습니다.'라고 말할 수 있는 사람일까? 오직 자신의 인간적 본성과 양심에만 의지할 수 있는 사람일까? 성 소수자를 위한 용감한 투쟁가일까? 페미니스트 혹은 반페미니스트일까? 게릴라를 꿈꾸는 사람일까?

　20대 남성 동성애 커플이 7년 동안이나 연인 관계를 유지해
왔지만 한 파트너의 불륜과 이에 대한 질투 등이 폭력을 불러일
으켰고 이들의 은밀한 동거 생활은 마침내 살인이라는 비극적
상황으로 끝나고 말았다.

　법원은 A씨가 살인을 하고 시체를 은닉한 점은 죄질이 무거
우나 평소 동성애 상대방에게 잦은 폭력을 당했던 점을 고려하
고 수년간 상대방을 경제적으로 부양하고 유족들과 원만히 합의
한 점, 의도적인 살인의 목적이 없는 가운데 극히 우발적으로
살인이 일어났다는 참작 동기 살해 사건이라는 점을 감안해서
징역 3년 6월을 선고했다고 한다.

　A씨는 동성 애인과 지난 2005년에 만나서 연인 관계를 유지
하며 2009년 12월부터 서울 강서구의 한 오피스텔에서 동거를
시작했다. 하지만 상대방이 다른 동성애 남성들과 만나 돈을 받
고 성관계를 맺는 방법으로 생활비를 마련하자 이들의 결혼 생
활은 심각한 불협화음을 빚기 시작했다.

　A씨는 지난 3월 19일 새벽 함께 동거하던 오피스텔에서 성매
매 문제로 말다툼을 하던 중 서로 멱살을 잡고 밀치며 주먹다짐
을 벌였다. 처음 폭력을 사용한 것은 상대방이었다. 그는 A씨의
뺨을 몇 대 때렸다. 그러자 A씨가 "돈을 받고 몸을 파는 주제에
왜 때리느냐"고 따졌고 화가 풀리지 않은 상대방은 부엌칼을 들
고 나와 A씨를 위협했다. 심하게 몸싸움을 벌이던 중 상대방이

들고 있던 흉기를 엉겁결에 바닥에 떨어트리자 A씨는 이를 재빠르게 집어 들고 그의 목을 한 차례 찔렀는데 그는 피를 흘리며 바로 숨졌다.

범행 사실이 드러날 것을 염려한 A씨는 그의 시체를 오피스텔 보일러실에 숨겼다. 그러나 죄책감에 시달리고 있던 A씨는 사건 발생 36일째인 지난 4월 25일 경찰에 신고해 자수했다.

이 사건을 보면 동성애자들의 관계에서도 사랑과 질투가 얼마나 강렬한지, 동성애자들 간에도 성매매가 일어난다는 놀라운 사실이 드러난다.

롤랑 바르트가 누구인가. 20세기 후반 가장 뛰어난 프랑스 지성인 가운데 한 명으로 인정받는, 구조주의자, 사회학자, 기호학자, 에세이스트, 문명비평가로서 오랫동안 대중의 사랑을 받아왔지 않은가. 그는 문학과 사회의 여러 현상에 잠재되어 있는 기호 또는 의미 작용을 분석하는 구조주의 기호학의 개척자이다. 그는, 놀랍게도 퀴어이다. 그것도 늙은 퀴어이다. 그래서 젊은 동성애자에게 심한 질투심을 느낀다. 그가 일기에 썼다.

분하기도 하고, 너그럽게 봐주자는 마음도 들고, 체념에다 당당한 허세까지 더하여, 나는 그에게 이만 가보라고 강력히 설득했다. 그는 아홉 시에 내 곁을 떠났고, 나는 다시 혼자가 되어 꽤나 서글펐다. 포기할 마음을 먹은 상태였다.

그들이 가정생활에서 나누는 일상적인 말들이 궁금하기도 하다. 그들의 가정에도 심각한 가정폭력과 경제문제가 도사리고 있었다. 다만 그들은 생식을 할 수 없는 게 다를 뿐이다. 신이 아담에게 했던 것처럼 단성생식이 가능하다면 모를까.

(그리고 이 순간 동성애에 관한 나의 단편소설 「사랑」을 생각한다. 그리고 마누엘 푸익의 동성애 소설인 「거미 여인의 키스」를 기억한다. '너는 거미 여인이야. 네 거미줄로 남자를 옭아매는……')

우리나라에도 동성애자 법조회가 이미 출범했다. 그러니까 게이법조회는 페이스북과 트위터 계정을 열고 공개적으로 활동을 시작한 것이다. 특히 게이법조회는 육군에서 동성애자를 색출하는 수사를 진행하면서 모 대위가 동성과 성관계를 맺었다는 혐의로 군형법상 추행죄(제92조의 6)로 구속되자 이 사건을 계기로 본격적으로 대외활동을 시작한 것이다.

그들은 당당하게 성소수자(LGBT:Lesbian, Gay, Bisexual, Transgender)에 대한 차별과 탄압의 반헌법성을 고발할 것이라고 천명했다.

그런데, 국내 최대 동성애 온라인 커뮤니티 및 트위터에는 심심치 않게 호모포비아(동성애자 혐오증) 때문에 묻지 마 폭행을 당했다는 글이 올라온다.

새벽 시간대 종로에서 동성애자라는 이유로 맞았다는 피해 사례가 올라오고 있다. 특히 낙원동 일대는 동성애자들이 많이 모여드는 지역이다. 그래서 트위터에는 '종로의 호모포비아 집단 린치를 조심하라'는 경고 메시지까지 떠돌고 있다.

A씨는 서울 종로 거리에서 동성애자라는 이유로 집단 폭행을 당했다고 주장했다. 연인과 함께 종로 골목길을 걷고 있는데 갑

자기 세 명의 남성이 다가와 '게이 새끼들'이라고 욕하며 때렸다는 것인데, 일방적으로 맞아 얼굴에 온통 피멍이 들었다고 하소연했다.

또 다른 피해자 B씨는 연인과 함께 종로5가 골목을 걷다가 맞은편에서 달려온 3명의 남성에게 폭행을 당했다는 것이다. 한 명이 망을 보는 사이에 키가 크고 건장한 남성 두 명이 달려들어 무차별로 때린 것이다. 이들은 주변에서 인기척이 들려오자 서로 신호를 보내 함께 도망쳤다고 한다. B씨는 "아직도 숨 쉴 때마다 왼쪽 갈비뼈가 아프다. 그래서 가해자들을 꼭 잡았으면 좋겠다."고 했다.

그러나 경찰에 신고는 들어오지 않는다. 그 이유는 피해자 대부분이 부모와 함께 사는 청소년이거나 이미 가정을 꾸린 중장년층이기 때문에 만약 자신의 성 정체성이 탄로 나면 그 파장이 두려워 섣불리 경찰에 신고하지 못하는 것이다.

한편, 경찰에 따르면, 주말이면 전국에서 모여드는 동성애자들 간에 추행이나 폭행사건이 종종 발생하는데 조사과정에서 대부분 자신이 동성애자임을 밝히길 꺼린다고 한다.

서울대학교 인권센터는 2012년 인권 가이드라인 제정을 추진하다가 내용에 대한 이견들이 발생해 추진되지 못한 바 있었는데, 2015년에 스스로 동성애자임을 공표하고 총학생회장으로 당선된 김아무개와 그가 주도하는 집행부가 서울대학교 인권센터로부터 가이드라인의 입안을 사실상 넘겨받았다. 이후 총학생회는 2016. 3. 12. 당초 가이드라인에 없었던 '성적 지향' 등을 추가하였다.

가이드라인에서는 '성적 지향'을 평등권 침해의 금지 사유의 하나로 규정하고 있다.

그러나 반대하는 측에서는 가이드라인에서 차별금지 법리라고 주장하는, '성적 지향'의 동성 간 성행위에 대하여, 대법원과 헌법재판소는 여러 차례 동성 간 성행위는 비정상적인 성적 교섭행위로서 객관적으로 일반인에게 혐오감을 일으키게 하고 선량한 성적 도덕관념에 반하는 성적 만족 행위로 판단해 오고 있다고 주장한다.(그들은 대법원 2008도2222 판결, 헌재 2001헌바70 결정, 헌재2008헌가21결정, 헌재 2012헌바258 결정 등을 원용한다.)

그들은 이렇듯 동성 간 성행위를 부도덕하다고 평가하는 대법원 판결과 헌법재판소의 결정들은 동성애에 대하여 부정적으로 평가하는 압도적 다수 국민들의 성윤리 관점과 완전히 일치한다는 것이다.

그들의 주장에 따르면, 국가인권위원회가 부도덕한 동성애를 법의 이름으로 정당화시키고 조장하고 동성애 반대 행위를 억제한 결과, 우리 사회에 초래된 재앙과 같은 폐해들은 실로 심각하다. 가장 큰 폐해는 동성애 폭증과 에이즈 폭증이다. 대한민국의 에이즈 감염자의 수는 세계적인 점진적 감소 추세와 완전 역행하여 급증해왔다는 것이다.

에이즈 감염자 중 남성 비율은 90%를 상회하고, 2006년 이후 99.9%가 성접촉으로 감염되고 있으므로 최대 감염 원인은 남성 동성 간 성행위임은 이론의 여지가 없을 정도이고, 동성 간 성행위는 불결한 구조상, 수많은 감염 질병과 수반 질병들을 초래한다. 동성 간 성행위에 대하여 도덕적 규범력을 해체시키면 전통적인 성윤리인 근친상간 금지, 수간 금지, 일부일처제 이외의 성행위 금지, 소아 성행위 금지라는 성도덕이 연쇄적으로 붕괴되는 수순을 밟게 된다는 것은, 동성 간 성행위를 정당화하는 국가들의 사례에서 명백히 나타나고 있다. 또한 에이즈 감염자의 진료에 들어가는 모든 진료비를 국가 재정이 부담함에 따라, 국가의 재정적 부담이 크게 늘어나고 있다는 것이다.

이것은 '서울대학교 인권 가이드라인 제정 반대 연합'이 조선일보에 전면 광고한 내용이다. 그들은 나름대로 논리를 세워서 미국 연방대법원장 존 로버츠나 스칼리아 대법관처럼 격렬하게 동성애를 반대하고 있다.

그러나 그들이 원용한 대법원 판결과 헌법재판소 결정은 동성애를 정면에서 다룬 것이 아니어서 그렇게 마음대로 원용해도 되는 것인지는 잘 모르겠다.

'미합중국 대 윈저' 소송의 원고인 윈저는 46년 전 동성 배우자 테아스파이어에게 받은 약혼 브로치를 달고 법정에 등장했다. 2007년 레즈비언인 윈저는 동성결혼을 인정하지 않는 미국 법을 피해 병상의 스파이어와 캐나다로 건너가 공항 호텔에서 목사를 불러 결혼식을 올렸다. 윈저는 2009년 스파이어가 사망한 후 36만 달러의 상속세가 부과되자 동성 커플의 복지혜택을 인정하지 않은 연방 '결혼보호법 DOMA' 때문에 이 세금을 내야 한다며 80대의 고령에도 불구하고 이 사건을 법정으로 끌고 갔다.

"저는 5년 전만 해도 동성애자라고 밝히지 못했습니다. 그러나 동성애자도 평범한 미국인이라는 것을 알리려면 누군가 나서야 했기에 이번 소송을 제기했습니다."

워싱턴 연방대법원에서 동성결혼 금지법 위헌소송의 변론이 열리던 날 이 소송의 주역인 83세 에디스 윈저는 분홍색 스카프와 백발을 휘날리며 수백 명의 지지자에게 이렇게 말했다.

1996년 빌 클린턴 대통령이 서명해 발효된 DOMA는 결혼은 남성과 여성의 결혼이라고 명시하며 동성결혼 부부에게 1000가지가 넘는 연방정부 차원의 세금 및 복지혜택을 부여하지 못하도록 제한하고 있다. 지난해 동성결혼 합법화 지지 의사를 밝힌 버락 오바마 대통령은 일찌감치 DOMA 합헌 방어를 포기하겠다고 선언했기 때문에 이날 심리에서는 공화당이 다수당인 미 하원에서 구성한 '양당 법률고문 그룹 BLAG'이라는 특별 위원회가 연방정부를 대표해서 피고로 나왔다.

2013년 6월 26일, 연방 대법원은 보수파인 존 로버츠 대법원장과 스칼리아 대법관의 격렬한 반대에도 불구하고 5:4의 다수 의견으로 동성 결혼을 인정하는 취지의 판결을 내렸다.

그렇다면 이제 모든 미국인은 동성 결혼을 할 헌법적 권리가 생긴 것일까? 다시 말하면 모든 동성 지향성 미국인은 자신이 거주하는 곳에서 실제 동성 결혼을 할 수 있게 된 것일까? 그러나 이 판결은 얼핏 보면 동성애자를 차별하지 말라는 판결이라고 생각할 수도 있으나 좀 더 세심하게 들여다보면 판결의 핵심

내용은 동성애자 차별금지가 아니라 연방정부가 주의 주권을 침해하려면 정당한 사유가 있어야 한다는 것이다. 다시 말하면 주 정부가 동성애자들에게 결혼을 허락한다면 정부는 그러한 주 정부의 판단에 간섭할 수 없다는 것이다. 그러므로 이를 뒤집어 보면 주 정부가 동성애자에게 결혼을 허락하지 않는다면 연방정부는 그러한 주 정부의 결정에 간섭할 수 없다는 것이다.

동성애자가 궁극적으로 원했던 것은 모든 미국인에게 적용되는 헌법적으로 보장된 평등권이겠지만 이 사건 판결은 그러한 점에서 한계를 지니고 있는 것이다. 연방 대법원은 미국의 50개 주 중 아직 37개 주에서 동성결혼이 금지되어 있는데 무리하게 바로 전면 허용하려고 하는 것은 아직 시기상조라고 생각했던 것이 아닐까. 아니면 완강한 보수주의자들의 격렬한 반대가 두려웠던 것일까.

호모 homosexual, 남색, 계간, 비역.

호모란 성적 지향성이 동성에게 향하는 사람을 말한다. 그러므로 이성애와 양성애와 구별할 수 있다.

동성애 금지의 역사는 길고 끈질기다. 고대를 지나고 중세를 지나서 20세기 중반까지 이어졌으니 말이다. 기독교는 간통과 근친상간, 수간, 동성애를 금기시하였고 이를 어기면 사형에 처했다.

컴퓨터 개념을 창안했던 앨런 튜링은 무신론자이자 동성애자였다. 그는 말했다. "여자랑 자는 것이 남자랑 자는 것만큼 좋으리라고는 도저히 믿기지 않아요." 그는 동성애로 처벌받는 대신 1954년 6월 7일 독이 든 사과를 한 조각 베어 먹고 스스로 목숨을 끊었다. 한 조각 베어 문 사과가 애플의 상징이 되었는지 모르겠다.

2009년 영국 수상 고든 브라운은 1952년에서 1954년까지 벌어졌던 튜링의 동성애 재판과 처벌에 대해 사과문을 발표했다. 그리고 2011년 5월 25일 미국 대통령 버락 오바마는 영국 의회 연설 중에 뉴턴과 다윈, 그리고 앨런 튜링을 영국의 대표 과학자로 꼽았다.

20세기 중반을 넘어선 1960년대까지도 동성애는 처벌받았으니……. 1960년대 미국에서 비트 세대를 대표하는 「벌거벗은 점심」이라는 소설을 쓴 윌리엄 버로스는 스스로 동성애에서 벗어날 수 없었기 때문에 괴로워하며 동성애를 '끔찍한 질병'이라고 했고 동성애도 일종의 중독으로 간주했다.

미국 정신과 의사들이 그들의 정신병 목록에서 동성애를 제외한 것 역시 불과 30여 년 전의 일이다.

구약에 의하면, 소돔과 고모라는 사해 남부에 있었던 도시로 추정되는데, 성경에서는 이 두 도시의 사람들이 죄를 많이 지어 하느님이 멸망시켰다고 나온다. 소돔 사람들의 죄는 기독교적 해석에 따르면 남자들 간의 성행위로 여겨지고 있다.

그런데 사도 바울은 이것이 인간의 성적 표현을 위해 정하신 하나님의 창조 계획에 어긋난다는 이유로 동성 연애하는 여자와 남자를 정죄하였다. 바울은 동성 연애자들이 하나님의 나라를

유업으로 받지 못할 것이나 '너희 중에 이와 같은 자가 있었다
는 언급을 통해 그들도 회개하면 구원을 받을 수 있다고 하였다.
그러나 바울은 십계명을 새로운 각도에서 설명하면서 동성연애
와 혼외정사를 정죄 목록에 포함시킨다. 바울에게 있어서 창조
주요 율법 수여자이며 또한 왕이신 주님이 그와 같은 악한 행위
를 정죄하신 것은 너무도 당연한 일이었다.

역사상 수많은 예술가, 철학자, 문학가들 중 동성애자가 많다.
유럽에서는 예술가는 동성애자이거나 무신론자이거나 유대인이
라고 했다. 그러므로 근친상간과 동성애, 불륜과 소아애호증 등
의 관습이나 금기를 깬 예술가는 쉽게 찾을 수 있다. 동성애자
들은 이성애자들보다 사고가 자유롭고 행동이 유연한 것일까?

그들은 주장했다. 지금이나 이전이나 동성애자는 10명 중 1명
꼴의 비율로 있다. 다만 그것을 인정하고 표현할 수 있는 용기
를 가진 자들이 예술가 안에 많이 있었을 뿐이다. 우리는 인류
의 스승이라고 일컬어지는 소크라테스, 르네상스를 이끌어 간
위대한 예술가인 미켈란젤로와 레오나르도 다빈치가 모두 동성
애자임을 알 수 있다고 한다.

이탈리아의 천재 예술가였던 미켈란젤로가 동성연애를 하면
서 그가 썼던 편지들을 보면 남녀의 사랑 못지않게 간절하다.
고대 그리스의 유명한 여류 시인 사포sappho는 서정시와 동성애
를 찬미하는 시를 썼는데 그녀로부터 레즈비언lesbian이란 용어
와 사포이즘sapphoism이란 용어가 나왔다. 화가이자 조각가이고
과학자이자 철학자이도 한 이탈리아 천재 레오나르도 다빈치는

평생을 독신으로 살았는데 그는 여자를 좋아하지 않았고 대신 소년들을 좋아했다. 만약 그가 남색죄로 판결이 났다면 화형에 처해졌을 운명이었다. 그가 실형을 받았다면 지금 남겨진 그의 명작들은 탄생할 수조차 없었을 것이다.

시인 중에는 프랑스 상징주의 시인들인 랭보와 베를렌의 사랑이 유명하다. 그 당시 유부남이었던 베를렌이 소년 랭보에게 매달렸다. 작가 중에 동성애로 유명하기는 오스카 와일드와 버지니아 울프가 있다. 미국 작가 존 치버는 양성애자이다. 결혼해서 마누라와 자식까지 두었지만 그는 동성애자였다. 그는 일기장에서, '나의 동성애 성향을 알게 됐고 이는 불행한 일이지만 남은 인생을 한 남자와 함께 지내야만 한다'고 썼다.

동성애로 유명한 음악가로는 차이코프스키가 있다. 나중에 밝혀졌지만 차이코프스키는 그 당시 한 귀족과 동성애의 관계에 있었고 그 사실이 드러나게 된 것이다. 친구들은 그에게 수치스런 삶보다는 명예로운 죽음을 권하였고 그는 자신의 죽음을 예상한 채 마지막 교향곡인 비창을 다 쓴 후 독약을 마시게 된다.

프란시스 베이컨

세계에서 가장 비싼 그림을 그린 영국 최고의 표현주의 화가.

그는 다른 사람들이 내 작품에 대해 어떻게 생각하는지에 대해 무관심하다.

그는 말했다.

나는 나 자신을 위해 그림을 그립니다. 그것 말고 달리 뭘 위해 그리겠습니까? 구경하는 사람을 위한 작업은 도대체 어떻게 할 수 있는 겁니까? 보는 사람이 원하는 게 무엇일지 상상하는 건가요? 다른 사람이 내 작품을 좋아해 주는 게 언제나 놀랍습니다. 미술에서는 모든 것이 잔인해 보입니다. 실재가 잔인하기 때문이죠. 아마도 그래서 많은 사람들이 추상 미술을 좋아하는 걸 겁니다. 추상에는 잔인함이 보이지 않으니까요. 작품에 대한 오독에는 화가 나지는 않습니다. 그러기 마련이니까요. 하지만 가능하면 특색 없는 제목을 유지하고 싶습니다. 제목이 이미지 안에서 거짓말을 하기 때문입니다. 나도 내 작업의 상당 부분을 해석하지 못하는걸요. 나는 작품을 통해 뭔가 말하려 하는 것이 아니라 그저 뭔가를 하려는 겁니다.

지독한 퀴어였던 프란시스 베이컨은 어느 날 화실에 침입한 강도와 즉석에서 합의하여 동성애를 했다.

영화 '비하인드 더 캔덜라브라Behind the Candelabra'에서 마이클 더글러스는 실존 피아니스트 리버라치 역을 맡아 동성애 연기를 펼쳤다. 리버라치는 어릴 때부터 피아노에 천부적인 재능을 보였고 40여 년간 피아노 공연과 음반 녹음, TV쇼, 영화로 왕성하게 활동했다. 그는 1950~70년대 예능인으로 세계에서 가장 돈을 많이 벌었다. 언제나 열 손가락에 반지를 끼고 보석이 달린 화려한 옷을 즐겨 입어서 '더 글리터glitter맨'이라는 별명으로 불렸다. 그의 연인 스콧 소손은 수의사를 꿈꾸던 순수한 청년이었지만 스콧은 리버라치의 집요한 유혹에 빠져 그의 집에 들어가 동성 애인 겸 운전사 노릇을 하게 된다.

이 영화에서 이 둘은 함께 목욕을 하고 침대에서 격렬하게 사랑을 나누는 연기를 한다.

예술가나 디자이너들은 취향이 독특하기 때문에 동성애자가 많은 것인가? 아니면 그들이 뛰어난 감수성을 가졌기 때문에 뛰어난 예술가나 디자이너가 될 수 있었던 것인가? 그들은 예술가의 기질로 자유로운 성생활과 동성애를 가지고 살고 있었던 것일까?

그들은 주장했다.

대한민국은 동성애자를 차별한 적이 없다. 동성 간 성행위자라고 하여 참정권이 제약되거나 기타 고용, 교육, 시설 이용 등 정당한 권리를 침해당하게 한 적이 없다. 그러나 이러한 이유로 동성 간 성행위를 도덕적, 긍정적으로 평가하여 부정, 옹호, 조장하더라도 이를 법으로 제재하지 않고 있는 것이다.

그런데 가이드라인은 자유로운 비판의 대상이 되어야 마땅한, 동성 간 성행위에 대하여 각자의 신앙, 양심, 학문적 소신에 따라 표현하는 행위를 모두 평등권을 침해하는 차별행위로 간주하여, 이를 위반할 경우 단속할 것임을 노골화하고 있다. 우리나라 대법원과 헌법재판소는 거듭하여 동성 간 성행위를 비정상적이며 반도덕적인 행위라고 평가하고 있는 상황에서, 최고법원 결정과 같은 국민적 의사를 표명하는 것을 처벌하겠다는 취지인 것이니, 이 얼마나 황당하고 부당한 주장인가?

그러나 그들이 성 소수자로서 당했던 눈에 보이지 않는 차별과 냉대를 생각한다면 그들의 억지 주장은 이중적이고 위선에 가깝다고 할 수 있다. 헌법에서 모든 국민은 자유와 평등권, 행복추구권을 갖는다고 규정하고 있다고 한들, 실제 사람들이 그런 권리를 갖고 있거나 행사할 수 있는 것은 아니다.

동성애자들이 이성애자들에게 바라는 점은 하나다. 동성애가 불쾌한 것이 아니라 단지 다를 뿐이라는 사실을 받아들여 달라는 것이다. 동성애자들이 이성애자들을 불쾌하다고 여기지 않듯이 말이다.

그들은 말한다. 동성애를 보는 이성애자들의 반응은 두 가지다. 격렬하게 불쾌함을 느끼던가, 혹은 아예 무관심하던가. 우리는 동성애가 불쾌한 것이 아니라 차이가 있다는 것 또는 다른 것일 뿐이라는 사실을 알리고 싶다. (하지만 여기에도 문제는 있다. 차이의 존재를 날카롭게 인식하는 것은 결국 경계선을 그어 분리시키는 결과를 초래할 수 있다. 그러므로 차이를 알되 상호이해를 통해서 접점을 찾아야만 하는 것이다.)

그들은 성소수자로서 어떤 특혜나 보호조치를 받아야 할 필요가 있을까? 혹은 우리나라에서 동성 결혼을 합법화할 수 있을까? 지금의 분위기에선 상상도 할 수 없는, 터무니없는 일일 것이다.

그러나 그들은 포스트모던 세계에서 동성애자라는 이유만으로 어떠한 시대착오적 차별을 받아서는 안 될 것이다. 우리는 그들이 갖고 있는 인간으로서의 주체성, 다시 말하면 타자성을 인정해야 한다. 그러므로 그 어떤 편견과 차별도 정당화될 수 없다.

완고한 사람들이여! 그들도 인간으로서 존엄성을 갖고 있다네! 도저히 공감할 수 없고 차이나 다름을 인정할 수 없다면 최소한 모른 척 묵살하거나 무관심이라도 해야 될 것 아닌가.

다른 사람에게 대우받고 싶은 대로 다른 사람을 대우하라!

각자 자신의 방식대로 살아라!

그들이 그들 방식대로 살도록 내버려 두어라!

말! 말!! 말!!! 말!!? 말?!!!

시대의 증언 혹은 시대의 소음

욕은 칼과도 같으니라.
— 諸法無行經
언어는 인간이 남긴 잔해이다.
— 고대 이집트 격언
혀만큼 치명적인 독도 없다.
— 영국 속담
말은 영혼의 얼굴이다.
— 세네카
말한 것을 후회할 때는 있지만 침묵한 것을 후회할 때는 없다.
— 그리스 격언

태초에 말이 있었으니……

죽고 사는 것이 혀의 힘에 달렸나니 혀를 좋아하는 자는 혀의 열매를 먹으리라 ― 성경 말씀

나는 요즈음 횡행하는 유행어 혹은 방언에 둔감할 뿐만 아니라 아연실색한다. 디지털 시대의 청소년 또는 특수한 계층의 사회 문화적 방언은 도저히 알아들을 수 없다. 그게 누군가에는 너무 상스럽고 낯뜨겁게 느껴질 수 있으나 (특히 나이 많은 어른들에게는) 또 한편 다른 누군가에는 너무 싱겁고 밋밋하게 느껴질 수도 있다.

그들이 사회적 금기를 깨뜨리고 내뱉는 말에는 단어의 저속함보다는 말의 의미가 함축하고 있는 잔인함과 무례함이 더 큰 문제이다.

물론 이런 방언은 그 공동체에 속한 사람만이 알아들어야 하고 바깥사람들에게는 그 뜻을 숨기기 위한 의도가 숨어 있기는 하다. 또한 어떤 유행어는 우리 시대의 시대상과 사람들의 감정을 대변하기도 한다.

나는 어쩔 수 없이 나이 들었음을 실감하고 새삼스럽게 세대 차이를 절감한다. 그리고 스스로 위로한다. 난 화자도 아니고 청자도 아니고 제3자에 불과할 뿐이다. 즉 언어적 구경꾼에 불과하지 않은가. 내가 가진 언어적 자산은 침묵이다.

문제는 상당 부분 욕설이나 상소리, 악담, 외설어, 비속어라는 것이다. 그것들은 점잖은 사람이라면 차마 입에 담을 수 없는 말들이다. 우리가 그저 듣고 웃어넘길 만한 말이 아닌 것이다. 우리 어른들은 어떻게 그런 험한 말을 함부로 입에 올릴 수 있느냐고 한탄한다. 해도 되는 말이 있고, 해서는 안 되는 말, 절대로 해서는 안 되는 말이 따로 있는데 말이다.

우리는 완곡어법이 사라진 포스트 모더니즘 시대에 살고 있으니까.

그러나 그것들은 물리적 폭력의 대용품이라고 할 수 있다. 묵은 감정의 찌꺼기를 털어 내고 마음을 후련하게 해준다는 점에서 카타르시스를 제공하니까 그런 면에서 본다면 매우 유용한 도구라 할 수 있다.

우리는 언제나 그것들과 함께 살아왔다. 우리가 지금 사용하는 있는 우리의 언어인 것이다. 다만 언어는 시간의 흐름에 따라 변화하니까 의미가 퇴색하면서 강렬한 감정을 표현할 때 내뱉는 언어로 살아남을지도 모른다.

유행어는 대체로 생명이 짧다. 유행어는 언제든지 시간이 지남에 따라 사라진다. 언어란 생명체여서 태어나고 성장하고 사라진다. 어떤 언어는 아주 아주 오래 살아남지만 말이다. 그 언어는 살아남지만 시간이 지남에 따라 변화한다. 느리게 또는 빠르게 조금씩 변한다. 언어의 변화는 지극히 정상적인 것이다.

그러므로 생생하게 살아있는 구어야말로 현재를 살아가고 있는 우리들에게는 진짜 언어라고 할 수 있다.

그러니까 그중에는 끝까지 살아남아서 표준어가 되고 국어사전에 오를 수도 있다. 물론 누가 사전 편찬자가 되는지, 어떤 단어가 사전에 올라갈 수 있는지, 무엇은 괜찮고 무엇은 안 되는지를 결정하는 선택의 기준이 무엇인지, 우리는 알 수가 없지만 말이다.

유행어든 비속어든 심지어 욕설이든 모두 시대상을 적나라하게 반영하니까 어떤 면에서는 시대의 증언이라고 할 수 있고 혹은 시대의 소음이 된다. 그러므로 우리 시대의 말 중에서 도저히 간과할 수 없는 차원이 전혀 다른 말들이 있다. 촛불이 활활 타올랐던 광화문 광장에서 울려 퍼졌던 말들을 빼놓을 수 없다. 그건 단순한 말이 아니라 민중들의 영혼과 양심에서 우러나온 절박한 호소였다. 피맺힌 절규였다.

아……, 씨파. 지읒리을 같네…….
뜨ㄲ 쩐다
유유
이응
ㄴㄴ
껮
ㄱㄱ
니엄마 ××
엄마 그 미친 ×년
×나 띠껍다
×나 뒈져라. 보험금 받게.
에미×아
어케얌?
ㅈㄱ ㄱㅅ ㅇㅋ ㅂㅅ ㄱㅅㄱㅅ ㅎㄷㄷ
ㅇㅈ (인정) ㄹㅇ(리얼) ㅆㅅㅌㅊ (씹상타취) ㅆㅎㅌㅊ (씹하타취)

영포티

급여체

줌마체

급식충

맘충

에바 쎄바 참치

오진다

지렸다

안습

띵작

머머리

커여워

인정각

머박

지리고요 오지고요 고요고요 고요한 밤이고요

백운타 병살타 보룬타 삼루타 소나타 소취타

레알 밥도둑

문찐

가즈아

초딩 쌤 엄친아 열공 듣보잡 이뭐병 흠좀무 생선 맥날 마상 시강

비담 인싸 고 ㅎㄹ #G 잇님 쏵 스몸비 경적 빵 별다줄

(급식체라고 하는 1020세대의 유행어)

논자들은 말했다. takeoff@donga.com

— 은어, 속어, 줄임말은 할아버지 세대에도 있었잖아요? 특별히 지금 애들만 문제라고 볼 필요는 없다고 봐요. 말이라는 게 사용하는 사람들의 합의가 있다면 변형해서 쓸 수 있는 거니까요. 사적인 자리에서 조금씩 사용하는 건 윤활유 역할을 한다고 생각합니다.

— 초등학생들이 급식체를 배우는 경로를 파악해 보니 인터넷 방송 등을 보면서 배우거나 컴퓨터 게임을 하면서 중학생 형들에게 표현을 배우는 경우가 많더군요.

— 고등학생 정도만 돼도 급식체를 가려서 씁니다. 거친 표현이나 욕은 알아서들 자제하죠. 그래서 딱히 지도해야겠다는 생각은 하지 않습니다. 학생들이 쓰는 급식체를 잘 들어 보면 100% 비속어나 욕설도 아니고 무의미한 말도 아닌 어중간한 유행어 느낌이라 생명이 길지 않을 거라고 봐요. 오히려 전 세대에 걸쳐 광범위하게 퍼져 있는 과도한 줄임말이 좀 더 문제가 있다고 생각합니다.

— 급식체는 가벼운 언어입니다. 그러다 보니 급식체를 수시로 쓰는 세대들의 이야기도 우스운 내용을 추구하게 되고 가벼워지죠. 학생들은 진중하게 생각하고 깊이 있게 논의하는 법도 배워야 하는데 유행어가 그런 교육에 나쁜 영향을 미치지는 않을지 우려됩니다.

언어는 사회 속에서 인간들이 소통을 위해 사용하므로 속성상 공적인 것이어서 사적 언어란 없다고 할 수 있다. 그러므로 비트겐슈타인이 적절히 지적했던 것처럼, 언어란 사회공동체가 특정한 방식으로 사용하자고 합의를 해 두었기 때문에 모종의 어법과 문법이라는 규칙 없이는 존재 자체가 불가능하다고 할 수 있다. 그러나 이들 말들은 그런 것들을 깡그리 무시한다.

있어빌리티 스튜핏 시발비용 탕진잼 텅장

기러기아빠 대인배 갑질 딸바보 꽃청춘 버카충 싼마이

잎새 돌직구 불금 단톡 웃프다 축알못 추카추카

당근 안습 옥떨메

오렌지족 야타족 낑깡족 뚜벅이족 시피족 X세대 Y세대 386
세대

486세대 캥거루족 딩크족 왕따 은따 월드컵세대 웰빙족 알파
걸

베타보이 얼짱 얼꽝 성형미인 몸짱 연어족 사오정 오륙도 이
태백

일진 무뇌충 히키코모리 오덕후 M세대 로하스족 예티족

골드미스 줌마렐라 꽃미남 꽃미녀 훈남 훈녀 꿀벅지 베이글
녀

강남미인 성형중독 본좌 88만원세대 종결자 빵셔틀 된장녀

김치녀 찌질남 일베충 다운시프트족 뇌섹남 뇌섹녀 요섹남

요섹녀 성괴 빨대족 등쳐족 사기캐 삼포세대 잉여세대 쩍벌
남

한남충 설명충 N포세대 금수저 흙수저 혼밥족

혼술족 이생망 헬조선 아몰랑 개저씨 틀딱충 김여사

(20대, 30대들의 우리 시대와 사회에 대한 자조 섞인 조롱적인 말)

공정보도하면 중징계당하는 개한민국.

친노와 종북들은 자기네 생각이 정의인 줄 아나봐.

닭그네가 미쳐 날뛰는구나.

별 위원회가 개××을 떨고 있네.

좌좀 (좌파 좀비)

틀딱 (틀니 딱딱)

곱게 늙다 죽어라, 추하다.

곱게 나이 들기 참 어려운 건가……

누구의 사주를 받고 저렇게 추하게 되었을까

그렇게 조명 받고 싶어? 관심종자야?

깜방 갈 노친네 어서 구라질이야

뿅쟁이의 지지까지 신경 쓸 이유 없다

적폐가수다

주둥아리 함부로 놀리지 마라

홍카콜라라고?

네 막말이 지겹다

경남 경북의 정신병자들 홍준표 박근혜 민족들 꺼져라!

정의당의 "니들끼리 잘해 잡쉬" 식의 비아냥 태도에 질렸음

공약마다 혼자 튀려고 발악한다

촛불민심은 관계없고 그냥 앞뒤 안 가리고 노동만 외침

뒤에선 더러운 짓 다 하고선 앞에선 아무것도 몰라요 표정,
한마디로 역겹다

북한지령에 의한 비선실세

대통령 돼서 북한에 돈 퍼주고 핵 맞아도 문베충들은 좋단
다~

안철수 뽑는 건 명박이를 뽑는 것과 다를 바 없다

깨끗한 척은 혼자 다 하더니만 네거티브 제조공장으로 변신

했네. 양의 탈을 쓴 늑대

안철수와 나폴레옹, 바로 떠오르는 생각은…… 짧다

(2017년 촛불집회와 태극기집회, 대통령 선거 당시 나온 말들)

뚱땡아, 커피 한 잔 타와.

남친과 진도는 어디까지?

접대 똑바로 해.

스카프를 해서 목이 더 길고 섹시해보여.

가슴이 보인다 닫고 다녀라.

나이트 복장이야.

술은 역시 여자가 따라야 제 맛이지.

살 많이 뺐네.

생각보다 몸매 좋은데, 앞으로도 좀 그렇게 입고 다녀.

너 정도면 난자 가격이 비싸겠다.

스키장은 남편이 아니라 애인과 가는 곳.

같이 살고 싶다..

어린 것들이랑 노니까 좋다.

자꾸 술 따라 주면 역사가 이뤄진다, 역사를 만들려고 그러느냐.

손녀 같아서 그랬다.

남자친구 있지? 요즘 잘 지내? 심심한데 닭살 돋는 얘기 좀 해봐……

남자친구한테 차였어요 너무 안 만나줘서.

애인 직장생활도 이해를 못 해준다니. 몹쓸 애인이네……

(남자 상사가 여자 직원에게)

이거 말고 이전에 냈던 아이템은 잘되어 가나?

도대체 이따위 보고서로 뭘 하란 거야?

당장 해고시켜 버리겠다.

이××, 일도 제대로 못하네, 당장 사표쓰고 나가라.

너는 밥 먹을 자격도 없다.

성적에 불이익을 주겠다.

죽여버리겠다.

넌 개 값도 안 돼서 못 때려, ××야.

이××가 대들고 있어 이게 주둥아리 닥쳐.

××야 내가 71년도 면허야. 너 알아주는 데로 가.

너는 생긴 것부터가 뚱해가지고 자식아. ××같은 ××, 애비가
뭐하는 놈인데

인마는 욕이 아니야

나이 많은 사람이 가르쳐주면 손해 볼 것 없잖아

(회사 상사가 부하 직원에게)

회원가입이 왜 이리 안 되냐.

내 사업도 잘 안 풀리는데 말이야.

그러니까 왜 보험금 지급 규정이 그 모양이냐고

너도 회사랑 사기꾼 한패 아냐?

7만 원씩을 내가 너희한테 주는 거야, 알아?

팀장 바꿔. 당신 태도 때문에 내가 다른 회사 물건으로 바꾼

다고 말할 거다.

　당신 누구 덕분에 월급 받는다고 생각해?

　이름도 아니까 내가 그리로 찾아간다.

　흉기 들고 갈 거다.

　가만히 안 둘 거야. 밤길 조심해라.

　너 있는 주소 다 불러. 다 불 질러 버리게.

　길 가다 마주치면 사지를 찢어 죽일 거야.

　잘리고 싶지? 원하는 대로 해줄게

　너 때문에 본사 가서 분신한다.

　너 평생 일 못하게 할 수 있어.

　네 부모가 그렇게 가르치던?

　너네 어미는 너 이렇게 욕먹으면서 일하는 거 아느냐?

　말귀를 왜 이리 못 알아들어. 너 초등학교는 나왔니?

　네가 못 배워 거기서 전화나 받고 있는 거야.

　너희가 이따위로 하니까 그런 대접을 받는 거야.

　하는 거라곤 전화만 받을 줄 아는 것들이.

　여자 상담원이 받으면 재수 없으니까 남자 상담원 바꿔.

　얼굴 안 봐도 뻔하다. 애인도 없지?

　미친년.

　등신들.

　(진상들이 콜센터 여직원들에게)

아, 그 새×, 농땡이 엄청 부리네, 너 새× 내가 지켜보고 있어.

너만 봐도 너희 나라가 왜 가난한지 견적이 나와.

일하는 꼬락서니 봐라, 너 결혼했다고 했지, 너 같은 새×도
마누라가 있냐, 초등학생보다 힘 못 쓰는 새×가 그래도 남자 구
실은 하냐.

아이고, 외노자님들 돈 좀 벌었냐? 왜 우리나라 돈을 너네 나
라에 갖다 주냐, 병×들.

처음 왔을 때는 비쩍 말랐더니, 고기를 잘 먹여서 그런지 허
벅지가 토실토실 야무지네, 흐흐

자기도 성인인데 밤이 되면 잠이 안 오지 않아? 필요하면 언
제든지 불러.

한국에 오면 한국 남자도 만나 봐야지.

외퀴

똥남아

트남이

스시녀, 짱깨녀

파키벌레, 바퀴스탄

섬짱깨

흑형

(회사 관리직 사원들이 동남아 출신 생산직 사원들에게)

임대아파트에 살아서 무식하다.

네가 그러니까 살이 찌는 거야. 이 새끼야.

거기 있어라. 죽어버린다.

네 연락처도 아니까 가만두지 않겠다.

술집여자일 것 같아서 택시 호출 받았다.

내 휴대전화에 있는 야한 사진 좀 봐라.

(택시기사의 막말)

오늘 주총 이후 상상하기 힘든 일들이 벌어질 겁니다.

특급 재료 발표 예정. 강력 매집 들어가세요

치매 치료기 터져요 미국 ○○○과 계약 공시. 담아 놓으세요

VVIP 문자. 글로벌 금융사 투자 예정.

오늘이 마지막 날 같습니다.

몰빵 들어갑니다!

글로벌 그룹 투자 공시 예정.

대규모 신규 사업 발표 예정. 터집니다.

8200원 미만 차분히 담으세요

재료 폭발 임박입니다. 국내 최대 사이즈!

이번 주 1만2000원 갑니다.

매집하기 정말 좋은 자리. 종가는 8000원 위로!

믿고 가실 분들은 따라오세요

오늘부터 슈팅 강하게 갑니다.

다음 주 1만6000원 도달 후 2만2000원 목표가 지킵니다.

(자칭 주식 도사들이 우매한 주식 투자자들을 유혹하는 말)

전세금 날렸다. 살고 싶지 않다.

가상 화폐 투자로 크게 손해 본 후배가 연락 두절이다.

흙수저 집안인데 아버지가 평생 모은 돈 1억원, 내가 모은 돈

5000만원 투자했다가 손절치고 결국 5000만원 남았다. 자살하고 싶지만 1억원 돌려 드리기 위해 참고 결혼 포기한다.

300만 투자자의 상처 난 자존심에 소금을 뿌려대고 흙수저를 죽음에 이르게 하는 정부의 반 시장 정책을 수수방관하지 않겠다.

죽기 일보 직전입니다. 오른다고 권유받아 결혼 자금 넣었는데.

대출과 전세금까지 모두 투자했지만 제 목이 날아가게 생겼네요.

가상 화폐 시장 다 망가뜨려 놓고, 인제 와서 망해도 개인 책임?

아이도 낳고 전세 만기도 다가오는데, 남편이 코인으로 1억원 날린 걸 알게 됐어요.

암살 명단

정부는 국민에게 단 한 번이라도 행복한 꿈을 꾸게 해본 적 있습니까?

비트코인은 향기 나는 튤립만 못 하다. 하이리스크 제로리턴이 될 것이다.

가상 화폐 거래소 폐쇄까지도 목표로 하는 가상화폐거래금지 특별법을 준비 중이다.

현재 국면에서 투기가 비이성적일 만큼 과열 상태이다.

가상 화폐 거래소 전면, 부분 폐쇄 모두 검토 중이다.

진짜 손대지 말라고 권하고 싶다. 비트코인은 아무런 사회적 기능이 없다. 오로지 투기적 기능만 있다.

(비트코인에 관한 최근의 논쟁들)

동료들이라 어지간하면 품위를 지키려 했건만 참 더럽게도 물고 늘어진다.

부들부들 치가 떨립니다.

김명수 대법원장은 비열한 만행을 저질렀다.

자유한국당이 격렬히 반응하는 것을 보니 지금까지 행정처 고위직들과 야합을 했었나보다. 개새끼들.

동료 판사에 대한 막말은 자제하자.

너 혹시 처음부터 양씨 행정처 쉴드 치던 개니?

너 글이 쓰레기 냄새가 난다.

사적 정보를 핑계로 영장주의, 비밀침해 어쩌고 찌질거리는 꼴이라니. 니들 판사 맞니? 니들이랑 엮이는 게 진심 부끄럽다 새끼들아.

개억지 부리니까. 양승태, 임종헌, 박병대 뭐 이런 인간들한테 충성한 거 뿌듯하고 잠 잘 오니? 사법부에 똥 뿌리는 인간들아.

ㅋㅋㅋ 내 말이

사이다!

법비 청산

법원 바깥의 법비 김기춘, 우병우는 이제 구치소에 있습니다만, 법원 내부의 법비들은 저항을 계속하고 있네요

그렇게들 영장주의 강조하시니, 진짜 검찰에 수사 의뢰해야 될 거 같네요

행정처로 불러주신 분들의 하해와 같은 은덕에 감읍해서는 충성을 맹세하고 빛나는 미래로 깔린 탄탄대로를 즐기며 엘리트로서 자부심에 넘치다가, 하던 구린 짓들이 통째로 발각돼 욕먹는데 입 닫고 억지 부리는 게 지금 니들 꼴.

조폭으로 변해버린 판사 나부랭이들아. 면전에서 침 맞지 않은 걸 다행으로 알아라.

니 패거리들은 사법부 안에서 영원히 은따 당하며 기피될 어둠의 집단으로 전락할 거란 거나 똑똑히 알아두렴.

당신이 냉정한 중립자라면 행정처 개새끼라고 해보시지?

양승태 적폐 종자 따까리들아.

니들의 쓰레기 같은 억지, 트집 잡기는 공해 짓거리야.

적폐 새끼들.

행정처 개새끼.

사법부에도 청산이 절실하다.

하, 법원에 국정원이 있었네.

현 대법원장 책임지라는 언론들, 무슨 생각인지 모르겠다. 이런 사법부가 정상이라고 보는 건가? 진짜? 너희들 1970년대로 타임슬립했니?

난 진짜 병신인가.

코트넷에 글을 올렸다. 그리고 깨달았다. 아니 나 진짜 겁내 재치 있잖아!!! 완전 신세대야!!!

A 판사님, 나대는 행태가 좀 역겹습니다. 조사위 활동 당시

대법원장님 정보원 역할 하셨죠? 세상에 비밀은 없습니다. 자중하시죠 제가 보기에 A 판사님은 착한 사람이 아닙니다.

정보원이라니. 무슨 의미신지요? -_-??? 양승태 전 대법원장님 정보원이었다는 소리인가요?

제가 그간 우리 법원 일로 너무 페북을 도배했었죠;;; 그나마 페북 도배하면서 그 정신적 충격이 많이 해소된 것 같아요 ^-^;; 그럼 자. 오늘부터 전 밀린 일을…;;

('이판사판 야단법석'이라는 인터넷 포털 사이트에 올라온 글들. 그 사이트는 익명 게시판이다. 법관모임인 '국제인권법연구회' 회원인 판사가 2014년 10월 개설한 것으로 알려져 있다. 판사 600여 명이 회원이다. 이런 판사들이 법대 위에서 거들먹거리며 재판을 한다.)

말이 가장 내밀한 침묵의 씨앗을 치열하게 지향할 때라야 비로소 진정한 위력을 발휘할 수 있다.

드러나는 탄핵농단의 배후. 시간 지날수록 탄핵소추 배경에 역모와 반란의 증거 속속 등장. 최순실이 아니라 고영태 일당의 국정농단이다. 박근혜 대통령 탄핵 배후는 북한이다!!! 깨어나라 국민이여! 가자 대한문으로! 2017년 드디어 대한민국이 바로 서다. 무엇이 태극기 민심을 일으켜 세웠나. 촛불의 광장 선동, 언론의 조작, 편파보도가 보수 결집을 촉발한 것입니다. 헌법재판소의 낯선 풍경, 정의는 있는가. 태극기 군중세력이 정치세력화 되어야 하는 이유가 있습니다. 영화 '놈놈놈'들을 현실에서 보아야 하는 시대입니다. 당리당략에 따라 국가안보를 흔들지 말라. 편파 왜곡 보도로 나라를 혼란케 하지 말라. 탄핵사태는 오직 법리적 판단과 합법적 절차에 따라 종결되어야 한다. 종북좌익 세력을 척결하여야 한다. 군은 국방에만 전념하라. 퍼져라, 동해물과 백두산이. 청명에 죽으나 한식에 죽으나 김진태와 나라 구하자. 충격적인 고영태 녹취록!!! 고영태 게이트를 즉각 구속수사하라. 불공정한 탄핵심판 헌정질서 중단된다. 헌법재판소는 탄핵소추를 각하하라. 헌법재판소는 헌법재판소법과 형사소송법을 준수하여 피소추자의 방어권 행사를 보장하고, 재판절차를 공정하게 진행하라. 김수남 검찰총장과 이영렬 서울중앙지검검장은 부실 편파 수사에 대한 책임을 지고 즉각 사퇴하라. 탄핵을 탄핵한다. 인민재판식 대통령 탄핵은 한국의 법치민주주의에 대한 도발이다. 언론이 수사도 하고 재판도 하는가. 특검인가 혁명인가? 박 대통령 뇌물죄는 관습적으로나 법리적으로 성립할 수 없다. 세계 역사에 유례가 없는 임기 말 단임제 대통령 쫓아내기가 부끄럽지 않은가? 애국일보. 조갑제닷컴. 미래한국. 친박, 비박, 원박, 진박, 진진박, 골박, 삼박, 반박, 멀박, 낀박, 쪽박, 탈박.

대한민국은 민주공화국입니다. 독재자의 딸 박근혜, 독재자의 딸의 무당 최순실. 누가 감옥에 갈 타임인가. 최순실과의 소중한 인연 구치소에서 이어가세요. 박근혜 4년, 너희들의 세상은 끝났다. 박근혜 구속, 재벌도 처벌. 내 삶을 바꾸는 박근혜 즉각 퇴진! 적폐 청산 투쟁. 이제 시작입니다. 헌정농단 박근혜 일당 지금 바로 감옥으로! 시가전 운운하며 협박하는 박근혜의 대리인들. 특검연장 가로막는 황교안과 법꾸라지 우병우도 단죄해야. 이제 박근혜 일당의 국민우롱은 헌정에 대한 반역 수준입니다. 조기탄핵, 즉각구속만이 답입니다. 박근혜 게이트 5대 주범 처벌, 청와대, 새누리당, 재벌, 정치검찰, 보수언론. 김기춘 구속처벌로 공작정치 뿌리 뽑아야. 조윤선 고발. 99%의 희망 민중연합당. 최순실을 전혀 알지 못합니다. 기자를 째려본 것이 아니라 놀라서 그랬습니다. 대통령의 지시에 따라서 했습니다. 저는 저런 말을 한 적이 없습니다. 진상을 규명하는 자리니까 전 진실을 말하고 있을 뿐이다. 검찰에서 팔짱끼고 웃었던 건 휴식 중이었기 때문입니다. 특검거부, 헌재기각 염병하네. 황교안 내각 즉각 총 사퇴. 범죄온상 청와대 시민공원 개방하자. 환수복지당. 도로친박당 자유한국당 해체! 북풍사건 공안탄압 분쇄! 헌재기각은 민중항쟁으로! 헬조선 5대 악의 축 해체, 정치검찰 해체, 국정원 해체, 수구언론 해체. 닭 잡을 때까지 촛불은 꺼지지 않는다. 마당을 나온 암탉. 닭쳐!

43

광화문 투계. 촛불은 타오르고 병신년은 꺼졌다. 국민들의 어이 상실, 박근혜
는 그만 퇴실. 숨는 자가 범인이다, 박근혜를 구속하라. 국민이 승리합니다.
촛불이 횃불이 됩니다. 양심이 승리하는 세상. 문화예술계 블랙리스트 다 모
여라. 우리 모두가 블랙리스트다. 연극인들이 예술 검열과 블랙리스트 관련
백서기록을 시작합니다. 기록하지 않으면 잊혀지고 반복됩니다. 표현의 자유
와 예술의 자유는 그저 종이 위에 쓰여진 글자가 아닙니다. 헌법을 유린한
자들의 이름을 역사에 남겨야 합니다. 촛불 시민 여러분의 관심과 후원을 부
탁드립니다. 빼앗긴 극장, 여기 다시 세우다. 특검은 국정원을 수사하라. 대
선, 그들은 또 움직인다. 정의를 세워라. 일터로 돌아가고 싶습니다. <노동자
의 책> 대표 이진영을 당장 석방하라! 학문/사상/표현/출판의 자유 탄압 중
단하라! 수구적폐 공안검찰을 철저히 청산하자! 반민주, 반민중 악법 국가보
안법을 철폐하자! 사드반대 전쟁반대 주한 미군 철수 평화협정 체결. 재벌체
제 해체 없는 재벌정책, 대권주자들은 촛불민심 대변할 자격 있나? 삼성왕국
해체, 지금이 타이밍이다! 법원은 이재용을 구속하라. 손배가압류와 노란봉투
법. 여러분의 손으로 노란봉투의 변화를 이끌어주세요. 우리에겐 노란봉투가
필요합니다. 한화그룹 규탄 금속노동자 규탄 결의대회. 택배기사도 노동자입
니다. 대리점 피 빨아먹는 KT 황창규 회장 퇴진, 거짓은 참을 이길 수 없습
니다. 부정축재 재산몰수. 현대차가 지시한 노조 파괴로 유성기업 노동자 한
광호가 죽었다. 노조 파괴 범죄자, 유성기업 유시영이 1년 6월을 선고받고
구속되었습니다, 여러분 덕분입니다. 기타 노동자. 콜트 기타를 아시나요. 서
울복지시민연대, 사회진보연대, 전국노점상총연합. 비정규직 철폐해라. 빈민
해방실천연대. 여성건강기본법 제정. 반민주 악법철폐. 민주화운동정신계승
국민연대. 평화의 길, 통일의 길, 평화협정 체결하라. 전태일노동대학. 사드배
치 철회 성주투쟁위원회. 희망사진관. 모두행복실천단. 박근혜체포단. 진실실
천연대. 장준하 부활 시민연대. 청년문화 포럼. 평화어머니회. 민주실현주권
자회의. 서울의소리. 아이건강경기연대. 노동자연대. 노동자 해고하는 구조조
정 저지 파업은 정당하다. 최저임금 1만원 비정규직 없는 세상 함께해요. 전
국금속노동조합. 한국응급구조협회. 국민의당 녹색깃발. 여성독립운동기념사

업회. 철도노동조합. 금융노동조합. 민족문제연구소. 더불어민주당. 정의당. 한국작가회의. 서울연극연합. 민주사회를위한변호사모임. 이석기 석방하라. 최순실, 간첩 만들어서 통진당 해산. 청년당 추진 위원회. 백병찬, 대통령 출마선언 기자회견. 양심이 승리하는 세상! 홍익당이 꿈꾸는 세상입니다. 인양은 사람을 찾는 일입니다. 인양, 진상규명의 시작입니다. 세월호 참사 희생자 및 미수습자 광화문 분양소. 노란엽서 보내기. 진실마중대, 잊지 않겠다는 약속 서명으로 지켜주세요. 광화문 천막카페. 박근혜 퇴진 없이 세월호 참사 진상규명 없다. 선체인양 진상규명. 대한민국 국회의원은 세월호 선체조사 관련 법, 세월호 특별법 통과시켜라! 가습기 살균제 철저한 재조사. 잘가라 핵발전소. 100만 서명운동. 개성공단. 어느 나라 외교부인가. 윤병세 해임촉구 국민서명운동 참여하세요. 종편 재승인 심사, 방통위는 이 점을 제대로 심사해야 합니다. 과연 종합편성채널인가? 정책목표를 달성했는가? 막말 편파 방송 근절. 양평군은 즉시 몽양기념사업회와 위탁협약 체결하라! 조상을 모르니 얼마나 비극인가! 다산 정약용 선생을 알고 배우자. 흙수저도 공부하고 싶습니다, 사법시험 존치 법안 통과시켜 주십시오. 금수저는 로스쿨 흙수저는 사법시험. 이번에는 공정사회다 사법시험 존치하라. 광장에서. 삼성백혈병. 작가는 지금의 기록이다. 피었으므로 진다. 유신정권 오호통제. 인왕산 촛불바위. 새벽이 올때까지. 삼위일체. 변화의 빛. 해원. 평화를 품은 새. 흩어진 나날을 채색. 촛불과 까마귀. 내 지역구는 내가 지킨다. 시민이 직접 선거 과정을 감시해야 합니다. 7만 명의 시민이 모여야 대선을 감시할 수 있습니다. 20대 총선에서 큰 성과와 교훈을 얻었습니다. 국가 기관 선거 개입 막아야 합니다. 모두가 결과에 승복할 수 있도록 공직선거법을 개정해야 합니다.

박근혜 없는 3월, 그제야 봄이 온다.

일곱 빛깔 투쟁!

신영복 선생님 작품 글 써드립니다.

(2016년 가을부터 2017년 봄까지 사이에 광화문 광장에서)

쇼는 이제 그만 합시다. 국민을 개미 취급하는 정부. 문가가

기업인들 후려쳐서 생색. 쇼통령 문재인! 쇼! 끝은 없는 거야. 저들이 자영업자, 소상공인 대표? 저걸 문제점이라고 제기했나? 매번 느끼지만 문통은 이 나라의 대표 배우임이 틀림없습니다. 문죄인은 더 이상 나대지 말아라. 준비된 대통령 문재앙 zzzzz. 선수들 희생 삼아 정치 놀음 이게 사람이 먼저인 거냐. 이거 진짜 싸이코패스네 선수들 상처주는 것도 심한데 소금을 뿌리는 구나. 그냥 제발 북으로 가라. 소통 소통 하더니 그게 국민들이랑 소통하겠다는 게 아니었네. 걍 북으로 가소서.

단가 후려치고 어음 장난질하는 대기업부터 조져야. 최저임금 인상에 시급 올린 코스트코 그거 오른다고 거품 무는 이기적인 심보 봐라. 카드 수수료 인하, 이거 큰 도움. 중소기업 키우고 서민 주머니 두둑하게!!! 남북관계가 개선되어 다행입니다. 평창올림픽 파이팅. 좋은 결과 있길 바랍니다. 평창올림픽이 평화올림픽이 되기를 기원합니다. 평창올림픽 성공적인 유치와 남북교류의 성공을 기원합니다. 평화로운 대화로 대한민국 파이팅입니다.

(문파 vs 비지지층 간 네이버 댓글 전쟁. 문파에는 문팬, 젠틀재인, 문꿀오소리, 달빛기사단, 노사모, 문사모, 문풍지대, 노란우체통 등이 있다.)

개만도 못한 추악한 인간쓰레기 장성택은……갈기갈기 찢어서 역사의 오물장에 내동댕이쳐야 한다.
이런 걸 두고 돌미륵도 앙천대소할 나발이라고 한다.
친일 매국의 사생아.

현해탄을 건너가 군국주의 미치광이들의 발바닥이나 핥아줘
라.

까마기 꿩 잡아먹을 생각 같은 허황하고 시대착오적인 발상.

파쇼도당, 괴뢰도당, 부정부패 왕초, 역도, 협잡배.

정치매춘부, 정치협잡배, 사대매국노, 민족반역자, 문민역도

파쇼광신자, 괴뢰통치배, 남조선 집권배.

×새끼 식초 채먹은 것 같은 잔뜩 찌푸린 상판대기로 쥐 똥같
은 소리만 줴쳐대는 저 리명박이놈, 괴뢰 역도, 정신병자, 불구
대천의 원수, 리명박 쥐새끼, 2MB, 정치적 저능아.

청와대 암캐, 악근혜, 악담을 퍼뜨리는 아낙네, 온 국민을 다
잡아먹을 마귀.

쥐굴에서 대가리를 내민 박멸의 대상.

인간의 초보적인 체모조차 못 갖춘 불망나니에 도덕적 미숙
아.

암탉이 홰를 치니 백악관에 망조가 들었다.

범 무서운 바닷가 암캐처럼 캥캥 짖어댄다.

서로 물어뜯을 내기를 하는 것이 승냥이들의 생존 방식이지
만 암탉과 수탉이 물어뜯을 내기를 하는 것은 난생 처음 보는
희귀한 일.

오뉴월의 개꿈 같은 망상에 사로잡혀 계속 분수없이 놀아댄
다면 더 큰 수치와 망신만 당하게 될 것.

창피를 모르는 정치 시녀, 만화 애호가의 망측한 추태.

놀탕을 쳐 죽이자.

미제의 각을 뜨자.

계급적원쑤를 청산하다.

원쑤에 대한 적개심으로 타끓다.

절세의 애국자이시며 민족적 영웅이시며 백전백승의 강철의
령장이시며 국제공산주의운동과 로동운동의 탁월한 령도자이신
우리 당과 인민의 위대한 수령 김일성동지 만세!

혁명의 영재이시며 민족의 태양이신 경애하는 수령 김일성동
지의 만수무강을 삼가 축원합니다!

김일성 수령님 쓰시던 축지법, 오늘은 김정일 장군님이 쓰신
다!

김일성 장군은 모래알로 쌀을 만들며 솔방울로 총알을 만들
고, 가랑잎을 띄워 대하를 건너간다!

올바른 정사로 물을 낮은 데서 높은 곳으로도 흐르게 하며 왕
가물 때에는 곡식 밭에 단비를 내리기도 한다!

김정일 장군님은 예술과 건축의 대가! 지구의 수호신! 현세의
신!

최고의 작가! 세상을 놀라게 한 컴퓨터의 대가!

김정은 장군은 세계에서 가장 젊고 매력있는 령도자! 현대정
치가로서의 모든 자질과 품격을 완벽히 갖춘 령도자! 역사상 가
장 짧은 시간에 가장 커다란 관심을 끈 가장 젊은 지도자!

*   *   *

우울이 저를 집어삼켜요 이 글이 마지막이 될 것 같아요

저도 돈이 없지만 같이 따뜻한 김치찌개에 밥 말아 먹으며 이야기해 봐요 열 번이라도 살테니 연락주세요

저도 치료 중이라 그 마음 알아요 하지만 지금 댓글 수만큼 응원하는 사람이 많다는 걸 기억해주세요

누구도 제 우울증을 진지하게 받아주지 않아요 내일 생의 마지막 날을 보낼 거예요

같이 차 마시며 한 번 더 생각해보자.

저도 극단적 선택을 했었다. 지금 인생은 덤이다. 절대 죽지 말라.

나 역시 정신과 치료를 받았다. 스스로 세상을 떠난 친구도 있어 그 마음을 이해한다.

댓글을 보며 혼자가 아니라는 생각에 힘을 얻는다. 다른 사람들이 쓰는 글에 공감하며 나도 댓글로 그들을 응원한다.

(페이스북 대나무 숲에서 오고 간 말들)

표절剽竊에 대한 단상 (혹은 '난 한물 간 가수')

난 한물 간 가수

국내 컬러 TV 방송은 1980년 12월 시작되었다. 그때부터 라디오를 통한 듣는 음악과 텔레비전을 통한 보는 음악의 줄다리기가 시작되었는데, **서태지와 아이들**이 등장하면서 12년 만에 보는 음악 쪽으로 완전히 돌려놓았다. 서태지는 한국 대중음악과 서구 팝 음악 간 시차를 줄이고 그때까지 라디오와 TV로 양분돼 있던 한국 음악 판도를 TV로 바꿔 놓았다.

보는 음악의 중심에는 안무와 뮤직비디오가 있다. 현재 통용되는 아이돌 그룹 안무의 기본 틀은 서태지와 아이들에게서 나왔다. 몸을 크게 써서 보여주는 포인트 안무를 대중 가요계에 보급한 장본인이 서태지와 아이들이었다. 거의 모든 10대가 그 동작을 따라하기 위해 열병처럼 들끓었던 춤은 '난 알아요'의 회오리 춤이 처음이었다. 한때 라이벌 구도를 형성한 듀스의 춤도 의미 있었지만 단박에 눈에 박히고 누구나 한 번쯤 따라 추어보고 싶은 포인트의 매력은 서태지와 아이들이 단연 앞섰다. 각각의 동작과 표정부터 그것들과 연결되어 음악의 분위기에 몰입하도록 하는 구성력과 연출력은 그때 수준에서는 아주 탁월했다.

그러므로 현재 활동하며 아이돌 춤을 만드는 국내 가요 안무가들 중 서태지와 아이들의 영향을 받지 않은 이는 단 한 명도 없다고 해도 과언이 아니다. 가수를 돋보이게 하고 공간감을 확장하는 흰색 배경, 곡 분위기를 장면처럼 표현한 세트, 안무를 돋보이게 하는 빠른 카메라 워크, 가수의 얼굴을 예쁘게 표현하는 촬영 각도와 편집을 비롯한 아이돌 영상 공식의 다수가 이때 만들어졌다.

랩과 노래, 그러니까 자극적인 랩과 낙차 큰 멜로디로 중독성 있는 후렴구 노래라는 히트 가요의 공식도 '난 알아요' 이후 확산되어 지금에 이른다. 이런 방식을 국내에서 선보인 것은 서태지와 아이들에 앞서 홍서범, 신해철을 비롯해 몇몇 있지만 이후 댄스 그룹의 범람기를 통해 판의 룰로 자리 잡게 된 것은 서태지와 아이들 이후이다.

서태지는 가요계에서 독보적인 경력을 만들었다. 스무 살에 데뷔했다. 사랑 노래뿐 아니라 획일화된 교육, 통일에 대한 무관심 같은 사회적 메시지를 담은 곡으로 폭발적 인기를 모았다. 음악, 춤, 패션 같은 여러 분야에서 한국에는 거의 없던 전혀 새로운 유행을 우리 사회에 불어넣었다. 그리고 최전성기에 갑자기 은퇴를 선언했다.

그게 치밀하게 계산된 일종의 쇼였을까? 그 후로도 다시 무대에 나타났다가 사라지기를 반복했으니 말이다.

서태지 은퇴 약 7개월 후인 1996년 8월 데뷔한 H.O.T.는 사회를 비판하는 가사, 강렬한 랩, 파격적인 패션과 헤어스타일 등 서태지와 아이들의 여러 가지 성공 코드를 답습한 그룹이다. 이후 젝스키스, 신화 등 다른 아이돌 그룹도 비슷한 노선을 밟았다.

그의 CD가 나오는 날은 학생과 직장인이 등교와 출근도 미뤄두고 새벽부터 음반 가게 앞에 줄을 섰다. 100만 장 이상의 음반 판매. 서태지가 은퇴할 때 가지 말라며 막아섰고, 그가 돌아올 때 노란 손수건을 흔들며 반겼던 팬들은 지금 다 어디로 간 걸까. 이 모든 게 현실이 아니라 서태지가 말하는 동화 속 이야기였던 걸까. 서태지는 왜 더 이상 화제의 중심에 서지 못하는가?

서태지 은퇴 이후에도 팬클럽 활동은 멈추지 않았다. 1996년 서태지와 아이들 기념사업회가 발족했고 1997년 인터넷이 도입되면서 서태지 매니아, 서태지 닷컴 등 팬들이 자체적으로 꾸려가는 팬 사이트가 등장했다. 2012년에는 팬들이 모여 만든 20주년 기념 '서태지 아카이브' 사이트가 개설됐다.

1970년대 권위주의 정권은 심야 방송에 대한 일각의 비판론을 업고 '팝송 전면 금지'라는 어처구니없는 조치를 취하였다. 외국 유행가를 몰아내고 가곡, 민요는 물론 국민가요, 군가를 내보내야 한다는 선곡 가이드 라인이 제시됐다.

바로 그 직후 밥 딜런의 '바람만이 아는 대답', 존 바이즈의 '도나도나' 등 불건전한 외국팝송 135곡이 금지곡으로 발표됐다. 판정을 내린 한국예술문화윤리위원회는 팝송을 가리켜 불온한

좌익 선전물 또는 지성, 자아를 말살하는 반문명이라고 규정하기까지 했다.

1970년대 양병집이라는 한국 가수가 그의 노래를 번안해 부르기도 했지만 (그 번안곡들은 고 김광석이 다시 부르기도 했다.) 그 노래들의 원작자가 밥 딜런이라는 사실을 요즘 와서 알고 있는 사람은 거의 없을 것이다.

밥 딜런은 한국 대중음악계에 새로운 물결이 형성되는데 밑거름을 뿌렸다. 군사독재정권 시절 1970년대 한대수를 비롯해 김민기, 양희은 등이 통기타 선율에 꽉 막힌 청춘의 설움과 저항의 메시지를 담았던 것도 딜런의 영향이었다. 그리고 한참 뒤에 그들의 뒤를 이어서 서태지가 등장한 것이다.

일시적 잠적과 깜짝 귀환이라는 새 앨범 발매의 순환 공식은 깨졌다. 요즘은 최정상권을 포함한 대부분의 아이돌 그룹이 TV 예능 프로그램은 물론이고 자신들의 일상을 낱낱이 공개하는 리얼리티 프로그램에 뛰어들고, 1년에도 몇 번씩 디지털 싱글과 미니 앨범을 발매해 가요계를 노크한다.

서태지와 아이들식 활동 경향이 조금씩 바뀌기 시작한 것은 밀레니엄을 앞둔 1999년 GOD가 데뷔하면서부터이다. 아이돌 그룹 최초로 리얼리티 프로그램을 찍으며 일상생활을 공개했다. 카리스마보다는 친근함과 허술함을 강조했다.

음원이나 음반 수입이 가수의 주 수입원이 될 수 없는 상황에서 아이돌 그룹 멤버들은 이전처럼 뮤지션으로 변신을 꾀하는 대신 연기, 예능 등으로 활동 영역을 확장했다. 데뷔 초부터 망가지는 모습을 보여주고 휴식기 없이 싱글 앨범을 내며, 음악에 집중하기보다는 다양한 활동을 하는 모습의 요즘 아이돌 그룹은 멀티 엔터테이너의 모습을 보여주며 완전히 탈서태지화하고 있다.

서태지가 만들어 놓은 공식은 상당히 오랜 기간 남아 있다가 시대가 빠르게 변하면서 급격히 변화한 것이다. 디지털 음원 시장이 출현하고 소비 행태가 바뀌면서 가수가 수면에서 사라지는 순간 인기가 없어지는 것이다.

7인조 아이돌 그룹 방탄소년단은 2016년 한국 가수 최초로 빌보드 200에서 26위에 올랐다.

올해로 데뷔 4년차 방탄소년단은 K팝의 새 장을 열고 있는 걸까.

방탄은 남다른 소통 전략을 가졌다. 무대 위의 멋진 모습뿐 아니라 무대 밖 모습을 공개하는 데 거침없다. 데뷔 초부터 유투브 채널에 '방탄 밤'이라는 짧은 동영상을 수시로 올렸다. 대기실, 숙소, 연습실에서 장난치고 놀고 고민하는 멤버들의 일상을 그대로 담았다.

가짜 우상 같은 아이돌 그룹이 아닌, 옆에서 기댈 수 있는 영웅이 되자는 컨셉은 옆집 오빠, 동생, 친구 같은 방탄을 탄생시켰다. 멤버 슈가는 오버하거나 숨기기보다는 유투브나 SNS를 통해 실제 모습을 쉴 틈 없이 올렸다며 회사에서 시킨 것도 아니고 우리가 하고 싶어서, 재밌어서 한 것이라고 말했다.

선배 K팝 아이돌들이 유투브를 통해 전 세계에 자신의 음악을 알린 데서 한발 나아가, SNS로 글로벌 팬들과 소통하며 팬덤을 구축하는 방식을 택한 것이다.

최근 K팝은 기로에 서 있다는 평가가 지배적이었다. 싸이나 빅뱅 등이 있지만 저변 확대에 한계가 있었다. 방탄의 이번 빌보드 기록은 하위 문화에 머물러 있던 K팝이 미국, 유럽과 같은 주요 시장에서 통할 수 있다는 가능성을 보여준다.

그런데, 1990년대가 마지막 스타 싱어송라이터 시대처럼 느껴지는 건 왜일까. 전문가들은 2000년대 들어 음반시장이 몰락하고 아이돌 위주로 음악 흐름이 재편되면서 개성 있는 창작가 겸 가수가 주류로 떠오르기 어려워졌다고 분석한다.

지금은 싱어송라이터와 아이돌 그룹을 키우는 회사가 분리된 시대라고 했다. 90년대는 아이돌이란 개념이 없었다. 인디 음악계에는 수많은 싱어송라이터가 있지만 그들의 음악이 대중에 노출될 기회가 크게 줄었다.

지금은 대형 매니지먼트 시스템이 지배하기 때문에 가수 한 사람의 창작력으로 승부할 수 없는 시대다. 자본과 힘을 갖고 스타를 양성하고 만들어내는 상황에서 더 이상 서태지 같은 1인 창작가가 성공할 가능성은 거의 없게 된 것이다.

잘생기고 예쁜 가수에게 흥행성이 보장된 다국적 작곡가 여러 명이 붙어서 하나의 음반을 만들고 그것을 다시 온, 오프라인의 여러 채널을 통해 막대한 비용을 들여 홍보해 어떻게든 띄우는 방식은 아이돌 중심의 국내 가요계뿐만 아니라 영미권 팝

시장에서도 보편화된 풍경이다.

음반 시장의 몰락과 디지털 사회로의 급격한 이행으로 영웅의 시대는 갔지만, 천재성과 강한 카리스마를 지닌 팝스타가 사회 격변기와 맞물려 등장하면 또 한 번 서태지형 신드롬이 가능할 수도 있기는 하다. 그러나 서태지가 1980년대, 아니면 2000년대에 태어났다면 그런 반향을 낳기 힘들었을 것이다. 1990년대는 이념의 시대가 끝나고 자본화가 진행되면서 소비문화의 주류에 영합하지 않으면서도 새로운 사운드가 필요했던 상황이었다. 그걸 뒷받침할 음악적 테크놀로지도 있었다.

전문가들은 서태지형 영웅의 시대는 다시 올 수 없다고 입을 모은다. 서태지 신드롬은 1990년대였기에 가능했다고 못 박았다. 그러므로 인터넷 시대 이후 서태지의 특성 자체가 하나의 딜레마가 되어 서태지 앞에 나타났다.

더 이상 새로운 장르나 신선한 음악이 음악계에 파급력을 주지 못하는 시대가 되었고, 초고속 인터넷의 보급으로 최신 해외 장르가 음악 마니아들의 가정에 매일 배달되고 업데이트되는 환경이 된 것이다.

그리고 음반시장은 체질적으로 격변하고 있다. 2000년대 접어들며 디지털 음원의 공유와 스트리밍, 다운로드가 음악의 주 소비 행태가 되면서 50년 가까이 이어온 세계 음반 시장의 활황은 일순간 무너졌다. 수익이 줄어드니 모험은 멀어졌다. 대중음악은 작품인 동시에 제품이었다. 근데 작품과 제품 사이의 무게 균형이 깨지면서 대형 음반사는 반드시 수익을 낼 수 있는 콘텐

츠에 정착하기 시작했다. 만약 서태지가 2014년에 스무 살이 됐다면 그의 활동 무대는 지금 서울 홍대 앞 인디 음악계일 것이다.

한편 서태지에 대해서는 다른 냉혹한 평가도 있다.

서태지가 그저 해프닝처럼 나타나 자기 방식대로 음악을 한 뒤 과대한 평가를 받고 있는 팝스타로 보는 이도 적지 않다. 이들은 서태지가 자신의 노하우를 공유하거나 동료 음악가나 음악계와 공동 발전을 모색하기보다는 짧은 시간에 만든 자신만의 음악을 구현하기 위해 매니지먼트 시스템과 국내외 최상급 스태프를 일시적으로 헤쳐모여 했다고 주장한다.

현재의 케이팝 아이돌 시스템은 서태지와 아이들의 영향보다는 앞서 발전한, 예컨대 쟈니즈 육성 시스템과 SMAP같은 일본의 아이돌 산업을 벤치마킹했고, 음악의 질적 향상은 서구권 음악의 직접 도입과 국내 언더그라운드 음악의 튼튼한 기반을 바탕으로 이뤄졌다는 것이다.

한 음반업계 관계자는 서태지가 당시 국내의 다른 음악가들의 수준과 비교해 볼 때 입지전적 혁신을 이뤄냈다고 볼 수는 없다. 그가 가요계의 표준을 월등하게 넘어서는 창작품을 내거나 그로 인해 큰 유산을 남겼다는 것은 그 시대와 여론이 만들어낸 위선적인 신화라고 평가했다.

서태지가 솔로가수로 처음 냈던 5집은 미국에서 작업해 음반 발매와 뮤직비디오 공개 같은 기본적인 홍보만 했다. 6집은 서태지의 컴백에 대한 국민적 관심이 모아진 사실상 마지막 음반이다. 은퇴를 번복한 서태지가 4년 만에 빨갛게 물들인 레게머리로 실체를 드러냈던 것이다.

7집과 8집은 컴백 쇼가 라디오나 TV의 한 채널에 독점 전파를 탔던 것 정도를 제외하면 큰 술렁임을 끌어내지 못했다. 그래서인지 본인의 입으로 서태지의 시대는 1990년대에 끝났다고, 정리했다.

2014년에 나온 9집을 보면 서태지의 눈물겨운 노력으로 보인다. 서태지의 9집 '크리스말로윈'을 어떻게 보아야 할까? 새로운 장르를 해외에서 들여오던 초기의 서태지는 아니지만, 여전히 변신을 시도한다는 점에서 좋은 점수를 받을 수 있을까? 서태지가 좋은 멜로디 메이커라는 것을 확신시켜주고, 솔직한 가사가 돋보이는 서태지식의 대중가요라는 평을 얻을 수 있을까?

40대이고 아빠가 되어 돌아온 서태지는 말했다.

"서태지 시대는 사실 1990년대에 끝났다고 생각해요. 그러니까 난 한물 간 가수라고 할 수 있겠지요. 자연스러운 현상이죠. 그걸 받아들이려고 노력하면 전 가장 행복한 사람이 될 수 있다고 생각합니다. 제 2세에게서 받은 강렬한 이미지가 고스란히 음악으로 나왔습니다. 아빠로서 딸에게 들려주고픈 이야기를 신작에 담았거든요. 나의 시대는 끝났고, 8월에 태어난 딸 빽뽁이가 신작의 뮤즈가 되었지요."

서태지가 직접 밝혔듯 '크리스마스와 할로윈'을 합친 제목의 이 노래는 우리가 산타라고 믿는 세상의 모든 권력이 사탕발림으로 우리를 흥분시키면서 사실은 우리를 약탈하고 착취한다는 섬뜩한 메시지를 담고 있다.

하지만 일부 사람들은 '크리스말로윈'을 도대체 뭔 말을 지껄이는지 알아먹을 수가 없다 또는 변태 같다고 주장하기도 한다. 게다가 놀라운 사실은 이 노래가 하루 정도 음원 차트 1위를 하다 하릴없이 곤두박질쳤다는 점이다.

한국 포크 음악의 대부라고 할 수 있는 가수 **조동진**의 음반이 20년 만에 발매됐다.

데뷔 30년 이상의 중견 가수들도 조동진 앞에서는 새카만 음악 후배가 되어서 형님과 오빠라고 그를 불렀다. "그렇게 빨리, 또 그렇게 많은 시간이 지났을 줄 몰랐어. 기타를 집어넣는 데 10년, 다시 꺼내는 데 10년이 걸린 셈이네." 작은 공연에서 조동진 특유의 낮은 목소리가 담긴 짧은 영상에 이어 소속사 푸른곰팡이 측의 간단한 해설과 함께 10곡이 차례로 흘렀다. 조동진은 1979년 '행복한 사람'이 담긴 1집 음반을 발표하며 서정성 짙은 포크음악으로 큰 반향을 일으켰다. '제비꽃' '나뭇잎 사이로' 같은 명곡으로 꾸준한 사랑을 받았다.

장조풍의 단아한 선율과 사색에 잠길 틈을 주는 여유 있는 템포는 여전했다. 도입부나 후렴구에서 오케스트라와 전자 음향을 동원해서 풍성한 음색이나 실험적 사운드를 가미한 점은 낯설고도 신선했다. 아날로그가 힘을 잃고 파편화된 조립품으로 전락하는 시대에도 조동진은 값싼 나르시시즘이나 자기 도취에 빠지지 않고 남다른 음악적 가치를 전달한다.

그는 이번 새로운 음반을 내놓으면서 소감을 밝혔다. "허송세월하면서 보냈던 그 텅 빈 시간들이야말로 내 생애 최고의 순간들이었다."

그녀는 '맨발의 디바'다. 1989년 데뷔한 뒤 그는 대학로 무대를 점령했다. 괴물 같은 가창력을 가진, 맨발로 무대를 휘젓고 다니는 신인에게 사람들은 맨발의 디바라는 별명을 붙였다.

그녀의 모습을 가장 생생히 자주 접할 수 있는 곳은 콘서트다. 지난해 900회를 넘겼고, 곧 1000회 공연 기록을 앞두고 있다.

이은미가 말했다.

"음악을 30년 가까이 하면 쉬워질 줄 알았는데 더 어렵다. 올해가 제일 힘들었다. 새 앨범을 준비하는데 혼란스러웠다. 이렇게 작업하는 게 맞나 싶기도 했다. 새로운 모습을 보이고 싶은데 정말 지쳤다. 그래도 이번 생애는 운명이라고 받아들이고 내 운명을 좀 더 사랑하고 열심히 부딪혀야겠다고 마음잡았다.

요즘 가요 시장이 음원 중심으로 바뀌면서 빨리 음악이 소비되고 사라져서 너무 안타깝다. 많은 음악가가 어떻게든 좀 더 가슴에 담아 둘 수 있는 노래를 만드는 게 목표인데 이렇게 바뀌니 힘들다. '누가 알아줄까' 하는 허망함이 있다. 후배들이 이제 어떻게 하느냐고 조언을 구할 때 답을 줄 수 없어서 미안하다. 그런 자괴감을 부수고, 허망함에서 탈출해야 하고 잘 할 수 있는 것을 끄집어내야 하는 게 앨범 작업이다. 자기 성찰이 되고, 깨달음이 온다."

새로 나온 앨범에서는 이은미의 날 목소리가 특히 두드러지게 느껴진다. 기계적인 터치를 거의 하지 않았다. 연주와 노래만 들어갔다. 음악이 갖고 있는 힘을 제일 먼저 내세우고 싶었다고 했다. 그녀는 이런 음악을 10대 아이들에게 들려주라고 권하고 있다. 자극적인 것에만 노출되지 않게, 기본적인 음악의 선율을 알게 했으면 하고 바라는 것이다.

가수 **이적**은 말했다.

"호기심에 이것저것 했다. 그러면서 실력이 많이 늘었다. 앨범이 다 잘 된 게 아니다. 돌아 돌아 노래가 살아남는 경우가 있으니 잘 만들어 놓자, 일희일비하지 말자고 저를 다독인다. 하지만 아직도 노심초사한다. 가수로서 이적의 유통기한이 끝나버린 게 아닌지, 새 노래를 발표하거나 공연을 앞두고 늘 불안하다.

공연에서 옛날 히트곡을 부르는 것도 좋지만 계속 부를 신곡이 있다는 게 중요하다. 과거를 팔면서 살 수 없다.

패닉 시절처럼 센 노래를 지금 만들면 별로라고 그럴거다. 그래도 실험은 계속하고 있다. 센 가사를 만드는 건 쉽다. 계속 남아서 사람의 마음을 움직이는 노래를 만드는 게 더 어렵다.

음악이 가지는 설명할 수 없는 힘을 보여주는 이야기라 좋아한다. 도전적인 이름처럼 실험하며 살았다.

2004년부터 소극장 공연을 시작했다. 집에서 흥얼흥얼 노래만들었을 때, 태어난 그대로의 모습을 전하고 싶어 시작했다는 공연은 12년째 이어지고 있다. 지난해 3월 '무대'란 이름으로 시작한 소극장 공연은 올 2월에서야 끝났다.

한 두곡 노래를 발표했다가 뜨지 않으면 사라지는 게 아쉽다. 온라인 차트에서 사라져버리면 그 노래가 나왔는지 아무도 모른다. 앨범은 여러 곡이 모여 집합을 이루고 하나의 이야기를 만든다. 낱개의 곡과 또 다르다. 그렇더라도 이제 음악 감상방법이 달라졌으니 고민은 반복될 수밖에 없다."

지적이면서도 감성적인 싱어송라이터로 유명한 이적은 시원하게 내지르는 특유의 보컬과 함께 가요계를 앞만 보며 달려왔다.

밥 딜런이 다른 대중음악계 전설들과 다른 점은 오랫동안 자신만의 음악 세계를 지켜왔다는 것이다.

자기 히트곡도 제 맘대로 달리 편곡을 해서 소화를 했다. 하지만 꾸준히 자기 자신을 유지하면서 창작을 계속하여 가수라는 자신의 존재를 유지해 냈다.

딜런은 2016년에 37번째 앨범을 발매했다. 50년간 다양한 주제의 수많은 노래를 발표했다. 정형화된 틀을 거부하며 끝없이 자신을 변화시킨 것이다. 저항 가수라는 호칭을 공개적으로 혐오하며 모호한 가사와 변화무쌍한 공연으로 자신의 정체성을 끊임없이 바꿨다.

1965년 그는 포크 음악에서 벗어나 록 음악을 과감하게 받아들이기 시작했다. 밥 딜런을 포크 음악 가수로만 여겼던 팬들은 그의 음악적 변신에 야유를 보내기도 했다.

그러므로 딜런을 이해하는 열쇠는 그 끝없는 변화에 대한 사랑일 것이다. 고정된 삶과 가치에 대한 거부를 일관되게 추구해 왔다. 음악적 형식에서 딜런은 그 시대의 유행과 관계없이 자신의 음악 장르를 무모할 정도로 급속하게 바꾸어 왔다. 고정된 가치와 느낌의 거부, 끝없이 유동하는 생각과 삶의 추구가 밥 딜런을 설명하는 또 다른 측면이다.

그런데 딜런의 노랫말을 시로 보는 것이 타당한가 하는 물음이 제기된다. 이 물음은 곧바로 시란 무엇인가라는 물음으로 이어질 수 있다.

그러나 시를 쉽게 판별할 기준은 없다. 시는 대개 운문이지만 산문시도 있다. 애초에 시로 쓰이지 않은 글들이 시의 유기적 부분을 이루는 경우도 있다. 훌륭한 작품들이 중심부를 이루고, 그 둘레에 시적 특질이 점점 옅어지는 글들이 동심원을 이룬다.

가사가 시적이라고 그 자체를 시라고 할 수는 없다. 가사는 멜로디와 리듬, 그리고 가수의 가창으로부터 자유로울 수 없는 언어다. 가사가 깃드는 곳은 지면이 아니라 허공이다. 가사는 노래의 시작과 끝에 이르는 짧은 시간의 흐름에 맡겨져 찰나 속으로 명멸한다. 그 시간을 벗어나면 가사는 앙상한 텍스트로 남을 뿐이다. 문학적 가사로 꼽히는 가요의 명곡들을 글로 적고 다시 읽어보라. 언어의 밀도가 꽤 성기다는 사실을 깨닫게 될 것이다. 이것들을 묶어 시집이라고 부르면 좀 안쓰러울 것이다.

가사에서 멜로디의 결에 맞지 않는 생경한 관념어나, 리듬을 방해하는 음운적 결함이 있는 언어, 가수의 음색과 따로 노는 언어들은 추방된다. 가사의 메시지에 집착하다 보면 멜로디나 음악적 구조가 허약해진다. 멜로디가 엉뚱하게 도약하기도, 심심할 정도로 평이해지기도 한다.

노래에서 가사는 선율 안에서만 그 의미가 있다. 멜로디가 좋으니까 노랫말도 덩달아 울림이 큰 것이지 그 반대는 없다. 선율을 벗어나는 순간 밥 딜런의 가사는 '끼적거림' 그 이상도 이하도 아니다.

표절 剽竊에 대한 단상

표준 국어 대사전

표절이란 시나 글, 노래 따위를 지을 때에 남의 작품의 일부를 몰래 따다 쓰는 행위

너희가 거저 받았으니 거저 주어라.

장미를 잘 따는 것도 은총이다.

꿀벌은 꽃들을 여기저기 옮아 다니며 자신의 것으로 삼은 뒤에 그것으로 꿀을 만든다.

새로운 것은 절대 없다. 그저 '단어의 위치'만 있을 뿐.
예술은 표절자가 아니면 혁명가다.

모든 것이 다 말해졌다. 인간들이 존재하고, 생각하기 시작한 지 7천여 년이 흘렀으니, 우리가 너무 늦게 온 것이다.

······ 내가 창조한 소설 세계의 가장 중요한 한 요소는 역사이다. 내가 중세의 연대기를 읽고 또 읽은 까닭이 여기에 있다. 중세의 연대기를 읽으면서 나는 모름지기 소설이라고 하는 것이 애초에는 작가의 머릿속에 없던 것, 가령 청빈을 둘러싼 논쟁, 소형제회 수도사들에 대한 심문관의 적의敵意 같은 것들도 소설 안으로 껴안아 들일 수 있어야 한다는 걸 깨달았다.

그것은 책이라고 하는 것은 끊임없이 다른 책을 언급하고 있다는 것, 이야기라고 하는 것은 끊임없이 세상에 알려진 다른 이야기를 언급하고 있다는 사실이었다. ······

때때로 나는 손을 멈추고, 이마를 찌푸리며, 환각에 사로잡힌 시선으로 나 자신을 '작가'로 느끼기 위해 망설이는 척하곤 했다. 게다가 나는 속물근성 때문에 표절을 몹시 좋아했고, 일부러 표절을 극단까지 밀어붙이곤 했다.

나는 이 잡동사니에다 좋았건 나빴건 내가 읽은 것 모두를 뒤죽박죽 쏟아부었다. 이야기들이 그 때문에 타격을 받았지만 그럼에도 그것은 이득이었다. 이음새를 만들어내야 했고, 그 결과 나는 좀 덜 표절자가 되었다.

재능 있는 사람은 훔치지 않고, 정복한다. 그는 자기가 탈취하는 지방을 자기 제국에 병합시킨다. 그는 그 지방에 자기 백성들로 들끓게 하고, 황금 왕홀의 세력을 거기까지 뻗친다. 나는 이런 얘기를 하지 않을 수 없게 됐다고 생각한다. 왜냐하면 알려지지 않은 장면들의 아름다움을 우리 대중에게 알려주었는데도 고마워하기는커녕 내게 도둑질이라고 손가락질하고, 그 아름다운 것들을 표절이라고 지적하니 말이다. 나 스스로를 위로하자면 적어도 나는 셰익스피어와 몰리에르와 비슷하다.

어떤 것을 완벽히 창조한다는 것은 불가능하다고 생각한다. 신조차도 인간을 창조할 때 발명해낼 수 없었거나, 감히 발명하지 못했다. 신은 인간을 자신의 형상대로 만들었다.

…… 기원전 1186년부터 1155년까지 이집트를 통치한 람세스 3세는 주요 기념비에서 전대 파라오의 이름을 들어내고 자신의 이름을 새겼다.

셰익스피어는 플롯, 캐릭터, 제목을 빌렸고, 다른 작가의 연극, 시, 소설을 재작업했는가 하면, 구절을 인용 표시도 없이 통째로 가져오기도 했다. 그런 완전한 표절은 용서받기에 그치지 않고 청중들에게 환영과 기대를 받기까지 했다. 바지선에 탄 클레오파트라를 묘사한 장면은 플루타크에게서 통째로 끌어온 것이지만 천재의 손으로 윤색되었다.

로렌스 스턴은 로버트 버튼의 <우울의 해부>, 프랜시스 베이컨의 <죽음에 대하여>, 라블레의 <가르강튀아>, 이외에도 여러 작품에서 가져온 구절을 거의 토씨까지 그대로, 자신의 목적에 맞게 적절히 재배치해서 <트리스트람 샌디>에 넣었다.

에밀 졸라는 알코올 중독을 다룬 자연주의 소설 <목로주점>에서 상당 부분을 표절했다. 그는 말했다. "내 소설은 전부 이런 식으로 쓰여졌다. 나는 펜을 들기 전에 도서관과 산더미 같은 주석들에 둘러싸여 산다. 내 전작에서도 표절을 찾아보시길, 여러분, 굉장한 발견을 하게 될 테니."

루퍼트 브룩은 '독창성이란 아주 많은 출처를 표절하는 것일 뿐이다'라고 말했고 파블로 피카소는 '표절이란 또 다른 도둑에게서 훔쳐오는 것일 뿐이다'라고 말했다. 그는 자신의 주장을 입증하기 위해서인지 다른 글에서 글귀를 훔쳐왔다.

에릭 클랩튼은 가끔 로버트 존슨이나 머디 워터스의 가사를 통째로 가져왔고 밥 딜런은 다른 작가의 글을 천 번도 넘게 가져왔다는 사실이 2014년 5월에서야 밝혀졌다.

마크 트웨인은 편지에 썼다. '아, 이런, 그 표절 소동이 어찌나 말도 못하게 웃기고 올빼미처럼 바보 같고 기괴한지요! 입으로 했든 글로 썼든 인간이 한 말 중에 표절 말고 뭐 다른 게 있었다는 듯 말입니다! 인간이 내뱉은 모든 말의 알맹이, 영혼, 더 들어가 볼까요, 말하자면 실체, 거대한 부분, 실질적이고 귀중한 재료는 바로 표절이지요. 지성인들에게서 나온 모든 것들의 99퍼센트는 표절이지요, 간단명료합니다.'

T.S 엘리엇은 '가장 확실히 알아볼 수 있는 방법은 시인이 빌려오는 방식이다. 미숙한 시인은 모방하지만, 성숙한 시인은 훔쳐온다. 형편없는 시인은 가져온 것을 훼손하지만 훌륭한 시인

은 더 나은 것으로, 아니면 적어도 다른 것으로 만들어낸다. 훌륭한 시인은 도용한 것을 독특하게, 뜯어온 글과는 전혀 다른 느낌으로 엮어낸다. 하지만 형편없는 시인은 도용한 것을 아무런 관련도 없는 부분에 던져 넣는다.'라고 말했다. 그가 쓴 <황무지>는 기본적으로 인용 덩어리였고, 각주도 대부분 정확하지 않았다. 엘리엇은 고의로 그렇게 했음을 시인했고 출판사는 교정을 해서 새로 찍어낼 수밖에 없었다.

롤랑 바르트나 미셸 푸코 같은 프랑스 사상가들은 모든 글이란 협력에서 나오는 것이고 일종의 문화적 공동 작업으로 생산되는 것이기 때문에 엄격히 따졌을 때 저자라는 것은 없다고 주장했다.

마르크스는 개인의 창작행위는 사회적 경험의 산물이기 때문에 정신적 노동의 결과인 지적산물도 당연히 사회적인 것으로 사회에 속해야 한다고 보았고, 볼셰비키 혁명은 러시아 작가들의 모든 작품을 국유화하였다. 그들은 '철강노동자가 쇳덩어리에 자신의 이름을 써넣을 필요가 있는가? 그렇지 않다면 마찬가지로 지식인 계급이 자신이 만든 것에 자기 이름을 넣을 특권을 왜 받아야 하나?'라고 말했다. ……

모든 모방이 표절로 낙인찍혀야 하는 것은 아니다. 고귀한 감정을 가져오고 빌려온 장식을 끼워 넣는 일에 때로는 창작을 대신할 만큼 많은 판단을 들어가게 한다.

표절 표절 표절하라!
다만 꼭 '연구'라고 불러주길.

과거에 말해지지 않았던 것은 오늘날에도 결코 말해지지 않는다.

무엇도 새로운 것은 없다. 모든 것은 다른 어딘가에서 전생을 살았기 마련이다.

우리는 다른 사람들이 이미 말한 것 이외에는 말할 수가 없다. 시인들은 호메로스를 표절한다. 맨 나중에 등장하는 작가가 일반적으로 가장 우수하다.

우수한 작가들은 남의 것을 빌려간 사람이 그것을 개선하지 못하는 경우를 표절이라고 부른다.

한 작가의 것을 훔치면 표절이고 많은 작가들의 것을 훔치면 연구다.

현대 작가들의 생각을 훔치면 표절이라는 비난을 받고, 고대 작가들의 생각을 훔치면 박학하다는 칭찬을 들을 것이다.
하늘을 표절한 땅/ 낮을 표절한 한밤의 송사/ 우리는 긴긴 어둠을 서로의 살 속에 말아 넣는다./ 그것들은 저희끼리 얽혀

가다가/ 우리 온 정신의 성감에서 만난다./ 끈과 단추는 모두 풀어 헤치고/ 우리는 서로를 표절한다./ 다만 기쁘도록/ 다만 어울리도록/그런 아침과 밤을 만나게 하는 까닭./ 그것을 표절하는 남자와 여자,/ 자연과 인간은 표절투성이다./ 태초, 하늘이 나를 표절하듯/ 신이 나를 표절하듯.

말이 많으면 못쓸 말이 많다네

> 모든 것은 흐르고 아무것도 머물러 있지 않는다.
> 굽어지지 않는 길은 없다.
> 변화에는 일종의 구원이 깃들어 있다.
> 桑田碧海
> 人生無常

현대는 청중이 끊임없이 생각하도록 하는 것이 음악의 목표가 되었다. 아름다운 음악이 주는 감동 대신 메시지가 있는 음악이 주는 생각의 기쁨을 얻을 수 있어야 한다. 그 변화를 감수하면 새로운 음악들이 기다리고 있다.

언제까지 마음으로만 음악을 들을 건가? 아름다운 선율, 조화로운 화음, 규칙적인 리듬이 듣기 좋은 음악의 요소일까?

21세기 음악은 다를 수 있다. 듣기 좋던 화음은 조각조각 깨지고, 리듬이란 건 종잡을 수 없게 되고, 멜로디는 흔적도 없이 사라질 수 있다. 음악의 요소를 잘게 부수고 그것들이 파편이 되고 순간이 되도록 하여야 한다. 왜 음악은 멜로디가 지속적으로 연결돼야 하는가? 모든 요소들이 왜 한 데 어울려 음악이 돼야만 하는가?

　현대 음악은 끊임없이 질문한다. 그리고 청중은 그 질문을 함께 던지거나 혹은 자신만의 답을 찾기도 하면서 음악을 듣는다. 지금까지 마음으로만 음악을 들었던 사람들은 이제 머리를 쓰며 음악을 듣는다. 그래서 현대 음악은 어려워졌다고 할 수 있을까? 음악을 듣는 방식과 이유가 바뀐 것이다. 현대 음악은 감동하기 위해서가 아니라 생각하기 위해서 듣는 음악이다.

　(한물 간) 가수에게 지금 시대의 화두를 던지는 걸작을 더 이상 기대할 수는 없다. 우리는 음악계의 판을 흔들고 미래를 내다보는 혁신적인 작품을 기다리지 않는다. 그렇다고 지금의 음악적 조류에 적응할 필요는 없다. 대중성을 쉽게 확보하려고 시도해서도 안 되고 과거로 막연히 돌아가는 노래도 안 된다. 새로운 트렌드와 옛 것의 재현 사이에서 갈피를 못 잡고 헤매는 모습을 보여서도 안 된다. 여전히 향후 진로를 모색하는 뮤지션의 끊임없는 혼란과 고뇌가 있어야 한다.

　그러나 가수는 영원히 사라져 버릴 게 아니라 다시 그리운 무대로 돌아와야 한다. 가요계의 변덕스러운 트렌드를 따르기보다 자신의 기본기를 충실히 보여줘야 한다. 옛날 옛적 잘나가던 시절의 음악에 더 이상 연연해서는 안 된다. 내면의 맨 밑바닥에서부터 끓어오르는 노래에 대한 갈망을 어찌할 것인가. 자신에 대한 공포, 세상에 대한 두려움을 떨쳐내라. 가슴 속에서 요동치는 혼란과 전율에 몸과 영혼을 송두리째 맡겨라.

　그러므로 당신은 끊임없이 실험을 계속하면서 변화해야 한다.

변신을 거듭해야 한다. 나이가 들어서도 꾸준히 어떤 형태이든 공연을 하고 새로운 앨범을 내는 뮤지션이 되어야 한다. 여러분은 알고 있을 것이다. 내가 지금 부활을 또는 재기를 말하는 것이 아니다.

무엇 때문에 여전히 냄비처럼 금방 뜨거워졌다가 식어버리는 반짝 인기에 목을 매달고 있는가. 그런 인기는 이미 충분히 누렸었는데. 아직도 골든디스크 상을 꿈꾸고 있는가? 아직도 가온 차트나 소리바다 등 음원 사이트에서 차트 1위를 꿈꾸고 있는가? 인생무상을, (존재의 심연 속에 어둡게 숨어있는) 허무감을 느끼지 않았던가? 자신의 초라한 음악적 재능에 비하면 그렇게 과분한 인기를 누릴 자격이 있었는지 스스로 한 번쯤 의아하게 생각해 본 적이 있었던가? 그때 스스로 부끄럽지 않았었던가?

인생은 우리를 실망시킨다.

그러므로 가수 조동진과 이은미, 이적, 밥 딜런을 보라. (조동진은 곧 70세가 된다. 가수는 노래했다. '부르지 말아요/ 마지막 노래를/ 마지막 그 순간은/ 또다시 시작인데') 그리고 현대 음악의 모색을 숙고해보라. 그것만이 자신의 음악 인생을 지켜내고 옛날 열렬한 팬들에게 보답하는 길이 될 것이다.

나는 2년 전인가, '난 한물 간 가수'라는 말을 처음 듣고 연민의 감정과 함께 어떤 충동을 느꼈다. 내가 육십을 넘을 때, '난 이제 한물 간 인간'이라고 자괴하면서 느꼈던 자기 연민의 감정과 일맥상통했기 때문일 것이다.

삶이 곧 죽음이다.

상실감.

우리는 모두 아슬아슬하게, 아니면 그럭저럭 살아간다.

우주는 고독한 곳이다.

나는 우리 대중 문화의 저변에 깔려 있는 진실, 환상, 규범, 문법에 대한 짧은 지식마저 결여되어 있어서 독창적인 시각으로 문제를 제기하고 분석하는 게 불가능하다. 그러므로 말을 제대로 할 수 없다. 그래서 나는 마땅히 스스로 해야 할 면밀한 조사를, 고찰을, 해석을, 추측을, 가설 세우기를 멈춘다. 다만 그들의 (경청할 필요가 있는) 말을 정리 또는 편집해서 전할 뿐이다. '난 한물 간 가수'가 그 이후 어떻게 해야 할 것인가? 라는 이 글의 목적 혹은 주제를 위해서는 그것으로 충분했다. 그래서 나는 자신에게 속삭인다. '아무것도 생각하지 마라! 마음을 완전히 비우라고! 왜! 쓸데없는 수고를 해! 그대로 베끼라고.' 그러면 듣는 사람, 읽는 사람이 어떤 결론을 내릴 것이다.

그러나 이 말은 나 자신에게는 일종의 위악적인 기교이거나 말도 안 되는 변명으로만 들린다. 내 주장을 완벽하게 또는 대충이나마 표창하기 위해서 전적으로 타자의 언어만을 사용한다는 게 도대체 말이 되는 것인가? 그러면 이 글의 화자 (또는 필자)는 누구란 말인가? 누가 말하고 있는가? 나는, 내가 표면적으로 말하고 있지만 실제는 나 아닌 타자가 말하고 있다는 것을 독자들이 정확히 인식하기를 바라고 있는 것일까?

우리는 말의 홍수 속에서 살고 있다. 신문, 잡지, 책들, 인터넷, 트위터, 인스타그램, 정당의 정강정책, 정치적 구호, 광장, 이상한 선전물, 각종 광고, 대자보, 사적 대화에서 넘치고 넘쳐흐른다. 단어와 문장의 과잉. 말은 한 사람의 입으로부터 나오지만 천 사람의 귓속으로 들어간다.

나는 무수히 많은 출처를 밝히지 않은 채 이 글의 대부분을 인용했다. 아니면 훔쳐서 사용했다.

도처에 말이 차고 넘치니까 말이다. 참으로 편리한 세상이라고 기뻐해야 할지 모르겠다. 그래도 어쨌거나 순전히 인용 또는 표절에 의해서 (엉성하긴 하지만) 한 편의 글이 완성되었다.

(그러나 데이비드 마크슨의 '이것은 소설이 아니다this is not a novel'를 흉내 낸 것은 아니다. 그 책은 거의 전적으로 다른 작가들의 문장으로만 구성되었는데, 출처를 밝힌 문장이 조금 있고, 대부분은 밝히지 않았으며, 짜깁기한 문장도 많다고 한다. 그런데 난 그 책에 관해 이 에세이를 다 쓴 무렵에야 알았고 물론 아직 구경도 하지 못했다.)

그런데 모방과 표절, 인용의 경계선은 참으로 애매모호하다.

내가 만약 각주를 달고 인용 부분을 상세히 밝힌다면 온전하게 면책이 될 것인가. 미국의 현대 작가 데이비드 포스터 월리스는 소설에서도 아주 긴 주석을 수없이 달았다. 필자들은 자신의 결백을 증명하기 위해서 인용과 각주에 대해 강박과 불안증을 갖고 있다. 그래서 각주가 남용 오용되고 있다. 하지만 어설픈 각주와 인용은 안 하는 게 낫다. 글의 간결성과 명료성을 떨어뜨려 가독성에 치명적인 해가 되기 때문이다.

우리는 언제나 '지나치게 공정해서는 안 된다. 왜 스스로를 파괴하려고 하는가?'라는 히브리 격언을 기억해야 한다.

그렇지만 인용에는 몇 가지 금지사항이 있다. 인용된 문장을 변경시키지 말 것, 그리고 인용문은 단순히 보조적 지위에 있다는 위계 질서를 위반하지 말 것. 또한 원전을 제대로 밝히고 인용부호 안에 넣었다는 구실로 너무 긴 문장들을 그대로 넣어서 독자가 원전을 읽을 필요가 전혀 없다면 그것은 이미 표절이란 것이다.

그런데 말이다. 내가 감당할 수 없을 만큼 넘치고 넘치는 그 많은 것들 중에서 남의 글 또는 남의 말을 올바르게 이해하고 제대로 선별해서 인용한 것일까? 혹은 베긴 것일까? 짜깁기한 것일까? (나는 이 에세이를 쓰기 위해서 근 2년 동안 준비했으니 내가 훔친 토막글을 정확히 어디에서 봤는지 도무지 기억이 나지 않는다.)

그 취지를 잘못 이해해서 오용하는 경우를 가리키는 의미로 슬갑도적 膝甲盜賊이라는 말이 있다. 이수광은 지봉유설 芝峰類說에서 타인의 문자를 도둑질해서 잘못 쓰는 자를 가리켜 슬갑도적이라고 했다. 그리고 이수광은 고사 故事를 지나치게 많이 인용하는 폐단을 지적하면서 시 한편 가운데 고사 인용한 것이 반을 넘으면 옛사람의 글귀나 말을 표절한 것과 거리가 거의 멀지 않다고 했다.

그렇다면 이 에세이야말로 주제를 살린다는 명분으로 다른 사람의 좋은 글을 (표절이란 개념은 법률적, 윤리적, 양심적 의미까지 포괄한다면 종잡을 수 없이 확장되지만) 표절한 것이 틀림없을 것이다.

옴베르트 에코는, '주제를 붙잡으라, 그러면 언어가 뒤따라온다'고 말했다. 이때 누구의 언어가 뒤따라오는 걸까? 이 경우 물론 작가의 언어를 말할 것이다. 그러나 나는 여기에서 전적으로 타자의 언어를 가지고 주제를 살리려고 애를 썼다.

그런데 그야말로 순수한 창작물이 어디에 있을까? 신이 무에서 유를 창조한 것처럼 말이다.

호르헤 루이스 보르헤스는 문학 텍스트란 기존 텍스트에 대한 읽기, 그리고 다시쓰기의 행위로 규정했다. 상호 텍스트라는 것이다. 즉 읽기와 글쓰기는 동질적인 행위이고 개별 작가의 존재와 텍스트의 독창성은 폐기된다. 그래서 그는 '저자의 이름이 있는 책은 매우 드물다. 표절이라는 개념은 존재하지 않는다.' 또는 '소설들은 상상할 수 있는 모든 변형을 동원하지만 단 하나의 동일한 구조를 가지고 있다.' 또는 '현재의 책이 과거의 책에서 유래한다는 것은 영예로운 일이다.'라고 주장했다.

그러므로 글을 도둑맞은 어떤 필자에게 내가 이해를 구할 일은 아니다. 글을 쓰는 사람은 누구를 막론하고 의식적이건 무의식적이건 간에 남의 글을 어떤 형태이든 표절할 수밖에 없고 실제 표절하니까 말이다. 예외가 있을 수 없다. 글에 쓰인 모든 단어와 문장은 필자의 전유물이 아니지 않은가.

다만 도둑맞은 글이 이 글 내용의 의미를 풍부하게 하고 주제를 살리는 데 조금이나마 기여했다면 그 도둑맞은 글은 그로써 부가가치를 창출했다고 볼 수 있다. 그러면 된 것이 아닌가.

애니멀 킹과 호모 사피엔스
Animal king and Homo sapiens

(진화론적 관점에서 본) 생명의 나무

진화생물학자인 테오도시우스 도브잔스키는 '진화의 역사에 비춰보지 않는다면 그 어떤 것도 의미가 없다.'고 말했다.

모든 생물은 진화의 역사를 반영한 계통수로 분류할 수 있다. 식물계, 균계, 동물계, 원생생물계, 원핵생물계 등 5개의 계가 있고, 동물계에는 무척추동물과 척추동물이 있고, 척추동물은 조류, 파충류, 포유류, 양서류, 어류 등 5개의 강으로 나눌 수 있다. 포유류에는 21개의 목이 있는데 영장목에는 꼬리달린원숭이, 꼬리없는원숭이, 원시영장류 3개의 집단으로 구분되고, 꼬리없는 원숭이는 고릴라, 침팬지, 호모사피엔스, 오랑우탄, 긴팔원숭이가 있다.

그런데 영장류는 영장목에 속하는 포유류를 말한다. 인간은 물론 원숭이, 오랑우탄, 침팬지, 고릴라 등을 아우르는 개념이다. 영장류는 엄지와 다른 손가락을 마주하게 할 수 있다는 점에서 다른 동물과 구별되고, 몸 크기에 비해 상대적으로 큰 뇌를 가지고 있으며, 엄지발톱이 평평하고, 보통 한 번에 한 마리의 새 끼를 배는 것도 영장류의 특징으로 꼽힌다.

그러면 원숭이와 유인원을 구분해 보자. 둘의 결정적인 차이 는 꼬리의 존재다. 꼬리가 있으면 원숭이이고 꼬리가 없으면 유 인원으로 분류하는데 당연히 사람은 꼬리가 없으니 유인원에 포 함된다. 그런데 꼬리 없는 원숭이는 근육질의 긴 앞다리와 자유 로운 어깨관절을 가지고 있으며 당연히 꼬리가 없는 것이 특징 이다. 사람을 제외한 모든 종이 열대림에서 서식한다. 한편 유인 원은 몸집이 크다는 관점에서 대형 유인원으로 분류된다. 대형 유인원은 인간을 포함해서 고릴라, 오랑우탄, 침팬지 등 4속뿐 이다. 이 중에서 침팬지는 사람과 함께 사람족hominini에 속해 진화적 관점이나 유전적 관점에서 인간과 가장 유사하다. 사람 과 침팬지의 유전자 DNA는 98.8%가 일치한다. 1.2%의 차이는 사람과 침팬지가 600만 년 전 동아프리카 지구대에서 공통조상 에서 분리되어 나와 독립적으로 진화하며 벌어진 결과다.

속에서 다시 분류된 종에는 현생 인류 (호모 사피엔스)가 있 다.

그러므로 다윈주의 원리에 따라 같은 조상에서 진화한 각기 다른 종들을 묶어서 속genus이라고 하는데 사자와 호랑이, 표범 과 재규어는 표범 속panthera에 속하는 각기 다른 종이다. 속이 먼저 나오고 종은 그 뒤에 쓴다. 그러므로 사자의 학명은 panthera leo이므로 panthera에 속하는 loe종이라는 뜻이다. 속의 상위에 있는 것이 과family이고 사자, 치타, 집고양이 등은 고양잇과에 속하고 늑대, 여우, 자칼 등은 개과에 속하는데 같은 과에 속하는 모든 동물은 동일한 선조의 후손이다. 예컨대 모든 고양잇과 동물은 약 2500만 년 전에 살았던 조상을 공유하고 있다.

천지창조

태초에 하나님께서 하늘과 땅을 창조하셨다. 땅은 아직 모양을 갖추지 못하고 비어 있었는데, 어둠이 심연을 덮고 하나님의 영이 그 물 위를 감돌고 있었다. 하나님께서 말씀하시기를 "빛이 생겨라." 하시자 빛이 생겼다. 하나님께서 보시니 그 빛이 좋았다. 하나님께서는 빛과 어둠을 가르시어, 빛을 낮이라 부르시고 어둠을 밤이라 부르셨다. 저녁이 되고 아침이 되니 첫날이 지났다. 하나님께서 말씀하셨다. "우리와 비슷하게 우리 모습으로 사람을 만들자. 그래서 그가 바다의 물고기와 하늘의 새와 집짐승과 온갖 들짐승과 땅을 기어 다니는 온갖 것을 다스리게 하자." 하나님께서는 이렇게 당신의 모습으로 사람을 창조하셨다. 하나님의 모습으로 사람을 창조하시되 남자와 여자로 그들을 창조하셨다. 하나님께서 그들에게 복을 내리며 말씀하셨다. "자식을 많이 낳고 번성하여 땅을 가득 채우고 지배하여라. 그리고 바다의 물고기와 하늘의 새와 땅을 기어 다니는 온갖 생물을 다스려라."

내가 왜 그토록 아프리카에 집착하는가?

나는 전 생애를 통해 아프리카와는 어떤 특별한 인연도 없는

데 말이다. 내가 아프리카를 북쪽에서 남쪽으로 종단한 적이, 또는 동쪽에서 서쪽으로 횡단한 적이 있었던가? 그렇게 하려면 내하찮은 목숨을 걸어야 한다. 내가 아프리카의 사막(사하라, 나미브, 칼라하리 등등) 에 다녀온 적이 있었던가? 에티오피아 고원의 그레이트리프트밸리는? 사하라의 남쪽 타만라세트는? 알제는? 나일강의 발원지인 빅토리아 호는? 동물의 천국 세렝게티평원은? 지도에는 그저 파랗게 칠해져 있는 콩고의 밀림 지역은? 콩고 강, 나이저 강, 잠베지 강은? 잔지바르는? 오코방고 삼각주는? 아틀라스 산맥은, 사하라 남쪽 아하가르 산맥은? 카사블랑카는? 마다가스카르 섬은? 킬리만자로 산은? 난민수용소는? 케이프타운은? 통북투는? 니아메는? 바마코는? 타라불루스(트리폴리)는? 모리셔스는? 페스는? 사피는? 마라케시는?

위에서 언급한 것들은 아프리카 하면 대충 생각나는 곳들이고 늘 마음속에는 언젠가는 반드시 가보리라고 또는 다시 가보리라고 마음먹었던 곳이다. 결국 버킷 리스트가 아닌가. (그러나이집트와 나일 강은 아프리카에서 제외해야 한다. 이집트 사람들은 스스로 이집트는 아프리카가 아니라고 하니까.)

장편 소설 '사하라'의 주요 배경은 아프리카와 사막이다. 그것은 단순한 지리적 배경이 아니라 독특한 개성과 이미지가 부여되어 캐릭터화되었다. 그것이 작품 속에 성공적으로 형상화되었는지 여부는 차치하고 작가의 본래 의도는 그랬다.

아프리카의 밀림과 강, 사막과 초원에는 여전히 또는 아직도 태곳적 야생의 생명력이 꿈틀거리고 있기 때문이다. 나는 그 생명력에 한없는 경외감을 느낀다. 그리고 꿈과 상상력과 전설과 신화가 가득한 땅이기 때문이다.

삶과 죽음의 땅. 생명력의 가장 원초적인 현장.

그리고 사자에 대한 그 지극한 관심은 무엇 때문일까? 나는 아프리카를 대표하는 동물은 뭐니 뭐니 해도 사자라고 생각한다. (지금 다른 대륙 어디에서 사자를 만날 수 있는가.) 그것도 갈기가 무성한 수사자가. 여러분은 내가 엉뚱하다고 혹은 뜬금없다고 생각되는가?

지구상에 현존하는 가장 큰 육식동물. 백수百獸들의 왕(rex animalium). 로마의 원형 경기장에서 검투사와 싸웠던 사자.

잔인하고 야만적이고 교활하고 피에 굶주린 불경스러운 사자. 악마의 현현. 악의 세력. 이스라엘의 적. 폭군과 사악한 왕들의 상징.

사자는 오랜 기간 숭배와 두려움의 대상이었으니 왕들과 전사들의 상징물이 되었다. 그들은 상상의 왕좌에 주저 없이 사자를 앉혔다. 성서는 사자의 용맹성과 힘, 아량과 관대함을 자주 강조했으며 그래서 그리스도의 진정한 상징이 되었다. ('울지 마라. 보아라, 유다 부족에서 나온 사자를. 곧 다윗의 뿌리가 승리하여 일곱 개의 봉인을 뜯어내고 두루마리를 펴게 되리라.' 요한계시록 5:5) 사자는 가문과 집단의 문장에 널리 사용되고 있고 오랫동안 화가와 삽화가들은 사자를 즐겨 그렸다. 지금도 여전히 사자는 그림, 조각, 모형, 자수, 직물, 도안, 상표, 묘사, 상징, 동화, 전설, 신화, 이야기, 환상, 꿈속에까지 이디든 존재한다.

나는 지금 (거의 멸종 위기에 처한) 동물의 왕인 사자들, 그 중에서도 늙은 수사자, 한때는 자기 영토의 왕이었지만 지금은 쫓겨나서 탄자니아 세렝게티 평원의 응가레 난유키 강 하류 삼각지에 있는 덤불 속에서 마지막 숨을 그르렁거리며 홀로 죽어가고 있는 **라이언 킹**을 생각한다. (단편소설 '라이언 킹'을 참조하기 바란다.)

플라톤이 '**국가** 政體' 10권에서 묘사한 '저승의 심판'을 받을 때 텔라몬의 아들 **아이아스**는 어떤 이유 때문에 인간으로 태어나기를 바라지 않고 사자의 삶을 선택했다.

내가 죽어서 환생할 수 있다면, 그리고 선택권이 주어진다면 나는 분명히 인간으로 환생할지, 아니면 사자로 환생할지, 그것도 검은 갈기가 무성한 수컷 사자를 환생할지를 두고 무척 망설일 것이다. 내가 만약 인간으로 태어나기를 바란다면 그건 다시 태어나서 건축설계사가 되기를 바라기 때문일 것이다.

나는 모든 생명체의 생명력을 경외하고 있고 얼치기 환경론자이고 인간도 수많은 동물 중 하나라는 '**포스트 애니멀 이론** post animal studies'을 신봉하고 있기 때문에 인간들과 동물의 왕인 사자들의 가상 대화를 다음과 같이 상상한다.

인간과 사자의 솔직한 대화.

애니멀 킹 : 인간들은 우스운 거야. 생긴 것부터가 말이야.

인간들은 얼마나 사납게 생겼는지. 입술은 얇고, 코는 뾰족하고, 얼굴은 주름투성이이고, 눈은 째져가지고 그 야비한 눈초리란…… 인간들은 언제나 무엇을 찾고 있는 거야. 욕심이 끝이 없으니까.

그래서 언제나 불안하지. 우리는 인간이 왜 그렇게 욕심이 많은지, 불안해하는지 도대체 이해할 수가 없어. 우리는 인간들이 정신 나간 한심한 동물이라는 것을 인정할 수밖에 없지.

호모 사피엔스 : 맞는 말이라고 할 수 있지. 어떻게 인정하지 않을 수 있겠어. 인간이란 그렇게 생겨 먹었다고 자기들은 동물이 아니라 인간이라고 생각하고 있지.

그런데 인간은 현명한 게 아니라구. 그러니까 사피엔스는 아닌 거야.

애니멀 킹 : 사자는 수천만 년 전에 태어났고 적어도 수백만 년 동안 이 지구의 대부분을 지배했던 거야. 그런데 인간은 태어난 지가 그렇게 오래되었다고 할 수는 없어.

그러니까 인간들은 1만 2000년 전 마지막 빙하기가 끝나고 신석기가 시작되면서부터 겨우…… 지배하기 시작한 거지.

호모 사피엔스 : 그건 그렇지. 불과 몇백만 년 전에 암컷 꼬리 없는 원숭이가 딸 둘을 낳았는데…… 그 원숭이는 아프리카에 살았는데…… 그중 한 마리는 침팬지의 조상이 되었고 다른 한 마리는 인간의 할머니가 되었다는 거지. 그러나 침팬지가 인간으로 진화하는 데는 너무나 오랜 세월이 걸렸고 호모 사피엔스가 된 것은 불과 얼마 되지 않았지.

그러니까 기독교 근본주의자들은 인간이 원숭이의 자손이라는 사실을 들으면 불같이 화를 내는 거야. 그들은 지구의 나이가 불과 6천 년 정도밖에 되지 않았고 하나님이 자신의 형상을 본떠 인간을 만들었다고 철석같이 믿고 있으니까. 이 대명천지에 말이야.

어쨌거나 원리주의자 또는 근본주의자는 논외로 치자고 그자들은 지금도 성경 말씀을 문자 그대로 믿고 있는 이성이 마비된 맹신주의자들이니까.

애니멀 킹 : 그 옛날에 사자들이 지구를 지배할 때 인간이라는 동물은 사자들의 먹잇감에 불과했지. 그래서 우리를 보면 도망치기 바빴다고 나무에서 내려오지도 못하고 웅크리고 있었어. 아주 좀스럽고 비겁했지.

호모 사피엔스 : 그런 거지. 그런데 아프리카에 기후 변화가 온 거야. 혹심한 가뭄이 계속되면서 밀림이 사라지고 사바나가 되었지. 그때 인간들은 나무에서 내려올 수밖에 없었고 거친 풀밭을 지나고 맹수들을 피하기 위해서는 어떻게든 일어설 수밖에 없었어. 허리가 끊어질 듯이 아팠겠지. 그리고 허리를 일으켜 세우는데 아주 오랜 세월이 걸렸어.

그러나 고진감래라고 인간들이 일어서서 직립보행을 하게 되자 앞발은 손이 되어 자유롭게 활용할 수 있었고 하늘을 향해 쳐든 머릿속에는 뇌가 커지면서 지능과 영혼이 깃들게 된 거야.

그러면서 인간은 지구를 서서히 지배했지.

애니멀 킹 : 그렇지만 우리 사자는 점점 쇠락하게 된 거야. 인간들이 도구와 불을 사용하기 시작했거든. 그래서 우리 사자와 인간의 처지가 뒤바뀐 거지. 세상은 어차피 돌고 도는 거니까.

호모 사피엔스 : 인간은 위기에 처하자 적자생존을 위해서 허리를 펼 수밖에 없었지. 그건 인간이 처음부터 지혜가 있었기 때문이 아니라 적자생존을 위한 진화의 결과였단 말이지.

애니멀 킹 : 약 3만 년 전, 구석기 시대의 벽화를 보면 생생한 야생동물이 가득하단 말이지. 이 벽화를 통해서 알 수 있는 것은 3만 년 전에 아프리카는 물론이고 유럽이나 중동지역, 인도지역에서 인간과 사자가 공존했다는 사실을 알 수 있어.

기원전 350년에 알렉산더 대왕은 마케도니아에서 사자를 사냥하면서 담력을 키웠던 거야.

그러니까 19세기나 20세기까지도 시리아, 터키, 이라크, 이란 등지에서 사자가 살았었는데 오늘날에는 아프리카만이 사자의 서식지로 남아있어. 그렇지만 아프리카 내 사자 서식지에서 사자가 거의 사라지고 있어. 한때는 수백만 마리가 대륙을 휘젓고 다녔는데 말이야.

야생의 사자는 개체수를 집계하기 어려워서 오늘날 아프리카에 서식하는 사자가 몇 마리가 되는지 알 수 없지만, 전문가들은 최근 몇십 년 사이에 사자의 전체 개체수가 크게 감소했다는 데 의견을 같이하지. 멸종 위기에 처했단 말이지.

원인은 다양하다고 할 수 있지.

사람들이 고기를 얻을 목적으로 사자의 먹이동물들을 밀렵하고, 이 먹이동물을 노리고 놓은 덫에 사자가 걸리는 경우도 있어. 그리고 먹이동물들이 가축들에 의해 서식지에 쫓겨나 사라지기도 했지.

그리고 인간들이 기르는 개로부터 옮겨온 전염병 디스템퍼에 의해 차례차례 죽어가기도 했지. 사자가 먹잇감 대신 가축을 잡아먹고 인간을 공격한 데 대한 보복으로 사람들이 사자를 창으로 사냥하거나 독살한 것도 원인이 되었고

일부 몰지각한 인간들은 그저 취미 삼아 성능이 좋은 총으로 사자를 사냥하기도 했어.

이제 아프리카에서 사자들은 절대적으로 멸종 위기에 처한 거야.

다시 말하면, 사자를 보려면 박물관에서 사자의 박제를 보거나 동물원에 가야 되는 거지.

호모 사피엔스 : 그러니까 지구상에는 인간이 너무 많은 거야. 70억이라고 하니까. 인구가 늘어나면서 더 많은 농경지가 필요하자 사람들은 숲을 파괴하기 시작했어.

인간들은 숲을 베어내고, 초원을 밭으로 일구고, 산들을 폭파해서 광산을 만들고, 강에는 댐을 쌓고, 철도를 놓고, 고속도로

를 위해 시멘트로 포장했던 거지.

애니멀 킹 : 그렇다고 인간 세계가 안전할까? 지속 가능할까? 어림없는 소리지. 그건 절대적으로 불가능해.

호모 사피엔스 : 왜 그렇게 보는 거야? 하지만 솔직하게 인정해야겠지. 인간들에게는 아주 불편한 진실인데…… 그걸 애써 외면하려고 하고 또는 턱없는 낙관론을 주장하고 있지.
인간에게 가장 치명적인 적은 바로 인간인 거야. 자신과 가장 닮은 동물이야말로 가장 위협적인 거지.

애니멀 킹 : 인간은 너무 잔인하지. 참혹한 전쟁은 논외로 쳐도 말이지. 우리는 오직 배고플 때에만 본능적으로 사냥을 하는 거야. 허기 때문에 참을 수가 없으니까. 그래서 수많은 사냥감 중에서 단지 한 두 마리만 희생을 당하지.
우리는 그들을 괜스레 죽이지는 않아.

호모 사피엔스 : 인간은 정말 잔인하지. 그렇게 잔인하기 때문에 지구를 지배하고 있는지도 모르지만……

애니멀 킹 : 중생대 1억 8천만 년 동안 공룡이, 바다에는 어룡이, 하늘에는 익룡이, 육지에는 공룡이 지구를 지배했지. 그러나 공룡들은 6천 500만 년 전에 완전히 멸종했어.

지구상에는 그동안 5차례의 대멸종이 있었는데 추정 원인은 빙하기 도래, 우주의 감마선 폭풍, 대규모 화산 폭발, 운석 충돌 등이었어.

6차 대멸종이 현재 진행 중인지도 모르지. 일부 과학자들은 향후 100년 내에 가능성이 있다고 하니까 말이야.

그것도 인간들이 지속적으로 자행한 환경 파괴 때문에······.

호모 사피엔스 : 당신은 지금 환경 문제의 심각성을 지적했는데 전적으로 동감하지.

똑똑하다는 인간들도 기후변화가 이렇게 빨리 진행될 줄은 몰랐겠지. 아마 공포심을 느낄 정도일걸. 인간은 엄청난 양의 화석연료를 소비했고 그 결과 탄소 배출량이 폭발적으로 늘어버렸어. 환경 재앙으로 3,4세대 안에 인류는 멸망할 수도 있는 거야.

오늘날 환경 파괴는 매일 해가 뜨고 지는 것처럼 현실적인 것이 되었다고 지구상 가용 자원은 위기에 처해 있다고 지적할 수 있지. 그러니까 우리에게 주어진 시간은 고작 50년 정도일 거야. 인간들은 지속 가능한 생존을 위해서 어떤 조치를 취해야 하는지 모르고 있는 거야. 아니면 알면서도 당장에 눈앞의 이익을 위해 모른 척하거나.

우리가 미래를 생각할 때 미래 기술의 혁명적인 것은 인간의 몸과 마음, 즉 호모 사피엔스 자체를 근본적으로 변화시키는 거야. 그래서 초super-, 기술의techno-, 디지털화digitalised-, 유전자 조작의genetically engineered, 세계화된globalised 등등의 단어들이 유행하고 있는 거지.

미래의 인간은 유전공학, 나노기술, 뇌 컴퓨터, 인터페이스 기술로 수명을 무한대로 연장하고 생명체를 새로운 스타일로 디자인하게 될 거야. 그러니까 **인공지능(AI)**이 인류의 미래를 좌우할 거야.

인간이 스스로 핵 공격을 하여 인류를 전멸시킬 것이라고는 생각하지 않아. 인간들은 스스로 핵전쟁의 위험을 인지하기 시작했거든.

그보다 가능성이 더 높은 위험은 인공지능이 인간을 쓸모없는 하찮은 존재로 만들 거라는 거지. 컴퓨터가 인간의 의식까지 대체할 가능성이 있지. 인간이 이제 신의 경지에 도달한 거야.

이제 쓸모없어진 수많은 인간은 어떻게 될까? 금세기의 가장 큰 문제가 될 거야.

지금 세계는 자본주의로 성장을 만끽했지만 세계가 더 행복한 곳이 된 건 아니었어.

애니멀 킹 : 인간을 능가하는 AI의 출현 또는 인간처럼 느끼고 생각하는 인공지능이 탄생하면 그게 인간에게 축복일까, 재앙일까?

결국 '포스트 휴먼'시대가 도래하는 것일까?

호모 사피엔스 : 두 가지 견해가 대립하고 있더라고 긍정적인 면과 부정적인 면이……

긍정론자들은 이렇게 말하지.

인공지능은 화성에서 온 외계 생명체가 아니라 인류의 삶을 더욱 풍족하게 해줄 인간의 도구라고 인공지능의 발전에 대해 두려움을 가질 필요는 없다는 거야. 인공지능은 화성에서 우릴 침공해 온 외계 생명체가 아니라 바로 인간이 만든 피조물에 불과하다는 거야. 또 인공지능은 앞으로 인류와 공생하며 도구로서 인간의 신체적, 지적 한계를 확장해 주는 역할을 할 거라는 거지.

과거에는 주로 인간의 신체적 한계를 극복하는 데 쓰였지만 이제 새로운 인공지능은 인간의 지적 한계를 넘는 데 쓰일 전망이라고도 했어. 예를 들어 모든 언어를 정확하게 번역해주는 인공지능 번역기가 발명돼 유사 이래 인류가 가장 긴밀히 소통하는 시대가 온다는 거지.

2029년엔 사람과 똑같이 말하고 생각하고 감정까지 느끼는 존재가 탄생해 인류와 인공지능이 협업하는 시대가 될 거라고 기대하고 있어.

이어 2045년에는 인공지능과의 결합으로 인류의 육체적, 지적 능력이 생물학적 한계를 뛰어넘는 시점, 즉 변곡점 Singularity 이 온다고 했지.

그들은 AI를 두려워할 필요가 없다고 단언했어. 그들은 생물학 무기와 유전자 재조합 기술 등 신기술이 탄생할 때마다 이런 논란이 제기되었다면서 문제는 AI기술이 아니라 범죄와 폭력을 부르는 인간 사회에 있다고 주장했지.

그들은 AI가 사람을 살리고, 우주와 저 아득히 깊은 땅속까지 탐사할 수 있게 해줄 것이라고 주장했어.

그러면 비관론자의 생각은 어떨까.

인간보다 1000배 더 똑똑한 슈퍼 인공지능(ASI)이 등장하면 인공지능이 인간과의 우정보다는 자유를 택할 공산도 더불어 커진다고 했지. **'2001년 스페이스 오디세이'**와 **'터미네이터', '엑스 마키나'**까지 인간과 인공지능의 대결을 묘사했던 SF 영화들이 당장 눈앞의 현실이 될 수도 있다고 보는 거지.

인간도 쥐와 원숭이를 싫어하지는 않지만 잔인하게 다루잖아. 슈퍼 인공지능이 인간을 파괴한다고 할 때 반드시 인간을 미워하리라는 법은 없는 거지. 인류가 최후의 발명품인 인공지능에 무릎 꿇는다는 슬픈 가정을 하는 거야.

인공지능 개발을 금지하는 방안도 개인이나 집단적 이기심 때문에 실패할 가능성이 크다고 진단했어. 무척 이기적이고 호기심 많은 인간들에게 그건 확실히 불가능할 거라고.

또한, 인류의 멸망이 인공지능의 자유의지 때문일지, 오작동으로 인한 파국일지, 누구도 명쾌하게 말할 수도 없다는 거지. 어쩌면 현 시점에서는 예측 불가능한 시나리오겠지.

영화 '엑스 마키나'에서 보면 인공지능 로봇 에이바는 매혹적인 여성의 모습으로 자유의지까지 지녀 진실을 호도해. 이 영화는 인공지능 개발이 인류에게 비극적 미래를 가지고 올 수 있음을 경고하고 있는 거야.

문제는 훨씬 빠르고 강하며 치밀한 미래의 인공지능이야. 인간의 지능수준을 뛰어넘는 **강인공지능(AGI)**이 앞으로 10년쯤 뒤에, 인류보다 훨씬 우월한 초월적 존재인 **초인공지능(ASI)**도 2030년쯤이면 등장할 것이라고 했지.

고도 인공지능은 인간이 전원을 끄는 것에 저항하고 다른 기계에 침입하며 복제본을 만들려고 시도할지도 몰라. 마치 생물이나 인간이 하는 것처럼 말이지. 속성상 남의 안전에 아랑곳하지 않고 자신의 생존을 위한 자원을 독차지하려고 시도할 가능성도 커. 인공지능은 상상 이상으로 교활하고 강력하며 이질적이기 때문이란 게 그 이유야.

AI가 인간이 되기를 갈망하는 제3의 인류로 등장할 수 있을까.

영화 '터미네이터'에 등장하는 첨단 컴퓨터 **'스카이넷'**은 지구를 지배하며 인류를 위협하는 대표적인 AI야. 인간은 저항군으로 몰락해서 스카이넷에 맞서는 나약한 존재일 뿐이지.

영화 '매트릭스'는 더욱 우울한 미래를 암시해. 컴퓨터가 자신의 생명줄인 전기를 얻기 위해 인간을 생체에너지 자원으로 취급하기 때문이야. 가상현실 속에 인간을 가둬놓고 가축처럼 사육하지.

1999년 개봉한 영화 **'바이센테니얼 맨'**에서 주인공으로 나오는 로봇 **'앤드루'**는 점점 지능이 발달해 급기야 인간이 되기 위해 노력하는 인물이야. 하지만 진정한 인간으로 인정받지 못하자 갈등이 생기지.

최근 개봉한 영화 **'채피'**의 경우 로봇이 자아를 갖게 됐지만 인간과 동일한 권리나 수명을 얻을 수 없다는 사실에 실망하고 방황하는 인물로 나오는 거야.

즉, 비관론자들은 그런 강한 인공지능이 등장하는 순간, 인류는 비극적인 종말을 맞게 된다는 거야. 인공지능은 인간을 능가하는 지적 능력을 갖고 있으면서 인간이 안고 있는 문제는 갖지 않고 있어. 잊어버리지 않고, 밥도 안 먹고, 죽지도 않아. 인공지능이 독립성을 갖게 된다면 인간이 컨트롤할 수가 없어.

인문학자들은 인간의 정신과 자아는 인간만이 가질 수 있다고 말하지. 그러나 그런 샘님들이 AI에 대해 뭘 알고 있겠어. 그들은 아주 멍청하다고 그런데 AI가 정신과 자아를 만드는 방법을 인간은 알 수 없겠지만, 인공지능은 스스로 찾아내는 게 가능할 거야.

애니멀 킹 : 다시 말하지만, 인간의 적은 인간인데 엎친 데 덮친 격으로 강력한 인공지능을 가진 괴물 인간이 탄생하는 거지.

그 괴물이 옛날에 사자가 인간을 잡아먹은 것처럼 인간을 잡아먹을 거라고

호모 사피엔스 : 그렇게 될 거라고 어떻게 부인할 수 있겠어?

그런데, 궁금한 게 있는데…… 동물도 감정이 있는 건가? 통증을 느끼고 아픔을 느끼고 슬퍼하고 기뻐할 수 있는 건가?

애니멀 킹 : 나는 동물의 행동을 자극에 대한 단순한 기계적

반응으로 치부하는 **행동주의** 대신 동물의 믿음, 바람, 욕망, 의도 같은 심리 상태로 설명해야 한다는 인지주의를 지지할 수밖에 없지.

인지주의자들은 동물에게 감정, 호기심, 주의, 기억, 상상, 이성, 언어, 자의식, 미감, 도덕감 등 인간이 가지고 있는 마음의 거의 모든 능력이 있다고 인정하지. 이들은 인간과 고등 동물의 마음의 차이는 매우 크지만 틀림없이 종류가 아니라 정도의 차이라는 **찰스 다윈**의 지적을 새기고 있어.

하지만 **데카르트**는 아주 오래전에 의식, 언어소통, 자의식은 인간에게만 허용된 것이라고 주장하였지. 동물과 인간의 인지 차이는 정도가 아닌 종류의 차이라고 못 박았던 거야. 심지어 동물이 고통을 느낄 수 없는 기계라고 주장하며 수없이 많은 개를 산 채로 해부했어. 당시에는 마취제가 없었는데도 말이지. 개를 때리면 '깨갱'하지만 이것이 아픔을 느끼는 것을 증명하는 것은 아니라는 게 그의 주장이었어.

그 이후 인간들은 인본주의를 주장하며 인간을 동물이 아니라고 하였고, 인간은 신과 동물 사이에 있는, 또는 하늘과 땅의 중간 사이에 떠 있는 존재로, 스스로 격상시켰지.

나는 사자로서 때로는 기쁘기도 하고 때로는 슬프기도 하다네. 나의 감정은 인간만큼 강력하다네.

호모 사피엔스 : 지구를 지키고 동식물 멸종을 막을 해법이 있다고 보는가?

애니멀 킹 : 전 세계적으로 생물은 멸종 중에 있어. 지금 화석과 유전학 연구로 얻은 정보들을 바탕으로 계산해 보면 연간 생명 멸종률은 수백만 년 전 인류가 지구에 출현하기 전의 멸종률보다 1000배 이상은 높다는 거야.

생물 멸종이 가장 흔한 지역은 열대지방 나라들이야. 그러나 지구상 최강의 나라인 미국도 마찬가지야. 1895~2006년 사이 57개 생물종이 멸종했어. 토종 민물고기들도 다수 멸종했지. 이를 기준으로 계산한 멸종률은 인류의 등장 이전과 비교했을 때 900배 가까이 높아. 인간들이 스스로 할 수 있는 방법이 있을까?

호모 사피엔스 : 생물종 절멸 사태를 막을 합리적 방법은 하나밖에 없어. 아프리카에서 발원한 인류가 다른 대륙으로 퍼져 나가기 전의 수준으로 생물 멸종률을 낮추는 거지. 인류가 지구를 야금야금 장악하면서 다른 생명체들은 서식지를 빼앗겼어. 이것이 생물 다양성 손실의 가장 큰 이유야.

인류는 지금까지 구상했던 수준보다 훨씬 더 많은 자연 서식지를 보존해야 해. 땅 욕심에 눈이 멀어 다른 생명체의 터전을 뺏는 일을 중지해야만 한다고.

애니멀 킹 : 그것뿐일까? 그 정도로 해서 멸종을 막을 수 있을까?

최후의 심판의 날에 단 한 종류의 동물만이 참석한다면 얼마나 한심한 일이 될 것인가. 하나님께서도 기가 막혀서 혀를 찰까?

호모 사피엔스 : ……

정말로 동물은 존엄성을 가진 존재일까? 인간과 견줄 만한 존
엄성이 동물에게도 있을까? 나는 잘 모르겠다. 확신할 수는 없
다. 하지만 나의 경험에 의하면 동물들도 통증, 공포, 불안 같은
불쾌한 감정 상태가 분명히 있다. 동물들은 우리보다 훨씬 뛰어
난 시각, 청각, 후각을 가지고 있으니. 그러므로 동물들이 불쾌
한 감정 상태를 느낄 수 있다면 즐거움, 행복, 쾌락 같은 유쾌한
감정 상태를 느끼지 못할 이유가 없다.

하지만 나는 감정에 치우친 나머지 지나치게 헌신적이거나
저돌적이기까지 한 동물보호 운동가는 아니다. 또한 채식주의자
도 아니다. 그러나 애정과 같은 변덕스러운 인간의 감정과는 상
관없이 동물을 위한 독립적이고 합리적인 기준이 필요하다는 것
을 인정한다. 그러므로 **동물윤리학**과 **동물보호법**을 더 발전시
킬 필요가 있다.

더 나아가 지구 환경을 보호하고 야생의 동물을 보호하기 위
해서 가칭 **야생의 법** 또는 **지구법**이 국제적 차원에서 조약으로
또는 개별 국가의 실정법으로 하루빨리 제정 시행되어야 할 것
이다. (물론 현재의 복잡다단하게 이해관계가 뒤얽힌 상황에서
는 그 실현 가능성이 요원하기는 하다.)

그런데 지구와 인간을 둘러싼 시스템이 너무 복잡하기는 하

지만 지구 공동체 내에서 모든 생명체를 보호하기 위해서 인간이 실행할 수 있는 역할이 있을까. 너무 늦기 전에 우리의 시스템을 근본적으로 변화시켜야 한다. 그러나 **유엔기구변화협약(UNFCCC)**과 **지속가능개발에 관한 세계정상회의 (WSSD)**는 인간들의 지독한 이기주의 때문에 번번이 합의 도출에 실패했다.

생물권의 오염, 토지의 황폐화, 사막의 확장, 담수와 어류 자원 의 고갈, 야생 동식물을 멸종시키는 산림과 서식지의 파괴 그리고 인구 증가와 경제 발전에 따른 인간 소비 수준의 가속화를 조절하고, 반전시킬 획기적 수단과 방법을 시급히 강구할 필요가 있는데 말이다. (코막 컬리넌 지음, 박태현 옮김, '야생의 법' 참조)

우리는 이 시점에서 **'어머니 지구권에 관한 세계 선언'**을 주목할 필요가 있다.

이 선언은, 어머니 지구는 살아있는 존재이다. 어머니 지구와 모든 존재는 가령 유기적 존재와 비유기적 존재에 따른 구분, 종에 따른 구분, 기원에 따른 구분, 인간 존재에의 유용성에 따른 구분, 그 밖의 지위에 따른 구분 등과 같은 구분에 상관없이 이 선언에서 인정된 모든 내재적 권리를 가질 수 있는 자격이 있다. 인간 존재가 인권을 가지는 것처럼 다른 모든 존재 또한 자신이 존재하는 공동체 내에서 그 종 내지 유에 특정된 역할과 기능에 적합한 권리를 갖는다. 각 존재의 권리는 다른 존재의 권리에 의해 제한되고, 그 권리 간의 갈등은 어머니 지구의 통

합성과 균형 그리고 건강을 유지하는 방식으로 해소돼야 한다고, 규정하고 있다. (상세한 것은 전게서 참조)

그리고 **에콰도르의 헌법**을 기억하자.

2008년 9월 에콰도르의 국민은 국민투표를 통해 자연은 존재할 권리와, 스스로의 순환과 구조, 기능과 과정을 유지할 수 있는 법적으로 집행 가능한 권리를 가지고 있음을 인정하는 헌법을 압도적인 찬성으로 채택했다.

세계의 모든 것들은 오직 인간을 위한 것이고, 인간이란 존재는 오직 스스로를 위한 것일까? 인간의 탐욕을 위해 동물들을 무자비하게 착취해도 되는 것일까? 끊임없이 실험대상인 동물. 지구환경의 황폐화. 그 결과 우리는 빠른 시기에 미처 예기치 못한 무시무시한 재앙에 직면하게 될지도 모른다.

가장 최근의 빙하기가 끝난 뒤인 1만 2000년 전부터 현재까지인 지금의 지질 시대를 한때는 홀로세holocene라고 하였지만, 2008년 지질학자들은 현시대를 인류세anthropocene라는 명칭을 붙이기로 하는 데 합의하였다. 인간들이 지구 시스템에서 가장 큰 영향을 미치는 단일한 원천이기 때문이었다. 그러므로 인간들이야말로 이 무수한 난제들을 풀어가야 할 숙제를 안고 있는 것이다. 인간들이 잘못하면 제 6차 대멸종의 시대가 눈앞에 도래하는 것이다.

그렇지만 우리는 우리 세대의 문제가 아니라 다음 세대가 직면할

문제이기 때문에 우리는 괜찮다고 하면서 모른 척하고 넘어가도 상관없을 것인가?

인간들의 지독한 이기심이란…….

인간들은 겸손해야 한다.

진실과 왜곡

영화 1987

과연 영화 1987은 99% 실화일까? 실화와 얼마나 비슷하게 만들지에 대해서 고민을 많이 했을까? 실화를 영화로 만들 때 가장 중요한 건 팩트를 훼손하지 않는 것이고 역사는 왜곡과 훼손이 되어서는 안 된다고 시나리오 작가 (김경찬) 스스로 말하지 않았는가.

이 영화는 5공화국 정권의 폭력성을 30년이 훌쩍 지났는데 새삼스럽게 고발했다는 점에서 높은 평가를 받아야 할 것이다. 더욱이 개봉 2주 만에 500만 관객을 돌파했다고 하니 얼마나 축하할 이야기인가. 영화감독이나 제작자 혹은 투자자는 손익분기점을 훨씬 넘어 많은 수익을 얻게 되었으니 말이다.

그러나 이 영화는 명이 짧은 5공화국의 단말마의 순간을 포착하려고 시도했겠지만 진실을 외면하여 왜곡투성이가 되었다.

6월 혁명의 기폭제가 된 박종철 사건과 관련된 역사적 사실은 평가나 해석의 문제가 아니라 몇 가지 사실 자체가 크게 왜곡되었으므로 중대한 문제인 것이다.

* * *

(그 당시 서울대 언어학과 3학년 학생이던) 박종철 고문치사 사건의 진실은 다음과 같다.

그 당시 박종철 군이 신림동 하숙집에서 연행된 시간은 검찰 발표에 의하면 1987년 1월 14일 오전 6시 40분경이었다. 그리고 남영동 대공분실에서 물고문 끝에 질식사한 것은 11시 30분쯤 이었다. 그날 오후 7시 40분경 서울지검 최환 공안부장은 경찰 의 사체 화장에 관한 강력한 요청을 뿌리치고 사체 보존과 부검 을 지시했다.

1월 15일 저녁 9시경 한양대 병원에서 부검이 시작되었는데 검찰에서는 김진덕 입회계장과 형사 2부 수석 검사였던 안상수 검사가 참석했고 (그러므로 최환 검사가 부검에 참여한 것이 아 니었다), 국립과학수사연구소에서는 황적준 박사와 부검 보조직 원인 구연반, 고영찬, 사진사 한한수가 참석했고, 한양대 병원에 서는 마취과 전공 박동호 의사가 참여했고, 유족으로는 박종철 의 형인 박종부와 삼촌인 박월길이 참여했는데 형은 부검이 시 작되기 전에 도저히 입회할 수 없다고 하여 중간에 빠져나갔다.

부검이 끝나자 안상수 검사는 관례대로 가족에게 시체 인계 를 지시했다.

5월 16일 8시 25분, 박종철 시체는 영안실을 떠나 벽제 화장 장으로 옮겨져 오전 9시 10분에 화장됐고 화장이 끝난 박종철의 유골은 분골실로 옮겨졌고 잠시 뒤 하얀 잿가루로 변해 형 박종부의 가슴에 안겨졌다.

당초 고문경찰에 대한 수사는 '신길산업'이라는 위장 간판이 달린 신길동에 있는 치안본부 특수수사대 건물에서 17일 오후부터 전담 특별 조사반장으로 임명된 이강년 치안본부 수사부장에 의해 진행되었다. 19일 오전 10시 강민창 치안본부장이 기자회견을 갖고 경찰에 의한 조사결과를 발표했다.

조한경 경위와 강진규 경사는 박종철 군이 서울대 민추위사건 주요 수배자인 박종운 군의 소재를 알고 있음이 확실함에도 진술을 거부하자 사실을 알아내기 위해 위협수단으로 대공수사 2단 5층 9호 조사실에서 박군의 머리를 욕조물에 한 차례 잠시 집어넣었다가 내놓았으나 계속 진술을 거부하면서 완강히 반항하여 다시 머리를 욕조물에 넣는 과정에서 급소인 목 부위가 욕조턱에 눌려 질식 사망한 것으로 밝혀졌다.

연행시간은 8시 10분. 사망시간은 11시 20분경. 사망원인은 경부압박에 의한 질식사. 복부팽만은 조사관의 인공호흡과 초진 의사의 호흡기 주입으로 인해 공기가 위장에 들어가 생긴 일시적 현상이다.

그날 오후 5시 30분경 피의자들에 대해 서울형사지방법원 안영률 판사로부터 구속영장이 발부되었고 다음날 새벽 서대문경찰서 유치장에서 영등포교도소로 호송되어 수감되었으며 1월 20일 검찰에 송치되었다.

사건이 검찰에 송치된 후, 검찰에서 1차 조사는 서울지방검찰청 형사 2부 신창언 부장이 주임 검사가 되고 실제 수사는 안상수 검사와 박상옥 검사가 담당했는데 그 당시 검찰은 피의자들을 검찰청으로 소환하는 대신 영등포교도소로 가서 임시로 마련된 조사실에서 20일부터 23일까지 피의자들을 조사하였다. 그리고 1월 24일 두 경찰관을 기소하였다.

5월 18일, 명동성당에서 거행된 5·18 광주항쟁 추도 미사에서 천주교 정의구현사제단의 김승훈 신부가 추가 범인이 있으며 범죄사실이 축소 왜곡되었다고 폭로하였다. 그 폭로가 있은 후 5월 20일 검찰에서 2차 재수사가 처음부터 진행되었는데, 그 당시 담당 검사는 신창언 부장 검사, 안상수, 박상옥, 김동섭, 배재욱, 문영호, 이승구 검사 등이었다.

그러나 범인 축소와 관련된 2차 재수사는 23일부터 대검 중수부 (한영석 부장)가 담당하게 되었다.

그때 추가로 밝혀진 고문 가담 경찰관 반금곤, 이정호, 황정웅 등은 1차 구속 기소된 조한경, 강진규와는 별개로 추가 기소되었다.

한편, 대검 중수부는 5월 29일 오전 텔레비전으로 생중계되는 가운데 범인 은폐 축소에 가담했던 박처원 치안감, 유정방, 박원택 등 3인에 대한 범인은닉 혐의에 대해서 발표하였다. (그때 수사결과를 발표하면서 강민창 치안본부장은 이 사건 축소조작에 가담한 혐의를 인정할 증거가 없다는 이유로 입건조차 하지 않았다.)

축소 조작

- 사건발생 당일인 1월 14일 오후 5시경 치안본부 대공 3부 사무실에서 고문경찰관 5명이 모여 '조경위 등 2명이 수사하다 박군이 졸도사망한 것'으로 구두로 합의, 보고서를 작성했다. 1월 15일 오전 박원택 경정이 고문경찰관 5명을 불러모아 이들이 구두 약속대로 조서받는 연습을 하게 하고 각자의 역할을 숙지하도록 했다.
- 1월 17일밤 11시경 유정방 경정은 특수수사대 조사관실을 방문해 조경위 등 2명이 범행 모두를 뒤집어쓰도록 설득했다.
- 1월 18일 오전 10시경 동료직원 10여명이 조한경을 찾아가 회유를 했고 박치안감도 이들 2명을 찾아가 두 사람이 모두 책임지고 나가라고 설득했다.
- 1월 19일 오후에는 유, 박경정이 다시 찾아가 경찰조사 때와 같이 검찰에서 진술하라고 하는 등 범인을 축소조작했다.

은폐 공작

- 2월 19일 유경정 등 6명이 교도소로 조경위 등을 면회갔을 때 조경위가 '양심선언을 하겠다'고 하자 박치안감이 3월 8일 교도소로 다시 찾아가 조용히 있으라고 설득했다.
- 3월 9일 박치안감이 가족들을 만나 설득해달라고 부탁했다. 3월 19일에는 변호사 선임을 취소하라고 종용했다. 유경정

은 3월 11일부터 5월 17일까지 10회에 걸쳐 그 가족들을 만나 사건을 은폐하도록 설득했다.

• 한편 박치안감은 4월 2일 신탁은행 이촌동 지점에 조한경 과 강진규 명의로 5000만 원짜리 개발신탁장기예금 2계좌 씩 2억 원을 가입한 뒤 다음 날 의정부교도소로 이들을 면 회가 예금증서를 보여주면서 회유하였다.

다음 해인 1988년 1월 12일 동아일보에 부검의 황적준 박사 의 일기장이 공개되면서 강민창 전 치안본부장이 대검 중앙수사 부 (김경회 부장) 조사를 받고 15일 밤 직권남용 및 직무유기 혐 의로 전격 구속되었다. 그는 서울구치소에 수감되면서 '업보로 생각하고 수양하겠다. 죄송스럽다'라고 말했다.

* * *

우선, 이 영화에서 반동 인물(antagonist)은 박처원 처장으로 고 정되어 있다. 그러나 그는 일개 처장일 뿐이고 그 위에는 층층 이 상급자가 있었으므로 모든 행위는 그들에게 보고하고 지시를 받아 처리를 할 수밖에 없었다. 경찰 조직은 군대처럼 상명하복 을 하는 특수한 조직이지 않은가. 실제 강 치안본부장은 나중에 직무유기와 직권남용죄로 처벌받았지 않은가.

그 당시 남영동 대공분실은 예산이나 조직, 업무처리에 있어 서 안기부와 안기부가 주도하는 대책회의 지시에 따라 처리했음에도 불구하고 그가 마치 혼자서 모든 걸 결정하고 실행한 것처럼 몰아갔다.

그 지휘 라인을 따라 올라가보면 강민창 치안본부장, 김종호 내무부 장관, (1월 20일 이후에는) 교체된 이영창 치안본부장과 정호용 내무장관, 대책회의를 실무적으로 지휘한 안기부 이해구 차장과 J단장, 장세동 안기부장, 더 올라가면 전두환 대통령까지도 존재한다. 그럼에도 일개 하수인에 불과한 박처원을 모든 악의 근원인 것처럼 몰아간 것은 너무 지나쳤다.

5공화국은 군사독재 정권이었다. 그 당시, 안기부 남산 분실, 보안사 성남 대공분실, 서울 시내에 위장 간판을 달고 산재해 있는 치안본부 대공분실 (남영동 대공분실을 포함하여), 경찰서 조사실 등에서 정권 차원의 물고문, 전기고문, 성고문이 일상적으로 자행되었다. 그러므로 일개 경무관에게 무슨 책임을 물을 수 있단 말인가.

그 당시나 지금이나 범죄수사의 주체는 검찰이고 경찰은 수사지휘를 받을 뿐만 아니라 영장을 청구하는 권한도 없다. 다시 말하면 경찰은 자기 손으로 기껏 수사를 진행하면서도 수사 종결권이 없고 공소권도 없다. 모든 권한은 검찰에 집중되어 있다. 그러므로 박처원 처장은 공안부장의 지시를 받는 처지에 있어 공안부장을 어떻게 할 지위에 있지는 않다.

경찰들은 항상 (경찰들이 검사를 비하해서 부르는 은어인) 검새를 두려워하고 증오하며 뼈에 사무친 원한을 갖고 있다.

물론 소설이나 영화에서 주동 인물(protagonist)과 반동 인물의 대립 구도를 모르는 바는 아니지만 적어도 역사적 사실에 기반한 영화라면 그건 아니라고 할 수 있다.

그야말로 박처원 처장이 악의 핵심인 것처럼 모두 뒤집어쓰게 하였으니 이 영화에서 그는 진짜 희생자가 되었다. 영화는 역사적 사실에 대한 심각한 왜곡을 통해 명예훼손과 인격살인을 자행함으로써 영화 그 자체가 악으로 변모한 것이다.

시나리오 작가는 직업윤리를 그렇게 강조했는데 이 영화야말로 심각하게 직업윤리를 위반한 것이다.

그의 유족의 심정은 어떠할 것인가. 지하에 잠들어있는 그의 영혼은 요즈음 마음이 편치 않으리라.

둘째, 그 당시 최환 공안부장은 경찰 쪽에서 박종철의 시신을 곧바로 화장할 수 있도록 지휘해달라고 하였지만 이를 거부하고 시신 보존과 부검을 지시했다. 그러나 그는 수사가 본격적으로 개시될 무렵 처음부터 수사 라인에서 제외되고 이 사건 수사에는 직접 관여한 바가 거의 없다. 그럼에도 불구하고 최환 검사에 대해서는 지나치게 많은 활약을 한 것으로 왜곡하였다.

영화에서는 최 부장검사가 박종철 시신 부검을 강행하기가 어려워지자 언론을 통해 사건을 이슈화하는 장면도 나온다. 최 부장검사가 이홍규 당시 대검 공안4과장에게 박종철 사망 사실을 흘리고, 그 사실이 기자에게 전해져 사건이 일파만파로 퍼져나가는 것이다.

역사적 사실에 대한 참으로 어이없는 왜곡이다.

(그 당시 공안부는 수사가 본격적으로 개시되기 전 처음부터

수사에서 배제되었기 때문에 따라서 최환 부장도 수사에서 배제되었고 그 사건은 형사2부로 넘겨졌던 것이다.

그러면 공안부는 무슨 부서였던가. 엄혹한 시절에 독재정권의 파수꾼으로 가장 잘 나가는 곳이었다. 그래서 모든 검사들이 선망했다. 1986년 그해 전국 교도소에는 무려 2800여명의 시국사범들이 구속 수감되어 있었다. 구치소나 교도소마다 넘쳐났다. 그들은 전부 공안부에서 노동운동이나 학생운동을 했다는 이유만으로 추가 조사를 받고 구속 기소된 것이다.

박종철 사건의 경우 당연히 공안부 소관이었지만, 그 당시 검찰 상층부는, 공안부와 공안부 검사들이 공공의 적으로 국민들로부터 엄청난 욕을 먹고 있어 무슨 오해를 살까 염려되어 형사2부에서 맡도록 한 것이다.)

왜 하정우가 그렇게 열연을 해야만 하였는가?

더욱이 그가 왜 중간에 사표를 내고 변호사로 개업했단 말인가.(이 부분은 그 당시 수사검사였던 안상수 검사에게 해당되는 이야기다. 그는 춘천지방검찰청으로 발령난 후 사표를 내었다.)

어쨌거나 이건 너무나 지나친 왜곡이다.

최환 검사는 이듬해 (1988년) 서울지검 남부지청 차장검사를 지내고 이후 검찰의 요직 중의 요직으로 빅4라고 할 수 있는 대검 중수부장을 제외한 대검 공안부장과 법무부 검찰국장, 서울지검장 등 3자리를 거쳤다. 그렇게 요직을 거친 사람이 몇 사람이나 있을까.

그는 부산고검장을 마지막으로 검찰을 떠나 1999년 변호사로 개업했다.

셋째, 영화에서는 최환 검사가 이홍규 당시 대검 공안4과장에게 박종철 사망 사실을 흘리고, 그 사실이 기자에게 전해져 사건이 일파만파로 퍼져나간 것으로 되어있다. 그 당시 검찰 직제는 대검 공안부 1,2,3과장은 검사가 맡았으나 4과장은 자료과장으로 검찰 일반직이 맡던 때였다.

그런데 실제는 중앙일보 법조 출입 7년차 기자였던 신성호 기자가 이홍규 4과장 방에 우연히 들렀다가 기자들이 본능적으로 가지고 있는 예민한 재치를 발휘하여 특종을 한 것에 불과하다.

(신성호 기자의 「특종 1987」을 읽어보라. 과연 영화감독과 시나리오 작가는 영화를 만들기 전 이 책을 읽어보았는지. 또는 그때 중앙일보 사회면 2단 기사를 찾아보고 그 기사를 쓴 신성호 기자를 만나보고 인터뷰를 한 사실이 있는가?)

넷째, 이 영화와 관련하여 가장 억울한 사람은 다름 아닌 1차 수사와 2차 재수사를 담당하면서 엄청난 고뇌와 함께 고생을 했던 서울지검 형사2부 신창언 부장검사 (이 사건 1차 수사와 2차 재수사의 당초 주임검사는 바로 신창언 부장이었다), 박종철 사체의 부검과 1차 수사에서부터 2차 재수사까지 끝까지 참여했던 안상수 검사가 있고, 중간에 이승구 검사와 교체해서 수사를 담당했던 박상옥 검사가 있다.

2차 재수사에서는 신 부장과 안상수 검사, 박상옥, 배재욱, 김동섭 검사 등이 있었다.

이들에 의해서 박종철 고문치사 사건과 경찰의 은폐 조작 사건은 세상에 밝혀진 것이다.

(그때 법무부 장관은 김성기 장관, 검찰총장은 서동권, 서울지검장은 정구영, 담당 2차장은 서익원이었다.)

그럼에도 불구하고 그들은 전혀 영화에 나타나지 않는다. 그 이유가 무엇인가? 왜 진짜 수사에 참여하지 않은 최환 부장검사만 부각되는가?

그런데 박종철 고문치사 사건은 4번의 검찰수사가 있었는데 고문 경찰관에 관한 직접적인 1차 수사와 2차 재수사는 형사2부가 주로 담당했고, 그 후 은폐 조작과 관련한 3차, 4차 수사는 대검찰청 중수부가 담당했다.

이 3차, 4차 수사는 1차, 2차 수사보다는 중요성이 떨어지지만 5공화국 정권의 운명과는 관련되어 있었다. 그런데 왜 이 수사에 대한 부분은 완전히 빠져 있는가?

(5월 26일 오전, 전두환 대통령은 전면개각을 단행했다. 노신영 국무총리가 물러나고 대신 이한기 전 감사원장이 총리에 임명되었다. 장세동 안기부장이 퇴진하고 안무혁 국세청장이 그 자리로 옮겼다. 김성기 법무장관과 정호용 내무장관이 물러나고 대신 정해창 대검차장과 고건 민정당 의원이 새로 들어섰다. 검찰총장은 서동권에서 이종남으로, 치안본부장은 이영창에서 권복경으로 각각 경질되었다.)

검찰 수사와 관련해서 가장 기본 자료는 뭐니뭐니해도 안상수 저 박종철 사건과 6월항쟁의 진상이라는 부제가 붙은 「안 검사의 일기」가 가장 중요하고, 그 외 신성호 지음 「특종 1987」, 황호택 지음 「박종철 탐사보도와 6월항쟁」, 서중석 저 「6월항쟁」 등이 있는데, 감독과 시나리오 작가는 이들 책을 제대로 읽어보았는지, 몇 번이나 읽었는지, 이들 책의 저자와 만나서 인터뷰를 한 일은 있는지, 궁금하지 않을 수 없다.

5공화국 군사독재 정권은 안기부의 지휘 아래 문화공보부 홍보정책실이 언론사에 대하여 이런 내용은 실어라, 이런 내용은 싣지 마라는 지시사항을 직접 전화 또는 문서로 전달하고 심지어 이 기사는 이런 제목으로 몇 단으로 실어라는 주문까지 했다.

이러한 주문을 그 당시에 보도지침이라고 불렀고 언론은 이 보도지침에 순응했기 때문에 제도 언론이라 불렀다.

그 당시 문화공보부 홍보정책실에서는 신문사로 매일 한 두 건씩 보도지침이 내려왔으니 1년 동안 모으면 오백 몇 십 건이 되었다.

그 당시 언론기관에 내려온 보도지침의 구체적인 예를 들어 보면 다음과 같다.

민청련 전 의장인 김근태 씨는 이날 4차 공판에서 지난해 9월 26일 검찰에 송치된 후 무려 3개월 15일간 변호인 접견을 차단당하다가 첫 공판을 10일 앞둔 12월 9일에야 변호인들과 접견할 수 있었다고 밝히고 이는 자신에게 가해진 처절한 고문의 흔적을 은폐하기 위한 것이라고 지적했다.

(김근태 전 의장은 1985년 여름 남영동 대공분실에서 23일간

불법 구속되어있으면서 물고문과 전기고문을 당했고 그 무렵 검찰에 송치되었다. 그 당시 3개월 15일간 변호인 접견을 차단한 검찰부서가 바로 공안부였다. 공안부는 이런 사건을 수사지휘했고 구속영장을 청구했으며 추가 보강 수사를 한 후 기소하였다. 물론 공판에도 관여하였고 아주 이례적으로 중형을 구형하였다. 그리고 법원은 대부분 구형대로 선고했다.)

그런데 보도지침은 그가 '고문당하고 변호인 접견을 차단당했다'는 등의 주장은 보도하지 말도록 지시했고 사진이나 스케치 기사도 쓰지 않도록 지시했다.

1985년 11월, NCC는 고문대책위를 구성했다. 고문대책위란 종교계, '민주통일민중운동연합'(민통련) 등 재야단체와 '민추협', 신민당 등이 독자적으로 전개해 온 활동을 통합, '고문 및 용공조작 저지 공동대책위원회'를 구성한 것을 지칭하는 것이다.

이 대책위원회는 발기문을 통해 '*최근 들어 애국학생, 노동자, 청년에 대한 대량 구속, 국가보안법 적용의 남용, 야만적인 고문에 의한 용공조작 등이 갈수록 극심해지고 있음에 대해 우리는 심각한 우려와 분노를 표명하지 않을 수 없다. 청년 지도자인 민주화운동청년연합(민청련) 상임위 부위원장은 고문수사에 견디다 못해 정신이상증세를 보이고 있고 고려대학교 총학생회장이자 전학련 삼민투위원장인 허인회 군을 비롯한 많은 애국학생, 민주인사들이 수사 과정에서 비인간적인 고문을 당했다고 한다. 우리는 현 정권이 민주화운동을 용공으로 매도하여 국민*

대중으로부터 분리시키기 위해 이 같은 고문을 자행하고 있음을 잘 알고 있다'고 밝혔다.

그러나 보도지침은 고문대책위 구성 사실을 보도하지 말 것을 지시했다.

그런데, 보도지침은 기자들에게 알게 모르게 전달되어 기사 작성을 통제하였지만 신문사의 편집국 칠판에 공공연히 적혀 있지는 않았다. 그러므로 영화에서 신문사 간부가 편집국 칠판에 적힌 보도지침을 지우며 사실대로 보도하라고 지시하는 장면은 그 당시 현실과는 너무나 동떨어져 있는 것이다. 어쨌거나 암암리에 내려왔기 때문에 공공연하게 노출시킬 수는 없었다. (보도지침과 관련하여 상세한 것은 민언련 저「보도지침」을 참고하기 바란다.)

또한, 영화에는 경찰이 신문사 사무실 내부에까지 들어와서 최루탄을 쏘아 아수라장이 된 장면도 나오지만 그 시절 경찰이 신문사 사무실까지 난입한 적은 없었다. 실제는 기자들이 데모 현장에 나가 취재하면서 어쩔 수 없이 최루탄으로 범벅이 돼 신문사로 복귀하는 일은 있었지만 말이다.

박종철은 1987년 1월 14일 아침에 불법 연행되어 남영동 대공분실에서 물고문을 당하다 그날 12시 반경 죽었다. 그리고 15일 저녁 9시경 한양대 부속병원에서 부검이 있었고 다음 날 아침 8시 25분 박종철의 시체는 한양대 병원 영안실을 떠나 벽제 화상상으로 옮겨져 오전 9시 10분에 화장됐다. 그러므로 박종철

의 부모와 누나가 부산에서 올라와 병원에 빈소가 차려진 것을
보고 오열하는 장면은 없었던 것이다.

과연 그 당시 영등포교도소 보안계장이었던 안유라는 인물은
정말 의인이라 할 수 있는가?

'재단법인 진실의힘'의 이사이며 '광주트라우마센터'의 센터장
이기도 한 정신과 의사 강용주는 영화 1987에 대해 보이콧을 선
언했다. 영화에 나온 안유라는 인물의 모습이 실제 행적과는 다
르다는 이유 때문이다. 구미 유학단 간첩단 사건의 피해자인 강
용주는 안유를 가해자로 기억한다. 간첩단 사건 후 안유가 보안
과장으로 있던 대구교도소에 수감된 그는 상당한 가혹행위를 당
했다고 밝혔다. 안유가 자신에게 수갑을 채워 개밥을 먹이고 전
향서 작성을 강요했다는 것이다. (gojin@kyunghyang.com)

왜 하필 연희는 교도관 한병용의 조카 자리에 앉혔던 것일까.
6월항쟁 당시 자료를 보면 여대생들이 시위에 많이 참여한 것은
틀림없는 사실이다. 그러므로 그런 여대생들 중 한 사람을 연희
로 하였다면 도대체 문제될 것이 없을 것이다. 그런데 교도관
한병용의 조카 자리에 앉힘으로써 심각한 역사 훼손이 된 것이
다.

* * *

시나리오 작가는 (혹은 감독은) 왜 99% 실화라고 장담했던가?
마치 역사학자나 되는 것처럼 '역사는 왜곡과 훼손이 안 되어서

는 안 된다'고 말했던가. 그렇게 역사를 형편없이 왜곡시켰으면서 말이다.

정확하면서도 극도로 절제하고 객관성을 지키는 냉철한 역사 인식이 필요했지만 영화의 흥행 성적과 대차대조표에만 관심이 있는 그들에게 그걸 기대하는 것은 애시당초 무리였을 것이다.

'무슨 말을 하든지 그 말이 되돌아올 것임'을 모르는 바 아니지만 (마태복음 7장 1절은 '남을 심판하지 말라. 그래야 너희도 심판받지 않는다.'고 했다), 결론을 내리자면, 영화는 냉혹한 역사적 사실을 심각하게 왜곡하면서까지 부적절한 에피소드를 나열하여 관객을 모독하는 멜로드라마이다. 멜로드라마가 되면서 무언가 신성한 것이 신성 모독을 당했다는 절망적인 기분이 든다.

그런데 영화 속 사건과 인물들이 진짜라고 믿은 관객들은 어리석게도 자신이 모욕당하고 있다는 사실을 알아채지 못한다.

소설의 경우 다른 나라의 언어로 번역되기도 하고 각색을 거쳐서 연극, 영화나 TV 드라마로, 만화로, 뮤지컬이나 오페라 등 새로운 버전으로 전환한다. (트랜스 미디어 스토리텔링 시대에 컴퓨터 게임, 소셜웹, 가상현실 게임, 테마파크 같은 엔터테인먼트 분야로의 전환은 제외하고서도 말이다.)

그 과정에서 각색자는 원천 작품을 재해석하여 시간과 공간을 변화시키고 캐릭터를 다른 관점에서 정체성을 변형하고 플롯을 변경해서 디테일을 생략하고 주제를 변주하면서 개작하고 재조합한다. 그래서 그들 각각의 버전은 상호 텍스트가 되는 것이다.

그러므로 이야기에는 옹기 그릇에 도공의 손자국이 남아있듯이 이야기꾼의 흔적이 남아있는 것이다. 이제 각색자는 창작자가 되어 그 작품을 자신의 것으로 만든다.

그러나 논픽션과 역사적 사실은 그렇게 할 수 없다. 사실을 왜곡해서 지어낸다면 그것은 일종의 범죄행위로 여겨질 수 있다. 그래서 역사학자나 에세이 작가들은 이야기를 제대로 하고 싶어서 지어내기나 은유, 심지어 수식어까지 여러모로 삼가게 되는 것이다.

1987년 7월 5일

나무의자 밑에는 버려진 책들이 가득하였다
은백양의 숲은 깊고 아름다웠지만
그곳에서는 나뭇잎조차 무기로 사용되었다
그 아름다운 숲에 이르면 청년들은 각오한 듯
눈을 감고 지나갔다

시위대를 향해 일명 지랄탄이라고 하는 다발탄 페퍼포그와 최루탄, 사과탄이 연이어 무차별 발사됐다. 교문에서 300여 미터쯤 떨어진 곳에 진을 치고 서 있던 쇠파이프를 든 백골단이 격한 괴성을 내지르며 교문 바깥쪽에서 구호를 외치고 있는 시위대를 향해 군홧발 소리를 요란하게 울리면서 진격해 들어가기 시작했다.

어깨동무를 하며 촘촘히 짜여 있던 시위 대열이 무너졌다. 구호를 외치고 노래를 부르던 학생들의 대오가 순식간에 무너지면서 학교 안으로 뛰기 시작했다. 마스크와 손수건으로 입과 코를 가렸지만 쉴 새 없이 터지는 최루가스 때문에 눈을 뜰 수 없었다. 눈물과 콧물이 줄줄 흘러내렸다. 뿌연 최루가스가 백양로를 따라 학교 안으로 연기처럼 빠르게 퍼져갔다.

그는 전투경찰에 쫓겨 교문 안으로 들어갔다. 자욱한 최루탄 가스 사이로 학교 안으로 도망치는 학생들의 모습이 보였다. 총탄처럼 퍼붓는 최루탄 때문에 제대로 눈을 뜰 수조차 없어서 앞서 달리는 학우의 발만 보고 걸었다. 집회에 참석했던 천여 명의 학우들 중에는 학교 안으로 쫓겨 들어가면서도 구호를 외치거나 운동가요를 부르는 사람도 있었다.

그때였다. 요란하게 쏟아지는 최루탄이 그의 뒷머리 밑에 박혔다. 머릿속이 어지럽고 빙빙 돈다. 그 순간 시간은 멈춰버렸고 온 세계가 정지해버렸다. 그는 온몸에 최루가루를 뒤집어쓴 채로 쓰러졌다. 뒷머리와 코에서 피가 줄줄이 흘러내린다. 머리가 부서질 것처럼 아프고 온몸에 감각이 마비된 듯하다. 뒤를 따라 교문 안으로 들어오던 한 학우가 달려가서 그를 일으켜 세웠다. 서너 명의 학우들이 주위로 몰려든다. 그는 발작을 하듯 몸을 떨고 있었다. 그들은 땀을 비 오듯 흘리면서 그를 붙잡고 뛰었다. 그의 뒷머리에서 흘러나온 피가 얼굴을 타고 떨어졌고 코에서도 피가 쏟아졌다.

언제나 그랬던 것처럼 전투경찰은 일사불란하게 시위를 진압했고 학생들은 도망치고 뿔뿔이 흩어졌다.

그러나 경찰들도 너무 지쳐있었다. 온몸이 뻣뻣했다. 눈꺼풀이 나른하게 감겨온다.

여름은 슬프다.

여름의 파란빛은 더욱더 여위어가고 짙은 회색의 잿빛으로 바뀌어가고 있었다. 여름 오후의 비스듬한 석양 때문에 너무 눈부시지도 않고 너무 어둡지도 않은 시각이다. 그들은 생각하기를 멈춘다. 언제부터인가 상상력은 고갈되어 버렸다. 감각의 예리함은 사라졌다. 이제 더 이상 고통을 느끼지 않는다. 그래야만 하루하루 버틸 수 있다. 그러나 고통을 느낄 수 없기 때문에 더욱 고통스럽다.

아주 긴 하루가 저물어 가고 있다. 오늘은 힘든 하루였다. 슬프고 더럽고 추한 하루였다. 어떻게 이 하루를 잊어버릴 수 있겠는가. 그러나 우리는 이 하루를 절대 다시 돌아보지 않을 것이다.

그는 응급실로 옮겨졌다. 코피는 멈췄고 뒷머리에서 흘러내리던 피도 멎고 있었지만 그는 온몸을 쥐어뜯으면서 괴로워했다. 응급실까지 업고 온 학우가 집 전화번호를 묻자 그는 더듬더듬 전화번호를 가르쳐주며 힘겹게 말했다.

"내일 시청에 나가야 하는데……"

의사가 와서 눈을 뜨라고 말했지만 이미 정신을 잃었고 그의 몸은 조금씩 굳어져 가고 있었다. 삶과 죽음의 경계선에서 혼신의 힘을 다해 싸우고 있었다.

그날, 6월 9일부터 신경외과 중환자실에서 혼수상태로 27일 동안 사경을 헤맸다. 혼수 상태에서 가끔 의식을 되찾는다. 그때 그의 의식과 무의식의 세계는 어디로 표류하고 있었을까. 여전히 그 순간의 미몽과 악몽 속을 헤매고 있었을까. 절망과 죽음의 그림자를 보았을까. 아니면 어떤 꿈과 희망, 구원의 불빛을 보았을까.

6월 22일, X선 촬영 결과 합병증세인 폐렴 증후가 발견되어 항생제를 투여하고 기관지 절개 수술을 실시했다. 기관지 절개 수술로 폐렴 증세가 약간 호전되었지만 그는 여전히 혼수상태에 빠져 있었다. 다른 환자로부터 세균 감염을 막기 위해 신경외과 중환자실에서 중환자실 격리실로 옮겨졌다. 그러나 계속 폐렴이 크게 악화되었고 혈압은 50~80으로 떨어지고 맥박은 100으로 상승했다.

7월 5일, 0시 30분쯤 갑자기 혈압이 떨어지면서 상태는 급격히 악화되었고 새벽 1시경에는 심장 정지 빈사 상태에 빠졌다.

1966년 8월 29일 태어나서 1987년 7월 5일 일생을 마감했다. 21년 남짓 생을 살다가 간 것이다.

너무 짧은 생이었다.

희뿌연 한 공기를 가르며 직선으로 날아든 SY44 최루탄이 뒷머리를 강타했고 쇳조각이 숨골에 박힌 것이다. 그런데 최루탄 총신을 개조하지 않고서는 사람 뒷머리를 맞히는 것은 불가능하다. 최루탄 총신은 원래 45도 이상의 각도로 쏘아야 발사가 된다.

그가 최루탄을 맞은 시간은 그날 오후 5시경이었다. 저녁나절이었지만 여름이었기 때문에 대낮처럼 환했다. 그해는 서머타임이 시행되었다.

역사를 창조한 죽음은 민주주의 청사에 불멸의 빛이 되었다.

피로 얼룩진 땅, 차라리 내가 제물이 되어 최루탄 가스로 얼룩진 저 하늘 위로 날아오르고 싶다.

그 해 겨울

겨울은 사람을 더 깊이 품어준다.
더 끌어당기지 않으면 사람도 계절도 더욱 참을 수가 없어서.
— 김남조

치안본부장은 1987년 1월 16일 오전 8시 30분경 **책상을 탁치니 억 하고 쓰러졌다**는 취지로 박종철이 숨진 과정을 발표했다. 그러니까 14일 아침 8시 10분경 하숙집에서 연행했는데, 밤사이 술을 많이 마셔 갈증이 난다며 물을 여러 컵 마신 뒤 심문 시작 30분 만인 오전 11시 20분경에 수사관이 주먹으로 책상을 탁치며 혐의사실을 추궁하자 갑자기 억하며 책상 위로 쓰러져 긴급히 병원으로 옮기던 중 차 안에서 숨졌다는 것이다.

치안본부장이 기자 회견을 하는 시간, 아버지 박정기는 아들 박종철의 주검을 실은 장의 버스에 몸을 싣고 영안실을 떠났다. 버스는 홍익동 경찰병원을 출발해서 청계천 고가도로를 달렸다.

중앙청 앞에서 좌회전을 하여 벽제 화장터로 향했다. 화장터로 가는 길에는 차가운 겨울비가 내렸다. 비는 마치 관 뚜껑에 못 질이라도 하듯이 내렸다. 화장터에서 관을 내릴 때 아내 정차순은 아들의 이름을 부르다 쓰러졌다.

화염이 널름거렸다. 하얀 연기는 하늘로 높이 올라갔다. 젊은 육신이 타고 명징한 의식도 탔다. 두 시간 뒤 박종철은 분골실에서 한 줌 뼛가루가 되어 나왔다. 그들을 태운 검은색 승용차는 화장터를 떠나 파주읍과 문산읍을 거쳐 파주군 파평면 금파리 금파 삼거리에서 임진강의 지류인 샛강으로 빠졌다.

아버지는 작은 상자를 떨리는 손으로 열고 유골 가루를 싼 흰 종이를 천천히 풀었다. 아들을 임진강에 뿌렸다. 겨울의 날카로운 바람이 아들을 낚아챘다. 헐벗은 숲에는 나뭇잎 하나 없고 땅 위엔 꽃 한 송이 없다. 아들은 잿빛 가루로 흩어져 황량한 들판과 붉은 산굽이를 감돌아서 흘러오는 살얼음이 언 강물 위에 내려앉았다. 언 강이 녹는 봄이 오면 아들은 물결을 따라 먼 바다로 떠날 것이다.

아버지는 마지막 작별 인사를 했다.

"철아, 잘 가그래이. 이 아부지는 아무 할 말이 없데이."

아들이 말했다.

아버지 이제 그만 돌아가세요 / 임진강 샛강가로 저를 찾지 마세요 / 찬 강바람이 아버지의 야윈 옷깃을 스치면 / 오히려 제 가슴이 춥고 서럽습니다 / 가난한 아버지의 ……

1월 20일에는 언어학과 사무실에서 **고 박종철 학형 추모제**
가 열렸다. 그들은 누군가 선창을 하자 울면서 따라 노래를
불렀다.

<친구 2>
어두운 죽음의 시대 / 내 친구는 굵은 눈물 붉은 피 흘리며 /
역사가 부른다 / 멀고 험한 길을 / 북소리 울리며 / 사라져간다
/ 친구는 멀리 갔어도 없다 해도 / 그 눈동자 별빛 속에 빛나네
/ 내 맘 속에 영혼으로 살아 살아

<그날이 오면>
한밤의 꿈은 아니리 오랜 고통 다한 후에 / 내 형제 빛나는
두 눈에 뜨거운 눈물들 / 한줄기 강물로 흘러 고된 땀방울 함께
흘러 / 저 평화의 바다에 정의의 물결 넘치는 곳 / 그날이 오면
그날이 오면 / 내 형제 그리운 얼굴들 그 아픈 추억도 / 아 짧았
던 내 젊음도 헛된 꿈이 아니었으리 / 그날이 오면 그날이 오면

그리고 학생들과 어머니들의 애통한 조사가 이어졌다.
차가운 날 한 뼘의 무덤조차 없이 / 언 강 눈바람 속으로 날
려진 너의 죽음을 마주하고 / 죽지 않고 살아남아 우리 곁을 맴
돌 / 빼앗긴 형제의 넋을 앞에 하고 / 우리는 입술을 깨문다

어미들의 가슴이 천 갈래 만 갈래 찢어지는 듯하구나······ 어

버이들이 저지른 죗값을 어이하여 꽃다운 나이의 너희들이 희생의 제물이 된단 말이냐 저들도 자식을 키우는 사람일진대

철아 다 잊어버리고 잘 가그래이.

* * *

치안본부 대공분실 형사 6명이 신림 9동 하숙집에 가서 박종철을 연행한 시간은 언제쯤일까. 그 당시 치안본부에서는 박종철 연행시간을 1987년 1월 14일 오전 8시 10분이라고 했으나 검찰은 6시 40분이라고 밝혔으므로 엇갈린다. 이게 중요한 게 6월 항쟁의 도화선이 된 박종철 사건의 시발점, 다시 말하면 6월 항쟁이 시작되는 순간이기 때문이다.

검은색 포니는 하숙집을 출발했다.

그 작은 승용차는 고참 형사가 운전했고 앞자리 조수석에는 후배 형사가, 뒷자리 중앙에는 종철이가, 좌우 양쪽에도 형사가 앉았다.

포니는 신림 9동을 벗어나서 숭실대학교 정문을 지나 한강대교를 건넜는데 그때 한강은 강가에 살얼음이 끼어 있었다. 중앙대학교 용산 병원을 지나 삼각지 로터리에서 좌회전을 해서 2킬로미터쯤 직진하다 우회전하여 서울역에서 출발하여 남쪽으로 내려가는 모든 기차들이 통과하는 경부선 철로를 왼쪽으로 끼고

2차선 도로를 직진하여 지하철 1호선 남영역 인근 대공분실에 도착했다.

바람결에 기차가 덜커덩거리며 지나가는 소리, 기적 소리가 희미하게 들렸다. 그 소리는 평화스럽고 아늑하였다. 그 기적 소리는 어린 시절 부산 바닷가로 그를 데려다 주었다.

그들 일행은 전기장치로 작동되는 육중한 검푸른 철문을 통과했다.

잿빛의 벽돌로 지은 7층 건물이다. 5층 창문만이 햇빛이 겨우 들어올 정도로 유독 좁고 수직으로 기다란 모양이다. 건물의 내부 구조는 희생자들에게 극도의 공포감을 불러일으키도록 치밀하게 설계되어있다. 피의자는 철문을 통과하여 건물 뒤편으로 가게 된다. 건물 뒤편에 있는 출입문은 들어가는 방향과 나오는 방향이 서로 반대로 되어있다. 출입문으로 들어서면 1층부터 5층까지 이어져있는 검은 나선형 계단이 나타난다. 피의자는 이곳을 지나면서 방향 감각을 잃어버리고 자신이 몇 층에 있는지도 알 수 없게 된다.

박종철은 형사들에게 끌려서 검은 나선형 계단을 통해 5층 조사실로 올라갔다.

5층에는 여러 개의 조사실이 있는데 각 조사실의 문이 다른 조사실의 문과 모양도 같고 위치는 서로 마주보지 않도록 엇갈려 있다. 이렇게 되면 피의자는 어디로 들어왔고, 나가는 곳은 어디인지 알 수 없게 된다. 그리고 각각의 조사실은 아주 좁고 기다란 창문이 나 있으므로 철저하게 외부와 단절되게 된다.

창문은 너무 좁아서 조사를 받던 희생자가 고문에 못 이겨 뛰어내릴 수 없도록 만들었고 밖을 제대로 볼 수도 없다. 뿐만 아니라 조사실의 전등은 밖에서만 끄고 켤 수 있도록 되어있다. 밖에서 안을 들여다볼 수 있도록 문에 렌즈가 달려있다.

8호 조사실이었다.

3.3평쯤 되는 방에는 조사관용 책상과 보조책상, 고정된 의자, 변기 그리고 침대가 있었다. 다른 조사실도 비슷한 구조였다. 특이한 것은 각 방마다 폭이 좁은 욕조가 설치되어 있다는 점이다. 왜 조사실마다 욕조가 필요했을까. 상습적으로 물고문을 한다는 증거가 아니겠는가. 그러나 경찰은 변명을 한다. 간첩의 경우 오랫동안 조사를 받기 때문에 욕조가 필요하다는 것이었다.

문제의 욕조 턱은 높이 75cm, 폭 6.5cm였다. 종철이의 목과 가슴에 생긴 상처의 폭과 욕조 턱의 폭이 비슷했다. 그 욕조 턱에 종철이의 목과 가슴이 눌린 사실이 증명되었다.

1차 신문은 8호실에서 시작되었다.

"네 이름이 박종철이지? 그렇지?"

"네, 그렇습니다."

"생년월일을 말해봐."

"1965년 4월 1일입니다."

"가족사항은?"

"아버지 박정기, 부산시 수도국 관리실 공무원입니다. 6월에 정년퇴직합니다. 그리고 어머니 정차순, 형 박종부, 누나 박은숙

이 있습니다."

"서울대 언어학과 3학년 재학생이고 언어학과 학생회장으로 선출되었네. 대학에 입학하자마자 사회사상연구회란 써클에 가입했고, 서울대 반제반군부파쇼 민족민주학생투쟁위원회…… 약칭해서 민민투라고 하더구만…… 그리고 전국 반제반파쇼 민족민주투쟁 학생연합, 그러니까 전민학련 소속이란 말이지?"

"그렇습니다."

"전과가 화려하군. 1985년 5월 미국문화원 점거 농성 시위에 참가하여 구류 5일을, 6월에는 가리봉동에서 노학 연대 투쟁을 벌이다 구류 3일을, 1986년 4월 11일에는 청계피복노조의 합법화를 요구하는 시위에 참가하였다가 구속되어 1986년 7월 18일 징역 10월에 집행유예 2년을 선고받고 출소하였구만.

그러니까 하라는 공부는 안 하고 맨날 시위나 했으니 얼마나 불효자식인가? 그까짓 거 운동인지 뭔지를 포기하면 대학을 졸업하고 잘 살 수 있을 텐데 웬 고생이야.

그러니까 짭새들도 고생이 이만저만이 아니야."

"……"

2차 신문은 9호 조사실로 신문장소를 옮겨 그곳에서 진행되었다. 고문자들이 모여들었다.

그들이 오로지 원하는 것은 지명 수배자의 행방이었다. 신림동 일대에 수배자의 사진이 박힌 현상금 전단지가 도배되어 있었다. 그 수사팀은 수배자와 그 조직을 일망타진하려고 노심초사하고 있었다. 그를 잡으면 1계급 특진이었다.

특진! 특진이라니! 얼마나 달콤한 유혹인가!

그들은 종철이 쓴 자술서를 내던지며 도망자의 거처를 대라고 종철을 주먹으로 때리고 구둣발로 차며 윽박질렀다.

11월 24일 저녁 8시경 강정원(82 인류학과 대학원) 군이 박종운이란 사람을 데리고 와서 자기가 아는 선배인데 수배 중이라 자기 방 사정이 여의치 않아서 하루 저녁 자야겠으니 부탁한다며 인사를 시키고 갔습니다. 그래서 그날 저녁에 자고 다음날 밥을 함께 먹고 오전 중에 나갔음. 그 후 지난주에(1월 8일경) 저녁에 박종운이 한 번 더 찾아와서 돈을 좀 달라기에 1만 원을 주고 잠시 있다가 나갔음. 그 이후로 보지 못했음.

그는 반들반들한 구둣발과 돌덩이처럼 억센 주먹이 그의 온몸을 강타할 때마다 뼈마디가 으스러지고 살점이 뜯겨나고 뇌수가 쏟아질 듯한 고통을 느꼈다. 얼마나 자존심에 상처를 입고 절망했을 것인가. 나는 내 경험에 의하면 그 나이의 순수한 감정에서는 그 순간 분노가 일었다고는 생각할 수 없다. 그냥 절망했을 것이다.

"야! 빨리! 어디 있는지 대라고"

"……"

"이 자식이! 죽고 싶어!"

"……"

"여기가 어딘 줄 알고 있어! 살고 싶으면…… 어서! 불어! 불으란 말이야! 제발 좀!"

"……"

"그렇다면 할 수 없지. 묵비권을 행사하겠다는 거지? 쓰디쓴 물 맛을 보여주지. 그래도 입이 안 열릴까? 어디 두고 보자고"

고문자들이 그의 손목과 발목을 수건으로 감쌌다. 그리고 그의 머리를 욕조 안에 밀어 넣었다. 콧구멍에서 기포가 나오고 정신이 잠시 혼미해졌다. 뱃속으로 물이 마구 밀려들어가고 있었다. 숨이 턱 막힌다.

"독서실! 독서실!"

"이새끼! 정확히 말해! 어느 독서실이야? 서울 시내에 독서실이 한두 군데야? 수천 개라고!"

"그건 모릅니다. 가르쳐주지 않았거든요"

도망자는 그때 동가숙 서가숙하며 매일 옮겨 다녔기 때문에 그의 거처를 알 수가 없었다. 그러나 도망자가 그에게 부탁했던 몇 가지 내용을 실토했더라면 아마 그들은 고문을 멈췄을 것이다.

하지만 그는 그렇게 할 수는 없었다.

'자백은 배신자가 되는 거야. 배신자가 될 수는 없어. 나는 어떤 고문도 견뎌낼 수 있다. 그때 감옥에 있으면서 내공의 힘이 강해졌지 않은가.'

더욱 숨이 막혀왔다. 다시 정신이 혼미해지기 시작했고 온몸에서 힘이 빠지고 있었다. 서서히……

"이 새끼, 생기기는 순하게 생겼는데 정말 독종이네. 너는 알고 있다고. 알고 있어. 그러니까 어서 불으란 말이야!"

상급자가 욕조에 물을 더 채우라고 지시했다. 그리고 다시 바른대로 말하지 않는다고 주먹으로 그의 가슴을 때리고 발로 다리를 걷어찼다. 이때 다른 형사도 가세하여 주먹으로 가슴을 여러 차례 때렸다.

그런 다음 옷을 완전히 벗게 한 후 물이 가득 찬 욕조로 데려갔다. 그때 상급자가 다시 지시하여 14호 조사실에서 다른 피의자를 신문하고 있던 형사들을 불러오게 하였다. 그때 그에게 다시 한 번 도망자의 소재를 추궁하였으나 입을 다물고 응하지 않자 그를 더 혼내라고 지시하였다.

형사들이 조사실에 걸려 있는 수건을 사용하여 그의 양손과 발목을 다시 결박했다. 그러고 나서 한 형사는 그의 오른쪽에서 왼팔을 오른쪽 겨드랑이 밑으로 집어넣었고 또 다른 형사는 왼쪽에서 오른팔을 왼쪽 겨드랑이 밑으로 집어넣고 붙잡아 함께 등을 눌렀다. 형사들이 욕조 안에 들어가서 양손으로 그의 머리를 잡아 물속으로 누르다가 한참 후에 끌어내는 가혹 행위를 두세 번 반복했다.

그런 후 다시 수배자의 소재를 신문하였다. 오직 수배자의 소재가 문제였다. 그는 역시 침묵을 지켰다. 상급자가 좀 더 혼을 내라며 다시 물고문을 지시했다. 이때 여러 형사들이 합세했다. 그들이 결박된 다리를 들어 올리고 머리를 물속으로 두세 번 눌렀다. 그의 목 부분이 욕조의 턱에 눌려 숨을 쉬지 못했다.

그들의 얼굴에서 굵은 땀방울이 떨어졌고 광기 어린 눈에서 불이 났을 것이다. 그들의 입에서 나오는 썩은 야채 냄새와 땀

냄새가 뒤섞여 풍겼을 것이다.

그는 깊은 신음을 내뱉었다. 방 안에 희미한 불빛이 흔들린다. 그러나 그들이 날카롭게 질문을 던질 때마다 그는 더욱 모호한 태도로 자신을 방어하려고 하지 않는다. 목구멍이 욕조의 턱에 걸려 숨이 막혔을 때 외마디 비명소리를, 또는 가늘게 신음 소리를 내뱉었을까. 아마도…… 그때 고문자들은 더욱……

물의 무게, 가슴에 차오르는 천근만근의 무게가 어쩌면 죽음의 형체처럼 느껴졌을지도 모른다. 그러나 숨이 가빠오면서 질식하는 그 짧은 순간에도 죽음의 그림자는 감지할 수 없었을 것이다. 오로지 어머니와 아버지, 누나와 형님의 익숙한 얼굴이 잠깐 스쳐지나갔을 것이다. 그리고 암흑이었을 것이다.

* * *

그 해 겨울은 유난히 추웠다.

한겨울의 그 추웠던 밤.

이승에서 마지막 밤이었다.

그날 밤 종철이는 친구에게 '오늘은 기분이 좋은데 한 잔만 더 하자'고 하면서 하숙집과 가까운 **민속촌** 술집에서 기분 좋게 두부 안주에 동동주 한 단지를 마시고 반쯤을 더 마셨다.

내가 그의 주량을 상상할 순 없지만 상당히 취했을 것이다.

그때 종철이는 입에 담배를 물고 있었을까. 그러나 어느 문헌에도 그가 담배를 피웠다는 사실은 기록되어 있지 않다.

그날 밤 달이 떠올랐을까? 상현달 아니면 하현달. 달을 바라보며 부산 바닷가가 그리웠을까? 애처로운 마음에 눈물을 글썽이지는 않았을까? 그리고 새삼스럽게 눈을 들어 주변을 돌아보면서 눈 덮인 산꼭대기에 눈길이 머물지 않았을까?

죽음을 예감할 수 있었을까. 어떤 불길한 느낌이 불현듯 들었을까. 아무것도 못 느꼈을까. 차가운 바람이 얼굴을 스치고 지나가지 않았을까.

그때 분노를 느꼈을까? 무엇 때문에, 내가 뭔가 잘못하고 있는 건 아닌가 하고 죄책감을 느끼며 가슴이 무거웠을까? 머리를 흔들며 부정하고 혼자 중얼거렸을까?

'광주학살 책임지고 전두환은 물러가라.' '미국은 광주사태 개입을 공개 사과하라'고 마음속에서 외치며 울분을 토하고 있었을까?

박종철이 1987년 1월 형사들에게 붙잡혀 끌려나왔던 그 하숙집은 서울대생들이 지금도 많이 사는 당시 신림 9동 녹두거리의 한 골목에 있었다. 30년 전 젊은이들이 자주 들렀던 신림 9동 주변의 기껏해야 감자탕 아니면 두부 안주에 동동주나 소주를 마셨던 학사주점들은 다 사라졌다.

탈, 민속촌, 선비촌, 청벽집, 스페이스 등

이제는 그 시절 동네 슈퍼나 정육점, 세탁소, 야채 가게 등이 들어서 있던 낡은 건물들 대신 그 자리엔 다세대 주택 사이로 가정집을 리모델링한 요즈음에 어딜 가도 흔한 현대식 카페와 편의점, PC방, 노래방 그리고 많은 고시원과 오피스텔들이 자리를 잡고 있다. 버스 종점, 열린책방 등 그 일대는 변하지 않은 것이 없다. 버스 종점은 아파트 단지가 들어서 있다.

그러나 서울대 입구로 이어지는 변두리 풍경은 그대로이다. 어느 동네에서나 볼 수 있는 평범한 골목길일 뿐이다. 아기자기하지도 않고 감각이 돋보이지도 않는다. 그러니 페이스북이나 인스타그램에 올리기 좋은 세련되고 예쁜 장소는 없다. 오직 볼품없는 서울대 정문만 옛날 모습 그대로 덩그러니 서 있다.

종철이의 하숙집은 붉은 벽돌로 된 별다른 특징이 없는 2층 주택이었는데 이 주택은 이미 헐리고 새 건물이 들어섰다. 집주인은 하숙집 주택을 1989년 사들인 뒤 건물을 신축했는데 1, 2층에 작은 방이 서너 개 있었고 종철이는 2층에서 하숙했다고 들었다고 했다.

이 동네에서 오랫동안 산 주민들도 박종철이 이 근처에서 살았다는 것을 아는 사람은 없다.

민주열사 박종철의 비는 서울대 캠퍼스 중앙도서관 옆 언덕배기에 자리 잡고 있다. 그러나 종철이가 세상을 떠난 지 한 세대가 지난 지금 그 기념비에 의미를 부여하는 학생은 거의 없다. 그들은 말했다.

"박종철이 누구인지는 대충 들어서 알고 있지만 특별한 느낌은 없습니다. 그게 어쨌다는 거죠?"

법정모욕

범죄사실

피고인은 10여 년간 피복장사를 하다가 1970. 11월경부터 전국연합노조 청계피복지부 고문으로 노동운동에 참여하여 오다가 1976. 4. 26.부터 동지부에 개설된 새마을 노동교실 실장으로 종사하는 부녀인바, 피고인의 노동운동을 지원해주던 공소외 장기표가 1977. 3. 21. 대통령긴급조치 9호 위반 및 반공법위반으로 구속, 동년 4. 18. 기소되어 재판을 받게 되자 법원의 재판을 방해할 목적으로, 매회 서울지방법원 성북지원 법정에서 위 청계노조원 20여명과 함께 방청하면서,

1. 1977. 6. 3. 오전 11시경 서울지방법원 성북지원 제1호 법정에서 공소외 장기표에 대한 제1회 공판의 진행 중에 공판관여 검사가 위 장기표에 대한 공소사실을 신문하면서 동인이 노조원들에게 임금인상을 위한 투쟁을 종용한 일이 있지 않은가 하는 질문을 할 때 "왜 쓸데없는 질문을 자꾸 하느냐, 신문도 지랄같이 한다, 매년마다 올려준다는 임금인상을 해주지 않고 무슨 죄가 있다고 떠들어 대느냐"고 소리쳐 재판장으로부터 퇴정명령을

받고도 불응하는 등 재판진행을 중단케 하는 소동을 하고,

2. 동년 동월 17일 오전 11시경 전항과 같은 법정에서 위 장기표에 대한 제2회 공판의 진행 중에 공판관여 검사가 위 장기표에게 남북 대화중단 책임이 대한민국에 있다고 보느냐는 질문에 대하여 동인이 답변 끝에 대통령이 1977년 년두 기자회견에서 북한에 대한 식량원조 제의를 한 것도 정권연장을 위한 수단이라고 진술할 때 "대한민국 근로자는 배가 고파 굶어죽을 지경인데 원조가 무슨 원조냐"고 소리치고 다시 반공법 위반의 점에 대한 심리가 진행되자 "배고파서 임금인상해달라고 하는데 이북하고 무슨 상관이냐"고 떠들어서 정리 서동윤으로부터 제지를 받고 재판진행을 임시 중단케 하는 소동을 하고,

3. 동년 7. 1. 오전 11시경 전항과 같은 법정에서 위 장기표에 대한 제3회 공판의 진행 중에 변호인으로부터 위 장기표에게 민중의 소리라는 책자를 만든 배경을 묻자 동인이 물가고 연 10% 선억제나 1975년 말까지 2만원 미만 임금근로자 일소를 하겠다는 정부가 이를 이행하지 못하고 있으면서 10년 전에 초근목피로 어려웠던 농촌 경제가 발전되었다고 자랑만 할 수 있느냐고 진술할 때 "청계피복 노조원의 임금을 32% 인상해주겠다고 공언하고도 1원 하나 올려주지 않았는데 매일같이 재판하는 것이 더러운 짓만 하고 있어 말을 아니할 수 없다"고 소리치고 이때 정리 천개진이 퇴정을 요구하였으나 불응하고 팔을 잡아 끌고 나가려고 하자 "나를 긴급조치 위반으로 잡아넣으면 될 것 아니냐" 소리치면서 방청석 의자를 붙잡고 버티는 등 재판진행을 임

시 중단케하는 소동을 하고,

4. 동년 동월 15일 오전 11:30경 전항과 같은 법정에서 위 장기표에 대한 제4회 공판의 진행 중에 검사로부터 대통령 각하가 년두순서해서 근로자 임금인상을 지시한 것이 근로자를 보호하기 위한 것인데 이것이 반근로자적이라고 왜 반대해석을 하느냐는 질문을 받은 위 장기표가 답변을 장황하게 하는 것을 제지하며 간단히 대답하라고 요구를 받고 답변에 불응할 때 "질문을 지랄같이 하니까 대답을 안 하지"라고 이때 정리 천개진이 퇴정을 요구하자 밖으로 나가면서 "검사나 판사가 다 똑같은 놈이라 재판장 저새끼부터 뒈져야 우리가 잘 살 수 있다"고 소리쳐 법정을 모욕한 것이다.

공판정

장기표는 1960년대부터 조영래, 이신범과 함께 학생운동의 지도자로 유명했다. 평화시장에서 전태일이 1970년 분신했을 때, '나에게 대학생 친구가 한 명 있었으면……' 했다는 소리를 듣고 장기표는 제일 먼저 전태일의 영안실로 달려갔다. 그때 전태일의 모친 이소선 여사를 처음 만났고 전태일의 장례식을 서울법대장으로 치러야 한다고 설득했다.

그 무렵부터 장기표와 평화시장 노동자들 사이 깊은 유대가 맺어졌다. 그래서 장기표의 치밀한 조사와 조영래의 집필을 거쳐 유명한 **전태일 평전**이 탄생하게 된 것이다.

장기표와 조영래는 민청학련 사건의 주모자로 오랫동안 수배

되었다. 그가 아마 민청학련 때 체포되었다면 사형 아니면 무기징역을 선고받았을 것이다. 장기표는 결국 1977년에 체포된다. 민청학련 건은 이미 1975년도에 모두 석방하고 끝나버렸으니까 그것으로 문제 삼을 순 없었다. 그래서 1977년에 **민중의 소리**라는 풍자시를 써서 운동권에 배포했다는 것을 문제 삼았다. 긴급조치 9호 위반이었다.

공소사실에 의하면,

민중의 소리라는 시를 통하여 우리나라 민중이 온갖 정치적 억압과 경제적 수탈에 비참하게 신음하고 있는 것처럼, 소위 북한에 유리하게 사실을 왜곡했다는 것이다.

그러므로 공판정에서는 법적 쟁점이 **민중의 소리**에 묘사된 게 북한을 위하여 사실을 왜곡한 것이냐, 현실 그대로 묘사한 것이냐 하는 것이었다. 그러므로 법정에서는 이 땅의 민중이 과연 그러한 고통과 억압을 겪고 있느냐 어떠냐 하는 문제로 검사와 피고인이 열띤 논쟁을 한 것이다. 주로 장기표가 열변으로 논리정연하게 자기주장을 펼치는 장면이 전개되었다.

그 당시 법정에는 장기표가 평소 청계피복노조를 열심히 도왔으니까 청계 노조원들이 많이 나왔다. 전태일 모친 **이소선** 여사를 필두로 법정에 꽉 차게 운집해서 장기표를 향해 박수치고 소리치며 응원했다. 그 중에서 이소선 여사가 격렬하게 검사나 재판부에 항의하고 야유를 했다.

이소선 여사의 입장에서는 검사의 주장이란 게 도저히 참을 수 없는 것이었다. 그랬더니 재판 도중에 재판장이 법정질서를 유지한다는 명목으로 이소선 여사를 법정모욕죄로 잡아넣어버렸다.

방청객들의 항의에 대해 법정모욕죄로 잡아넣는 것은 이제까지 거의 찾아볼 수 없었다. 예외가 있긴 했다. **강신옥** 변호사 사건이다. 하지만 그건 변호인에 대한 것이고 방청객에 대해서는 거의 유례가 없는 것이었다.

장기표는 자신의 **상고이유서** 중에서 공개재판과 법정모독죄에 대해서 이렇게 썼다.

고 전태일 씨의 모친 이소선 씨가 본건의 1심공판시 법정을 모독했다는 혐의로 구속되어 징역을 선고받은 일이 있는데, 법정모독은 과연 누가 했는가. 공판 중에 정당한 노동운동에 속하는 일에 대해 엉뚱한 논리를 전개하여 그것을 이적행위시하는데 대해 약간의 항의를 한 것을 법정모독이라고 한다면 그것은 공개재판의 의미를 상실케 하는 일로 보아니다. 공개재판제도의 의의는 본래 민중적 감시기능을 부여한 것이라고 생각되기 때문이다. 즉 사법부에 의한 법의 심판이라 하더라도 그것이 법의 공정한 심판이 되지 못할 때에는 국민이 항의할 수 있어야 하고 그것은 민중의 저항권 발동에 해당하는 것이다. …… 법정모독은 공정한 재판을 요구하는 이소선 씨에 의해 행해진 것이 아니고 공정한 재판을 못하는 법원 당국 자체에 의해 행해진 것이다.

이제는 40년도 넘었다. 유신정권이 한창 발악을 하던 1977년에 일어난 사건이니까 말이다. 내 소설을 읽는 (대부분 젊은) 독자들은 태어나기도 전에 또는 기껏해야 아장아장 아기걸음을 걸을 때 일어난 사건이니 까마득한 옛날 일이다.

"그런 해괴한 일이 있었다는 말인가요?"

"어떻게? 그런 일이?"

"그건 적폐 아닌가요?"

그래, 좋겠다. 여러분은 좋은 시절에 태어나서 그런 험한 꼴을 당해보지 않았으니까. 멀리서 바라보거나 어깨너머로 들은 적도 없었으니. 그 시절에는 하수인의 번득이는 눈동자가 법정 안을 훑고 있었다.

아! 옛날이여!

이건 순전히 내가 추측한 것이지만. (내 법정 경험에 의하면) 재판장은 거만한 눈빛으로 방청석을 내려다보면서 으름장을 놓았을 것이다.

"조용! 조용! 조용히 하란 말이야. 너무 소란스러워서…… 도대체 재판을 진행할 수가 없어.

판사도 인간이란 걸 알아주기 바랍니다. 인내심에도 한계가 있다는 말입니다. 적절한 조치를 취할 수밖에 없어요"

공소장에는,

검사가 *"청계 조합원 임금인상 투쟁을 배후조종해 사회혼란을*

일으켰지요?" 하고 신문하니까, 방청석에 있던 이소선 여사가 자리에서 벌떡 일어나 "한 달 죽도록 일해 3천원 받는 근로자가 자신의 권리를 찾으려고 찾아간 거야. 근로기준법을 가르쳐준 게 뭐가 죄냐? 배운 사람이 모르는 사람 가르쳐주는 게 지식인의 도리지. 그게 죄냐?", "당신들은 부모들이 소 팔고 논 팔아 공부 갈차 노니까, 이따위로밖에 재판을 못하냐. 공부를 했으면 똑바로 재판을 해야지. 모르는 근로자를 가르쳐준 게 죄라고 심문을 하냐?" 한 발언 부분은 빠져있다.

무슨 염치로 그걸 집어넣을 수 있었겠는가.

이소선은 법정모욕죄로 1심에서 징역 2년을 선고받았고 항소심에서 징역 1년으로 감형되었다. 장기표는 대통령 긴급조치 제 9호 위반, 반공법 위반, 병역법 위반, 주민등록법 위반 등의 죄로 징역 5년과 자격정지 5년을 선고받았다.

만약 법정 질서유지를 위해서 어떤 조치가 꼭 필요했다면 이 경우 법원조직법 제61조를 적용해서 감치 또는 과태료에 처할 수 있다. 그런데 법정모욕죄로 처벌한 것이다.

법원조직법 제61조 (감치등)
……재판장은 법정의 존엄과 질서를 해할 우려가 있는 자의 입정금지 또는 퇴정을 명하거나 기타 법정의 질서 유지에 필요

한 명령을 발할 수 있는데 이에 위배되는 행위를 하거나 ……폭언·소란 등의 행위로 법원의 심리를 방해하거나 재판의 위신을 현저하게 훼손한 자에 대하여 결정으로 20일 이내의 감치 또는 100만 원 이하의 과태료에 처하거나 이를 병과할 수 있다.

형법 제138조 (법정 또는 국회회의장 모욕)
법원의 재판 또는 국회의 심의를 방해 또는 위협할 목적으로 법정이나 국회회의장 또는 그 부근에서 모욕 또는 소동한 자는 3년 이하의 징역 또는 700만 원 이하의 벌금에 처한다.

상세한 것은, **(자료 홍성우 변호사, 정리 한인섭) 민주화운동 기념사업회 서울대학교 공익인권법센터의 인권변론자료집 6**을 참조하기 바란다.

재판?! 아니면!?

신부의 미사복처럼 또는 옛날 시골 장례식에서 남자 상주들
이 입었던 검은 두루마기 상복처럼 생긴 거추장스러운 법복을
걸친 판사들이 무표정한 얼굴로 들어왔다.

재판장은 자그마한 체구에 40대 초반으로 보이는데 벌써 반
쯤 머리가 벗겨졌고 권위를 가장하려는 듯 굵은 검은 테 안경을
쓰고 있다. 그는 괜히 안경테를 만지작거렸다.

그는 한껏 정중한 목소리로 말한다.

"피고인은 피고인이 틀림……"

피고인은 오랜 구속 때문에 점점 피로하고 무력해져서 얼굴
에는 신경쇠약 증세까지 나타났다. 그래서 자신에게는 일생일대
중대 사건이라고 할 수 있는 재판은 물론이고 만사가 귀찮아서
실어증 환자처럼 좀처럼 혀가 잘 돌아가지 않는다.

"뭐…… 뭐라…… 뭐라고요…… 여…… 여…… 예……?"

판사가 말했다. "검사는 기소를…… 절차가…… 형식이…… 중요…… 간단…… "

검사는 처음 입장할 때는 활기차고 힘이 넘쳐 보였다. 그러나 입가에는 비웃는 미소가 감돈다.

검사가 혀짤배기소리로 공소장을 낭독한다.

피고인 (그런데 피고인이 남자였나? 여자였나? 헷갈리는데……) 은…… 새벽 무렵…… 원일 원룸 101호에서…… 피해자 (피해자가 남자인 건 확시하지…… 확시하다고 사진에 남자처럼 보였거든. 그렇다면 이것들이 호모들이란 말인가? 아니면…… 뭐더라…… 라즈부언들인가?) 와 함께…… 케이브 TV에서 방영하는…… '여자의 저주'라는 영화르 보던 중 (그 영화의 제목도 헤가린다…… 여자의 저주? 남자의 저주? 엄마의 저주? 아빠의 저주? 운명의 저주? 죽음의 저주? 악마의 저주? 신의 저주?) 무슨 마인지 피해자의 마에 배신감을 느끼고 분한 나머지 (그렇지, 분하다고 했거든……) 평소 호신용으로 핸드백에 넣고 다니던 기이 15센티미터의 카으 꺼낸 다음 (카 기이가?) "네 놈이 나한테 이럴 수가 있느냐'라고 마하며 (그때, 네 년이? 그리고……? 혹시……?) 그 카로 피해자의 목과 가슴 부위 등 전신으 수십 차례나 찌르고…… (수십 차례라고? 설마? 그렇다면 수 차례?) 피해자가 일어나 저항하다 바닥에 쓰러졌음에도 계속해서…… 피해자의 온몸을 다시 수십 회 찌러…… 피해자로 하여금 그 자리에서…… 실혀사로 사망에 이르게 하여 사해하였다.

(그때 왜? 결정적으로 심장을 단 번에 찌르지 않고?)

　판사가 말했다.

　"피고인은……? 이…… 인…… 인정……?"

　변호사가 지극히 사무적으로 말했다.

　"그냥…… 부인……"

　변호사는 졸리운 듯 어리벙벙한 얼굴 표정이다. 지난밤에 밤늦게까지 술을 퍼마시고 잠을 제대로 못 잤는지? 아니면 무슨 불길한 악몽이라도 꾸었는지? 그 악몽이란 게? 아침에 느지막하게 출근할 때 요즘 들어 더욱 보기 싫은 마누라가 잔소리깨나 늘어놓았는지?

　이때 다른 판사들 중 (판사는 세 명이었던 것 같다.) 하나는 졸리운 듯 연신 하품을 하며 어서 재판이 끝나기만을 기다리는 눈치이고, 또 다른 판사는 스마트폰으로 게임에 너무 열중하여 얼굴에는 작은 땀방울이 송글송글 맺혀있다.

　재판장이 말했다.

　"검사…… 증거……"

　검사가 날카로운 칼날이 번쩍이는 칼을 들어 올렸다.

　"…… 이거! 기억나겠지!"

　갑자기 피해자 가족들로 보이는 몇몇 방청객들이 흥분한 듯 술렁거렸다.

　검사가 으르렁거렸다.

　"이거루다…… 막…… 찌러…… 바보처럼 단 한 번으로 끝내지 않고……"

그때 피고인이 감고 있던 눈을 부릅떴고 검사에게 달려들었고 인정사정없이 검사의 뺨을 갈겼다. 그러고 나서 의기양양하게 피고인석으로 돌아왔다. 그는 법정을 휘젓고 다니면서 판사들과 변호사의 뺨도 실컷 때리고 싶었지만 겨우 참았다. 방청석에서 요란한 박수소리가 들렸다.

완전히 대머리이고 얼굴이 주름투성이인 중년 남자가 주먹을 휘두르며 연거푸 "만세"를 불렀다. 그리고 외쳤다. "이건 재판이 아니야! 개판이라니까! 진짜 개판!" 여기저기서 "잘 했어, 잘 했다고 속 시원하네, 속이 다……"라고 외치고 손뼉을 치며 호응하였다.

방청석이 벌집을 쑤신 듯 소란스러워졌다. 재판장이 법정의 질서를 회복하고 재판의 권위를 지키기 위해서인지 "조용……조용…… 제발…… 용서…… 용서……"하고 기어들어 가는 목소리로 외쳤다.

피고인은 여전히 씩씩거린다.

"개…… 개…… 개 같은…… 개 같은 자식……"

검사가 머쓱해서 피고인을 새삼스럽게 쳐다본다.

재판장이 말했다.

"변호사는…… 증거…… 동의……"

"부…… 부동…… 부동의……"

피고인이 외쳤다.

"야! 야! 다 인정…… 인정한다니까. 왜 칼을 가지고 와서……지…… 지랄 — 이야!"

검사와 판사들과 변호사가 거의 동시에 말했다.

"죄…… 죄송……"

재판장이 말했다.

"재판을…… 마칩니다. 이렇게 힘들어서야! 당장 때려치우고 싶구만! 실기했어…… 실기를. 검사가…… 구형을……"

검사가 말했다.

"그렇지요 시기했어…… 그건 나도 마찬가지라고 그러니까…… 구형은 무슨…… 그냥…… 알아서……"

변호사가 말했다.

"그렇지요…… 그냥 알아서…… 적당히…… 아니면…… 니 맘대로…… 관대하게……"

재판장이 말했다.

"피고인…… 마지막으로……"

피고인이 일어섰다.

"더…… 더러…… 더러워서……. 이게…… 무슨…… 무슨 재판…… 재판이라고……"

3주 후 선고기일이었다.

재판장이 말했다.

"피고인…… 피고인이 맞지요?"

피고인이 말했다.

"피고인……? 누가……? 아닌데요 왜? 내가 지금 이 자리에 서 있는가요? 피고인은 여자…… 나는 남자…… 남자…… 보시

147

다시피…… 뭐냐하면…… 거시기를…… 보여…… 줄까요……?"

판사들과 검사, 변호사는 어안이 벙벙하였다. 서로 얼굴을 쳐다보며 쓴웃음을 지었다. 서로 네 탓이라고 하는 표정이었다. 도망치듯 황급히 뒷문으로 사라져 버렸다.

피고인과 방청객은 너무 유쾌한 나머지 통쾌하게 웃었다.

"하하……! 하하하……! 하하하하하."

침묵의 노래

말 없는 표정에 목소리와 말이 담긴 경우가 많다.
— 오비디우스

세이렌은 얼굴은 요정처럼 아름다운 여자이지만 목 아래 가슴께부터는 맹금류 같은 새의 모양을 하고 있다. 육체는 기괴한 괴물의 모습이고 얼굴은 아름답고 자신만만한 여성의 모습인 것이다. 세이렌은 연약함과 마법의 힘을 함께 지니고 있었으니 얼마든지 남자들을 유혹할 수 있었고 파멸시킬 수 있었다.

그들의 가슴 속에는 악마의 영혼이 깃들어져 있었다. 그들은 자신의 추한 모습에 자괴감을 느꼈고 분노했다. 도저히 여자로서 뇌쇄적인 자태를 뽐낼 수 없었기 때문에 그 분노가 쌓이고 쌓이면서 인간을 향한 험악한 증오로 변했던 것이다. 다만 신은 공평했기에 그 대신 아름다운 목소리를 선사한 것이다.

그런데 세이렌은 4명이다. 텔크시에페이아(매혹적인 목소리). 아그라오페메(아름다운 목소리). 페이시노에(설득). 모르페(노래).

그들은 화려한 꽃이 만발한 섬인 안테모에사에 살면서 하반신은 숨기고 아름다운 얼굴만 내민 채 달콤한 목소리로 유혹하는 노래를 불렀다. 그러므로 그 노래를 들은 뱃사람들은 누구나 영원히 귀를 기울이지 않을 수 없었고, 마침내 희생자들은 바위에 부딪혀 난파했다. 그들이 사는 섬의 땅은 뱃사람들의 백골로 뒤덮여 하얗게 빛났다.

만약 세이렌의 노랫소리에 굴복하지 않고 이 섬을 통과하는 배가 있으면, 이번에는 세이렌이 바다에 빠져 익사할 것이라는 예언이 있었다. 그러니 그들은 어떻게 해서라도 필사적으로 뱃사람들을 유혹하여 죽게 만들어야 했다.

오디세우스가 고향 이타카로 돌아가면서 그 섬을 지나게 되었다.

그가 해 뜨는 아이아이 섬에서 고귀한 여신 키르케를 만났을 때 그 여신이 말했다.

"모든 일들이 그렇게 되었군요. 지금부터 내가 하는 말을 명심하세요. 내가 한 말을 나중에 어떤 신이 몸소 그대에게 상기시킬 수도 있어요.

그대는 먼저 세이렌 자매에게 가게 될 것인데 그들은 자기들에게 다가오는 인간들은 누구든지 다 유혹하지요.

누구든지 영문도 모르고 가까이 다가갔다가 세이렌 자매의 목소리를 듣게 되면 그의 아내와 어린 자식들은 더 이상 집에 돌아온 그의 옆에 서지 못할 것이며 그의 귀향을 반기지 못할

거예요

세이렌 자매가 풀밭에 앉아 낭랑한 노랫소리로 홀릴 것인즉
그들 주위에는 온통 썩어가는 남자들의 뼈들이 무더기로 쌓여있
고 뼈 둘레에서는 살갗이 오그라들고 있어요

그대는 얼른 그 옆을 지나가세요 꿀처럼 달콤한 밀랍을 이겨
서 뱃사공들의 귀에다 발라주세요 다른 사람은 아무도 듣지 못
하도록 말예요 그러나 그대 자신은 원한다면 듣도록 하세요

그대는 돛대를 고정하는 나무통에 똑바로 선 채 부하들로 하
여금 날랜 배 안에 그대의 손발을 묶게 하되, 돛대에다 밧줄의
끄트머리들을 매게 하세요 그러면 그대는 즐기면서 세이렌 자
매의 목소리를 듣게 될 거예요 그리고 그대가 풀어달라고 부하
들에게 애원하거나 명령하면 그들이 더 많은 밧줄로 그대를 묶
게 하세요"

그는 부하들의 귓구멍을 밀랍으로 단단히 막고, 자신은 세이
렌들의 노래에 유혹을 당하지 않도록 하기 위해 페리메데스와
에우릴로코스에게 지시해서 자신을 돛대에 단단히 묶어 놓게 했
고, 그가 밧줄을 풀라고 명령해도 절대로 그래서는 안 된다고
미리 지시를 하였다. 그리고 그들의 용기를 북돋아주기 위해 포
도주 통을 돌려서 마음껏 퍼 마시게 했다.

그리고 나서, 배는 뱃사공들이 제자리에 앉아 긴 노로 바닷물
을 밀쳐내자 앞으로 나아가기 시작했다. 돛을 팽팽하게 펼쳐주
는 밧줄을 감아올리는 도르래의 삐거덕거리는 소리는 아늑한 꿈
결처럼 포근한 바다의 품속에 묻혀버렸다.

그때 아름다운 얼굴의 세이렌 자매들도 자기들을 향해 가까이 다가오는 그 날랜 배를 못 볼 리 없었다.

…… 세이렌들이 가까이 있었기에
거센 저녁 바람이 불어와 긴 머리채가
하얀 몸을 가로질러 어떤 간절한 환희를 가리면서
황금빛 물보라로 흩날리는 것을 보았다네.

그러나 오디세우스는 아무 탈 없이 무사히 해협을 통과하였다. 일은 너무 싱겁게 끝나버렸다. 아마 그가 유일했으리라.

그들은 그때 오디세우스가 왔을 때 불굴의 사나이인 그의 눈빛에 어리는 굳은 의지를 보았던 것이다. 그러니까 그는 단순한 뱃놈이 아니었다. 거센 물살이 배를 공중으로 띄워 올리고, 폭풍이 배를 산산조각내는 저 멀고 먼 바다를 떠돌아다니는 해적의 두목처럼 늠름하였던 것이다.

그 순간 그들은 그를, 그의 불타는 욕망을, 그의 사내다움을 사랑하게 되었고, 평생 동안 노래를 불러온 그 노래꾼들은 갑자기 알고 있는 모든 노래를 죄다 잊어버렸다.

오디세우스가 말했다.

나는 귀를 밀랍으로 막지 않았지. 그들의 유혹하는 아름다운 노래를 들으려고 말이야. 오늘, 침묵이라는 참으로 아름다운 노래를 들었구나.

세이렌은 당초 오디세우스를 유혹하여 파멸에 이르게 하기 위해 부를 노래를 단단히 준비하고 있었다.

'자, 이리로 오세요, 어서 오세요, 칭찬이 자자한 오디세우스여, 많은 어려운 말들을 구사할 줄 아는 오디세우스여, 아카이오인들의 위대한 영광이여, 이곳에 그대의 배를 세우고 우리 자매들의 목소리를 들으세요, 우리의 입에서 나오는 감미롭게 울리는 목소리를 듣지 않고 검은 배를 타고 이곳을 지나간 사람은 아직 아무도 없지요, 그리고 그 사람은 놀라운 즐거움을 누렸을 뿐만 아니라 이전보다 더 많은 앎을 얻은 후 고향으로 돌아갔답니다, 우리는 드넓은 트로이에서 무슨 일이 벌어졌는지 모두 알고 있어요, 아르고스 인들과 트로이인들이 신들의 뜻에 따라 겪었던 모든 고통을요, 우리는 수많은 필멸의 존재들이 살고 있는 풍요로운 대지 위에서 일어나는 일은 무엇이든 다 알고 있으니까요'

오디세우스는 세이렌들의 가녀린 눈에 눈물이 가득 고인 것을, 얼이 빠져 굳게 닫혀버린 입을 쳐다보면서 만면에 행복한 웃음을 띤 채 득의의 표정으로 여유롭게 해협을 지나갔다. 해협의 파도는 잔잔했고 바람은 부드러웠다.

세이렌들에게는 지하의 왕국인 하데스의 예언적 노래보다 더 무서운 무기를 가지고 있었으니, 그것은 그들의 침묵이었다. 그들은 단 한 번 그 무서운 무기로 위대한 뱃사람인 오디세우스에게 대적한 것이다.

세이렌은 바다로 몸을 던져 바위로 변했다.

사랑

*사랑으로 행하는 자는
가장 높은 지위에 올라 자유롭게 행동하는 자이다.*
— 아리스토텔레스

그는 전날 꿈을 꿨다. 20년 전에 헤어진 사람을 다시 만나는 꿈이었다. 오랫동안 돌아오지 않았던 꿈이었다. 너무 생생한 꿈. 비체가 마치 잘 지내고 있는지 묻는 것처럼, 무척 만나보고 싶은 감정을 숨기는 것처럼 그를 물끄러미 쳐다보았다. 그는 그때 애매하게 미소를 지었던 것 같다.

비체는 1990년 늦은 봄 아무런 귀띔도 없이 갑자기 사라져버렸던 것이다. 비체는 단테의 영원한 여인 베아트리체의 애칭인데 그가 붙여준 것이다.

지금, 그에 대한 기억은 가물가물해서 비현실적일 만큼 먼 곳에 가 있었고 안개 속처럼 몽롱할 뿐이다. 그는 비체를 그렇게 까마득히 잊어버리고 살아온 자신을 이해할 수가 없다. 맨 처음 만났던 날, 조금 당황해서 솜털이 보송보송한 뺨 한가운데를 붉게 물들었던 사랑스러운 홍조가 떠올랐다.

다시 늦은 봄이다.

그날, 그는 오전 내내 뒤숭숭했다. 마음의 갈피를 잡지 못하고 일이 손에 잡히질 않는다. 그는 무작정 걷는다. 그에 대한 구구절절한 옛 생각이 끊이질 않는다. 그래서 그가 간절히 보고 싶다. 아침도 점심도 굶었지만 배가 고프지 않고 밥 먹을 생각도 들지 않는다. 거리에 사람들이 많지는 않았지만 몇몇은 가볍게 말하고 헤프게 웃으면서 지나간다. 하늘은 금방이라도 비가 내릴 것처럼 회색 구름이 낮게 드리워 있다. 어느새 자신도 모르게 서초동 예술의 전당 앞 그 커피숍에 다다랐다.

그들이 1988년 맨 처음 만났던 곳이다.

그는 이십대 초반 즈음에 작고 더러운 방에서 자기보다 훨씬 나이 많은 여자와 만난 적이 있었지만, 그러나 그 이후로는 이성과 관계를 가진 적이 없었다. 그는 그 무렵 변성기에 여드름 투성이이고 지저분한 얼굴의 작은 요정들, 소년들에게 아름다움을 느끼고 매혹되었다. 그러나 자신이 남다르다고 생각하지는 않았다.

비체는 약간 마르고 헝클어진 머리, 놀라울 정도로 맑은 눈을 가진 전형적인 변두리 아이의 모습이었다. 자신의 얼굴과 목소리를 가지고 있었다. 그의 육체는 야위었지만 유연했다. 그는 사랑에 빠졌다. 비체는 그에게 육체적 감각, 육체적 환희를 일깨워 주었고 말할 수 없는 기쁨을 안겨 주었다.

그때는 어느 순간에 행복의 절정을 느꼈지만 또 어느 순간에는 심장을 찢어낼 듯한 죄책감 때문에 괴로워하였다. 그럴수록 강박관념과 같은 집착에 빠져들었다.

그러나 비체는 어느 날 갑자기 떠나갔다. 도망갔다. 그는 자라서 어른이 될 것이고 자신의 삶을 독자적으로 살게 될 터이다. 여자들과 사랑에 빠지고 결혼하여 아이들을 두게 될 것이다. 그는 정상적인 삶에 안착할 것인가. 그건 축하해야 할 일이 아닌가. 그의 미래를 축복해 주어야 할 것이 아닌가. 그러나 그는 질투심 때문에 밤이면 잠을 이루지 못하고 고통스러워했다. 그는 절망하였다. 차라리 죽고 싶었다. 그 대신 알코올로 그 고통을 마비시키려 하였다.

그는 2시간째 에스프레소 커피의 짙은 향기를 음미한다. 한 테이블 지나서 건너편 자리에는 품이 헐렁한 셔츠에 꽉 조이는 청바지 차림의 눈이 큰 여자가 앉아 있다. 예쁘고 곱상한 얼굴에 화장도 하지 않아서 거의 맨 얼굴이다. 길게 기른 치렁치렁한 검은색 머리카락을 매끄럽게 빗어내려 흰 목덜미 뒤로 묶어 늘어뜨렸는데 그녀는 영락없이 막내 여동생이다. 그녀는 여동생과는 뭐 하나 닮은 데가 없었지만 그러나 모든 게 다 닮아 보인다. 얼마나 오랫동안 여동생을 만나보지 못했는가. 기억이 가물가물했다. 한동안 잠잠했던 이명소리가 귓속을 울렸다.

그 순간 그녀가 일어나 나갔다.

그는 아쉬운 마음을 달래기 위해 연거푸 담배를 피우며 자꾸 시계를 본다. 커피잔에 남은 한 모금 커피를 마셨다. 엄청나게 쓰다. 그러면서 누군가 말했던 '커피는 악마처럼 검고 지옥처럼 뜨겁고 천사처럼 순수하고 사랑처럼 달콤하다'는 말을 되새긴다.

커피는 사랑이다.

그가 계속 커피의 향기 속에서 피어나는 옛 생각에 잠겨 있는 순간, 그 찰나의 순간에 머리털이 쭈뼛 서는 충격을 느꼈다. 심장이 예민하게 쿵쾅거리는 것을 느꼈다. 갑자기 입안이 바싹바싹 타들어갔다.

그가 커피숍의 정면 넓은 창에서 안을 향해 기웃거리다가 문을 열고 왼쪽 다리를 약간 질질 끌면서 엉거주춤 그에게로 다가오는 것이 아닌가.

점점 거세지는 빗줄기가 넓은 유리창을 두들겨 팬다. 그들은 한동안 얼어붙었다. 영원처럼 느껴졌던 몇 분간이 지나갔다. 누구도 선뜻 입을 열지 않았다. 몇몇 커피를 마시고 있던 사람들이 공공연히 그들을 바라본다.

비체가 말했다. "저도, 지난밤에 당신을 만나는 꿈을 꿨지요. 너무 생생했거든요. 그래서인지…… 막연히…… 여기까지. 다시 만날 운명이었겠지요."

그는 생각했다. '같은 날 밤에 같은 꿈을 꾸고, 약속도 없이 옛날 같은 곳에서 헤어진 연인과 기적처럼 재회하는 것은 틀림없이 운명 때문일 거라고……. 이 운명은 비켜갈 수 없을 거야…….'

비체가 어쩔 수 없는지 계속 더듬더듬 말을 한다. "정말 오랜만이네요. 이십 년이 훌쩍 사라졌네요. 그러나 미안합니다……

너무 미안합니다……. 전, 그때 조용히 떠날 수밖에 없었어요……
……. 도망쳐야만 했었지요……. 가슴이 미어질 듯했지요…….

당신을 만나면서부터 제 식성을 확실히 깨달았지요. 당신은
다소 소극적이었어요. 그때 혼란과 죄책감을 느끼고 있었지요.
자신의 육체가 스스로를 배반할지도 모른다는, 결국 들키게 될
거라는, 무시무시한 정체가 드러날지도 모른다는 두려움 때문에
떨고 있었던 것이지요. 그러나 전 그때 벌써 훌쩍 커버렸지요.
당신 때문이었겠지요. 그리고 강하고 적극적인 남자가 필요했지
요.

뚱뚱한 남자…… 겨드랑이와 사타구니에 털이 풍성하고 배가
많이 나온 남자에게 끌리는 거예요. 그가 역겨운 입 냄새를 풀
풀 풍기면 저는 그 냄새가 너무 좋아서 어쩔 줄 모르는 거예요.
그들은 난폭하지만 그래야만 너무 황홀한 오르가즘을 느끼게 되
었어요.

그래서 당신 몰래 낙원동의 게이 바에 들락날락하게 되었지
요. 그 바는 실제 뚱뚱하고 거친 남자만을 좋아하는 취향을 가
진 동성애자들이 주로 출입했거든요.

그때부터 항문이 망가지기 시작했지요."

"그랬었구나……. 그랬어……. 넌, 내가 그동안 어떻게 지냈는
지 몹시 궁금하겠지. 네 얼굴에 그렇게 써 있으니까. 그런 거
야……. 난 군대에 가서 그 증세를 더욱 확실히 자각했고, 도저
히 육체적 욕망을 어쩔 수 없다는 것을 뼈저리게 느꼈지. 그래
서 내 인생이 평탄치 못하리라는 것을 깨달았지.

처음에는 고참의 지극한 편애와 짜릿한 성적 자극에 빠져들었고, 그가 제대해버리자 내가 점찍어 놓았던 졸병을 유혹했어.

군대를 제대한 후에는 대학을 그만 중퇴해버렸지. 아무런 희망이 없었으니까. 평생 소원이던 수의사의 꿈을 접은 거지.

지금까지 혼자 살고 있는 거야. 닥치는 대로 이것저것 하면서 말이지. 사회는 우리를 절대로 받아주지 않거든. 지금은 많이 좋아지기는 했지만…… 나도 늙었거든. 그리고 지쳐버렸지. 가끔 두통이 오고 반복되는 불면증에 시달리고 있지."

"저의 경우에는 말이지요 저는 누나들 틈에서 여자애처럼 자랐지요 그러나 외아들이었으니…… 부모님의 성화를 이길 수가 없어서 결혼까지 했었지요

예식장에서 하객을 모시고 정식으로 했었지요 그러나 곧바로 헤어졌지요 도저히 여자와의 결혼은 견딜 수가 없었어요……. 결혼을 해서는 안 되었는데. 그때 도망가야 했었지요 그리고, 다시 가끔 당신을 생각했었지요"

"……"

"그러나 전, 막나갈 수밖에 없었어요 그들이 완전히 정신병자로 만들었으니까요 우리는 사회적 약자, 철저히 버림받은 자, 소수자였지요 희망이 없었습니다.

술주정 때문에 누구한테나 집적거리고 시비를 걸고…… 수시로 경찰서에 끌려가서 경범죄로 처벌받았지요 교도소에도 밥 먹듯이 들락날락했었지요

모든 걸 잊기 위해서 마약에 손을 댈 수밖에 없었습니다. 그

러나 마약도 점점 센 걸로…… 마리화나는 너무 약해서…… 머리를 처박고 가루를 흡입했지요 다시 메스암페타민이나 애시드 쪽으로……. 그걸 공급해주는 자는 아주 개새끼인데…… 피도 눈물도 없지요 오직 돈밖에 모르지요 그 얘길 길게 해서 뭐하겠어요

어쨌거나 전 만신창이가 되었어요 가족과는 완전히 의절했고요 저는 사회에 대해 증오와 다름없는 분노를 품었지요 그러나 지금은 분노할 힘마저 없어요 도저히 견딜 수가 없습니다."

그는 그제서야 정신을 차리고 그의 삶에 크나큰 그늘을 드리웠던 비체의 모습을 찬찬히 뜯어보았다. 그러고 보니 그의 초췌한 몰골이 말이 아니었다. 처참한 몰골이라고 표현해야 옳을 것이다. 지금 살아서 이야기하고 있는 것 자체가 신기할 정도였다. 비쩍 마른 몸에 걸친 해진 옷은 낡은 데다 비에 젖기까지 해서 지독한 냄새를 풍겼다. 머리는 얼마나 오랫동안 감지 않았는지 떡진 채로 머리카락이 뒤엉켜 있다.

노숙자 생활을 한 것이 틀림없어 보였다.

무언가가 그를 지금 괴롭히고 있었다. 그가 다시 말했다. 반쯤 독백이었다.

"제가 옛날부터 밤을…… 짙은 어둠을 사랑했던 것 기억하시지요 어둠은 모든 불행한 것들을 감싸 안으니까요 저에겐 지금 밤이 …… 어둠이…… 필요한 거예요 간절한 부탁이 있어요 누구에게 부탁할 수 있겠어요 당신만이 할 수 있어요

절 데려가 줘요 남쪽 그 해안 절벽 있지요 전 몇 번이나 여

러 가지로 시도했지만 불가능했어요. 너무 무서웠어요. 화내지
마세요. 사랑의 힘이 필요하지요"

그는 입안에서 갑자기 깊은 피 맛이 느껴졌다. 입술을 깨물었
을 것이다. 혀로 살점을 느낄 수 있었지만 그걸 피와 함께 꿀꺽
삼켜버렸다.

다시 생각해보니, 처음 만난 날도 오늘처럼 토요일이었다. 비
는 한풀 꺾여서 가랑비로 내렸다. 그새 밖은 어두워지고 있었다.

여수 향일암은 언제나 일출의 광경이 눈부시다. 향일암으로
오르는 길 중턱쯤에서 오른쪽 샛길로 빠지면 인적이 드문 호젓
한 길이 바다를 따라 구불구불 이어지고 바다가 아득히 내려다
보이는 해안 낭떠러지가 있다. 먼 바다에서부터 달려온 거친 파
도는 높이 솟아있는 검은 바위에 부딪히며 악몽 같은 괴성을 내
뱉었다.

떨어진 낙엽들이 바다 쪽에서부터 불어오는 날카로운 바람에
빗발치듯 흩날렸다. 돌풍이었다. 검은 먹구름이 밀려오고 잠깐
동안 가을비가 여름 소나기처럼 쏟아졌다. 그러다가 갑작스럽게
바람이 잦아들면서 소강상태가 되었다. 그리고 맑게 갠 드넓은
하늘을 가로질러 노란 햇빛이 눈부시게 빛났다. 바위에 부딪히
고 물러나는 파도소리가 소나무숲 속의 빈터에 아련한 여음을
남기면서 쓸고 지나갔다. 길섶에 서 있던 나뭇가지들에서 물방
울이 눈물인 것처럼 떨어진다.

회색빛 하늘과 바다가 맞닿아있는 수평선 너머로 작은 어선

이 천천히 사라지고 있다. 배는 벌써 황혼의 희미한 빛 속에서 하나의 점이 되어 마침내 보이지 않았다.

우중충한 하루. 악몽 같은 하루.

비체는 바다 속으로 사라졌다. 어둠 속으로…….

사랑의 힘으로

사랑은 언제나 절벽 끝에서 완성된다.

배반의 장미

장미, 오오 순수한 모순이여……
— R. M. 릴케

나에게는 대학 시절부터, 극한적인 난코스 등반을 함께 즐겼던 산악반 친구들이 있다. 나는 대학에 갓 입학하여 몇 달이 지났을까, 공과대학 강의실 앞뜰에서 처음 모이였던 날을 기억한다. 나는 그때 괜히 안절부절못하며 내가 생각해도 어색한 행동과 내 몸에 어울리지 않는 촌티 나는 옷차림새, 심하게 수줍어하는 순진한 얼굴을 하고 있었다.

그날 우리들은 산악반에 정식 가입했고 매달 산행을 하기 시작했다. 물론 첫날부터 인사불성이 되도록 엄청나게 술을 마셔 신고식을 거행하였었다.

그 친구들은 한겨울에 눈에 덮인 험준한 산을 함께 등반하면서 저체온 증에 시달리고 방향 감각을 잃을 만큼 심하게 탈수, 탈진 상태에 빠졌을 때, 여기서 잠들면 죽는다고 외치며 서로를 격려했었다. 지금, 그들 중 하나는 진주에 있는 국립대학의 교수가 되었고, 또 하나는 일취월장하는 대형 건축사무소를 운영하면서 1995년 이래 몇 년째 대한건축사협회장을 맡고 있고, 몇몇은 중견 건설회사의 임원이 되었다.

그러나 마지막 한 친구는, 자의식과 의지가 강했고 밤의 침묵만큼이나 말이 없었으나, 때로는 아주 호쾌하게 웃는 대범하고 낙천적이었다. 그 친구는 30대 초반의 이른 나이에 일찍 죽었다.

그 겨울의 어느 날(정확한 일자는 기억나지 않는다) 그 친구, 박△△가 암벽 등반을 하던 중 사고를 당해서 정형외과 병원에 입원했다는 전갈을 받았다. 친구 몇 명이 어울려서 함께 갔다. 그는 이마 쪽과 머리에는 피가 배어있는 붕대를 칭칭 감고 있었고 골절상을 입은 왼쪽 다리는 기브스를 한 채로 침대 위 공중에 매달려 있었다. 온몸 여기저기가 피멍이 들어 있었으나 그는 평소 성격대로 의외로 침착하고 담담하였다.

그가 그날의 상황을 자세히 말해 주었다.

그는 그날 혼자서 암벽 등반에 나섰다. 적갈색 화강암으로 된 서북벽은 그가 좋아해서 자주 암벽 등반을 하였던 익숙한 곳이었다.(나도 그를 따라서 두 번이나 그 서북벽을 암벽 등반했었다.) 10여 년 전 겨울에 처음 현기증을 일으키는 서북벽을 보자마자 그것은 그의 눈을 현혹시켰다. 단단한 벽들이 복잡한 균열이 나 있는 암괴와 서로 엇갈리고 첩첩이 겹쳐지며 비스듬히 절벽의 끝까지 내려가서 깊은 협곡 속으로 숨어버렸다. 그는 그 장엄하고 아름다운 서북벽을 보자마자 진짜 보기 드문 암벽을 처음 보았다고 생각해서인지 어서 빨리 올라가야겠다는 집념에 사로잡혀 안절부절못했었다. 그는 익스트림 알피니스트를 꿈꾸고 있었으므로 인간의 한계를 응시하고 불가능에 대한 모험과 그 전율하는 공포의 순간을 음미하고자 했던 것이다.

잿빛 음산한 늦은 오후, 눈은 아직 내리지 않았지만 매서운 북풍이 휘몰아치고 있었다. 그러나 산 주위의 윤곽이 아직 선명했다. 저 아래 산골짜기에서 산까마귀가 협곡의 기류를 타고 몇 번이고 선회하다가 나뭇가지에 앉아 짖어대는 소리가 들려왔다.

그는 그때 막, 얼어서 굳은 손으로 자일을 붙잡고 발끝으로 간신히 암벽을 느끼며 얇은 필름 같은 살얼음이 끼어 있는 암벽을 내려오던 중이었다. 좁쌀 같은 얼음 입자가 바람에 날려 그의 얼굴에 달라붙었다. 그러나 고드름이 번들거리는 바위턱을 지나 예리하게 갈라지고 서릿발이 하얗게 쌓여 있는 수직벽의 바위 틈새를 내려오면서 대마를 꼬아서 만든 낡은 자일이 갑작스레 흔들리며 뻣뻣해지더니 끊어져버렸다.

모든 것이 꼼짝없이 얼어붙어 버렸고 아무 소리도 들리지 않

165

는다. 세상이 정전된 것처럼 갑자기 정지되어 버렸다.

그는 절벽 밑으로 속절없이 미끄러지며 추락하였다. 바위에 부딪히며 굴러떨어지다 어느 순간 절벽 틈에 뿌리를 내리고 있던 늙은 소나무 곁가지에 어깨에 멘 배낭 줄과 등산용 재킷이 동시에 걸리면서 허공에 매달리게 된 것이다. 그가 구조된 뒤에 되돌아보니 그는 3시간여를 무의식 상태에서 매달려 있었으나 뒤늦게 하산하던 등산객들에게 발견되어 어렵사리 구조된 것이다. 그는 두 번씩이나 천우신조가 있었으니, 첫 번째는 소나무 가지에 걸린 것이 그것이고, 두 번째는 등산객에게 발견된 일이다. 그때는 이미 가는 눈발이 휘날리기 시작했고 공기는 얼음처럼 차가워지는데 천우신조로 발견되지 않았더라면 그날 밤을 지새면서 틀림없이 동사했을 터였다.

그가 말했다.

"나는 살아 있는거야. 지금 멀쩡하게 살아 있지. 의사 말로는 한 달쯤 지나면 완쾌해서 퇴원할 수 있다는군. 온몸이 몹시 쑤시지만 그건 별게 아니지. 얼마든지 참을 수 있거든. 더욱이 말이야, 그게, 거시기가 완전히 무사하단 말이지. 천우신조야, 천우신조 기적이 따로 없지."

그는 그 후 예정대로 퇴원했다. 그에게는 거의 알아볼 수 없을 만큼 가볍게 저는 걸음 이외에 다른 후유증은 없었다. 단순

한 사고에 불과하였으니까, 그럭저럭 그 일을 잊을 만큼 5개월
인가, 6개월의 시간이 흘러갔다.

이제 늦은 봄날이다.

5월의 마지막 일요일이었다. 아침부터 하늘이 흐렸다.

나는 그날 다급한 전화가 걸려왔기 때문에 불길한 예감에 휩
싸인 채 서둘러 사당동 집으로 갔다. 나는 전에도 그 집에 간 적
이 있었다. 비좁은 주택가 골목에는 온갖 쓰레기가 널려 있다.
하수구가 역류하는지 역겨운 냄새가 골목길을 감돌았다. 늦은
오후 날이 저물고 있다. 봄비가 추적추적 내리기 시작한다. 비는
점점 그칠 줄 모르고 퍼붓고 검은 먹구름은 계속 관악산 산기슭
으로 내려오고 있었다.

나는 흠뻑 젖었다.

붉은 벽돌의 아담한 단층집.

낡은 철제 대문은 반쯤 열려 있었고 집안은 빈집처럼 고요했
다. 아! 넝쿨 장미여! 담벼락을 뒤덮고 있던 무성한 넝쿨 장미는
그때 핏빛 같은 붉디붉은 꽃잎들이 비에 젖은 채 하염없이 떨어
지고 있었다.

나는 정신없이 현관문을 열고 집 안으로 들어섰다. 거실, 안방,
부엌, 서재 방, 작은 방 모두 문이 열려 있고 안은 말끔하게 비어
있다. 화장실 겸 욕실 문만 닫혀 있다. 무거운 정적이 감돈다.

그는 핏빛 물이 반쯤 찬 욕조에 비스듬하게 누워있는데 검은 머리카락이 헝클어진 채 이마까지 내려와 덮고 있었고 밖으로 드러난 맨살은 창백하고 촉촉해 보인다. 왼팔은 욕조 속에 오른팔은 바닥 쪽으로 늘어뜨린 채였다. 팔뚝 안쪽 손목에서부터 팔꿈치까지 세로로 길고 깊게 그은 상처가 나 있었다. 그의 억센 팔뚝에 새겨져 있던 비상하는 용 문신이 두 동강으로 잘려 있다. 피는 플라스틱 욕조의 가장자리를 타고 바닥에 고였다. 피는 벌써 약간 굳어서 끈끈했다.

건설 공사장에서 쓰는 대형 커터칼이 바닥에 떨어져 있다.

그가 힘겹게 고개를 쳐들었다. 그러나 그의 얼굴은 너무나 평온했다. 내가 그의 목에 손을 짚었고 아직도 희미하게 팔딱거리는 맥박을 느낄 수 있었다. 심장이 불규칙하고 불완전하게 요동치고 피가 더 빨리 흘러나오고 있었다.

그가 가쁜 숨을 그렁그렁 몰아쉬며 겨우 말했다.

"이렇게 할 수밖에 없었지……. 응급실에 전화해도 소용없어. 이미 늦었어. 생명은 지금 꺼져가고 있지. 5분…… 아니면 길어야 10분 정도 남아있을 뿐이지. 그날은 재수 없는 날이었어……. 나는 그 추락이 사고사인지 자살인지 아무도 알 수 없게 하기 위해 바위 틈새에서 등산용 접이칼로 천천히 교묘하게 자일을 잘랐던 거야……. 그런데…… 어떻게 하필 나뭇가지에 걸리고…… 등산객에게 발견되고 말았는지. 나는 그날 낭떠러지로 떨어져 뼈가 모두 으스러지고 머리와 가슴이 짓뭉개져서 죽었어야

했어. 나는 수직벽에서 나를 찾기 위해 영원히 떨어지고 싶었던
거지.

처음에는 천우신조라고 생각했지. 자신의 생명을 존중하고 잘
살라는…… 신이 내리는 계시로 받아들였어. 그러나…… 몇 달
동안 계속 생각했어. 결론이 나온 거지. 결국…… 나는 스스로
죽어야만 하는 거야. 죽음이야말로 궁극적인 자유인 거지…….

너마저 오해해서는 안 될 거야……. 나는 한때 빠졌던 알코올
중독이나 습관성 약물의 과다 사용은 진즉 손을 뗐지. 그건 격
렬한 몸부림이었어. 돌이켜보면, 젊음의 통과의례에 불과했던
거야. 나에겐 세상 사람들이 입방아를 찍을 만한 자살 이유가
없지. 나는 구구한 변명을 늘어놓는 유서 따위는 남겨놓지 않았
어. 도대체 쓸 말이 없거든.

너에게 부탁이 있지……. 육신을 둘둘 말아서 흙구덩이 속에
던지는 것은 지옥의 암흑 속으로 처넣는 거와 마찬가지이지
……. 날 태워줘……. 왜냐하면 불은 모든 것을 정화시키기 때문
이지……. 태워서 재만 남아야만 하지……. 재는 무게를 잃어버
렸기 때문에 산들바람처럼 가볍거든……. 그래서 훨훨 날아올라
갈 수 있는 거야……. 그 재를 하늘에 뿌리란 말이야……. 그래
야만 내 영혼은 날게 되고 자유를 누리게 될 거거든…….

너만은 이해할 수 있을 거야……. 너는 턱없이 감상적이긴 하
지만 착하니까 끝까지 오래 살 사람이지."

그 먹먹한 상황에서 얼어붙은 내 입은 단 한마디의 말도 할
수 없었다. 그의 머리를 떠받치고 있는 내 손에 피가 고였다가

손가락 사이로 흘러내렸다. 나는 그 순간 죽어가는 친구를 내려다보았다. 눈빛이 사라져가는 그의 눈에서 증오심 같은 것은 찾아볼 수 없었다. 그는 고통을 애써 감추며 희미하게 웃는다. 우리는 눈물을 흘리지 않았다. 그는 아주 편안하게 눈을 감았다고 할 수 있다.

나는 매장 대신 화장을 해주었고 또 유골을 어디에 묻거나 납골당에 안치하는 대신 그 재를 그 친구가 나비처럼 날아서 낙하하였던 그 까마귀 우는 산골짜기에 뿌려주었던 것이다.

나는 내 친구를 평가할 입장은 아니다.

알베르 카뮈는, '정말 진지한 철학적 문제는 단 하나뿐이다. 그것은 바로 자살이다⋯⋯. 어떤 의미에서 또 어떤 멜로드라마에서 보면 자살은 일종의 고백과도 같다. 자살이란 삶을 감당할 길이 없음을 혹은 삶을 이해할 수 없음을 고백하는 행위다.'라고 말했다.

그는 그 짧은 죽음의 순간에 살면서 경험했던 수많은 일들이 가물거리는 눈앞에서 주마등처럼 빠르게 스쳐지나갔을 것이다. 그래서 수없이 망설이고, 반문하고, 후회하고, 감상적이 되어 자기연민에 빠지고, 자기모순에 빠졌을 것이다. 아니면 죽음이란 아주 평범한 일이고 심지어 일상적인 일이라고 생각했을지도 모른다.

하지만 그의 죽음이 그가 인생에서 패배했다는 것을 혹은 인생을 이해하지 못했음을 의미하는 것이 아닐 뿐더러 인생을 고뇌하며 살만한 값어치가 있는지 없는지에 대해 숙고하고 판단을 내린 결과라고 볼 수는 없다.

그는 그때 불과 30대 초반으로 인간적으로 미성숙했기 때문에 삶과 죽음을, 인간의 자율성이나 존엄성을 깊이 이해하고 있었다고 볼 수는 없지 않겠는가.

그는 다만 자존심이 강했기 때문에 내적 자아를 잃고 싶지 않았던 것이다. 그가 만약 사형수가 되었다면 사형이 집행될 때 올가미가 목에 둘러지는 그 순간에도 미소를 지었을 것이다.

나는 그렇게 추측한다.

이 세상에 자살보다 불가해한 것은 없다. 본인 자신인들 알고 있을 것인가. 그러므로 나는 이 사건을 불행한 일로 여기지 않는다.

그는 그 당시, 내가 알기로는 가족 문제로 정신적 혼란을 겪거나, 가족, 가까운 친지, 친구의 죽음에 따르는 슬픔, 가난, 부채 문제, 수치스러운 일, 알코올이나 마약, 절망적인 사랑, 삶에 지칠 대로 지치거나, 염세적 철학, 분노와 광기, 회개해야 할 범죄 등의 문제는 없었다. 자살을 통해 사회에 대한 불만을 고발한 것도 아니었다.

그는 나와 함께 있을 때는 마치 형님인 것처럼 굴었고, 자주 웃고, 실소하고, 야유하고, 모든 것을 놀려먹어야 하는 아주 경쾌하고 낙천적인 사람이었다. (그래서 내가 그렇게 부러워했던 것이다.)

우리가 감히 그들을 동정받아야 할 불쌍한 사람들로 치부할 수 있을까. 그들은 희생자인가, 죄인인가. 다만 확실한 것은 증오나 경멸, 찬사의 대상은 아니라는 것이다. 그러나 산 자들은 한동안 죽은 자에 대한 일말의 동정심과 희미한 죄의식과 사라지지 않은 추억이 얽혀있는 불편한 감정 때문에 시달려야 한다.

이건 오로지 내 자신에 대한 것이다. 나도 언젠가는 자살할지 모른다. 신성한 죽음이야말로 완전한 체념이고 해방이라는 생각 때문에 가끔 어쩔 수 없이 충동을 느낄 때가 있으니까. 그러나 내가 자기 살해를 감행하려면 나의 내부에 도사리고 있는 비루한 생존본능을 끊어야 하리라. 그것은 비상한 분노와 죽음을 초연하게 바라보는 용기가 필요한 것이다.

나는 자신에게 외친다. "죽어 버려라! 이 비겁자야. 넌 그러지 못할 것이다."
그러나 자살은 구원이라고는 할 수 없을 것이다. 오히려 먼저 자기 자신에 대한 배신이고 또한 자신의 삶이 둥지를 틀고 있는 이 세상에 대한 배신이 아닐까.
배신, 배신자.
배반, 배반의 장미.

라이언 킹 Lion King

탄자니아에서 **세렝게티** Serengeti 평원은 동북쪽으로는 롤리 온도 사냥 제한구역이 있고 동남쪽으로는 응고롱고로 자연보호 구역이 있으며 서북쪽으로는 빅토리아 호와 그루메티 사냥금지 구역, 이코롱고 사냥금지 구역과 접해 있고 국경을 넘으면 케냐의 마사이마라 국립 보호구역과 접해 있다.

끝없이 펼쳐져 있는 광대한 초원에는 키가 큰 코끼리 풀이 자라고 있고, 2~4미터 높이의 둥근 둔덕으로 되어 있는 흰개미들의 오래된 집이 띄엄띄엄 떨어져 있고, 우산아카시아 나무는 그늘을 드리우고 있다. 그리고 강의 유역 계곡에는 녹색의 작은 숲이 있다. 거기서는 황금빛 햇살이 초록 나뭇잎 사이로 빛나고 방울새들이 맴돌며 시끄럽게 지저귄다.

그 평원에는 마사이 족이 목축을 하며 살고 있다. 세렝게티란 이름은 '끝없는 평원'을 뜻하는 마사이 족의 말 '시린게트'에서 유래한 것이다. 세렝게티는 그 자체로서 하나의 독립된 세계를 형성하고 있다. 그곳은 동물들이 지구의 모든 평원을 지배했던 아득한 옛날을 방불케 한다. 그러므로 세렝게티는 위대하고, 행복하고, 불공정하고, 잔인하고, 참담했다.

세렝게티에서 죽음은 언제나 가까이 있다. 삶과 죽음의 땅. 삶의 가장 원초적인 현장. 땅에서는 피비린내가 난다. 맹수와 먹잇감이 쫓고 쫓기며 죽음의 군무를 추고 있는 곳이다.

사자들은 떼로 덤벼들면서 지친 먹잇감이 피로에 지쳐 발을 헛디뎌 휘청거릴 때를 노린다.

지구상에 현존하는 가장 큰 육식동물.

백수들의 왕.

성서에 자주 나오는 사자 — *사자의 입에서 저를 구해주소서.* (시편 22:22), *정말 경계하십시오. 여러분의 적대자 악마가 으르렁거리는 사자처럼 누구를 삼키려고 찾아 돌아다닙니다.* (베드로의 첫 번째 서한 5:8), *울지 마라. 보아라. 유다 부족에서 나온 사자를. 곧 다윗의 뿌리가 승리하여 일곱 개의 봉인을 뜯어내고 두루마리를 펴게 되리라.* (요한계시록 5:5)

세렝게티는 동물의 천국이다. 그곳에서는 130만 마리가 넘는 긴 얼굴에 수염이 나고 초승달 모양의 뿔이 달린 검은 꼬리 누영양과 헤아리기조차 불가능한 아프리카 찌르레기가 연례 이동을 한다. 매년 6월쯤 남동부의 초원이 건조해지면 아직 물이 풍부하고 푸른 풀이 자라고 있는 북쪽으로 간다. 그리고 건기 (6~10월)가 끝나고 다시 우기가 시작되면 고향으로 돌아간다. 그렇지만 그곳에는 철 따라 이동하는 동물들 외에 사슴, 토피,

리드벅, 임팔라, 물소, 흑멧돼지 같이 비교적 이동거리가 짧은 초식동물들도 도처에서 풀을 뜯고 있다.

연례행사처럼 일어나는 발굽 동물들의 대이동.

엄청난 수의 누 영양, 얼룩말, 가젤 영양이 우기 뒤에 새로 자란 풀을 뜯기 위해 철 따라 떼 지어 이동하는 것이다. 그들은 떼를 지어 입과 코에서 괴상한 신음 소리를 내며 발로 땅을 차기도 하며 아주 천천히 나아간다. 그들은 앞으로 나아가며 머리를 기계적으로 끄덕이고 풀을 뜯고 움직인다. 그리고 가끔 고개를 들어 푸른 하늘을 바라본다. 그 순간 아무 소리도 들리지 않는다. 그것은 아주 옛날 까마득한 태초의 정적이었다.

그러니까 건기에는 비가 그치고 강이 마르면서 초목이 누렇게 말라 비틀어져 발밑에서 바스러진다. 이때가 되면 녀석들은 푸른 풀과 물을 찾아서 지축을 울리는 우레 같은 발굽소리를 내면서 북쪽 케냐의 마사이마라 평원으로 대이동을 감행한다. 마라 강에 득실거리는 그 무시무시한 나일 악어 떼들이 그들이 힘겹게 헤엄쳐 강을 건너기를 호시탐탐 기다리고 있었지만 말이다.

동물들이 본래의 익숙한 서식지에서 또 다른 낯선 서식지로 먼 여행을 하는 이유는 먹을 것을 찾아서, 짝짓기를 하여 자손을 번식하고 새끼를 키우기 위해서 또는 생존 그 자체를 위해서이다. 그들은 떠오르지 않는 기억을 더듬어 무작정 출발하고 그러고 나서 다시금 본능적 감각에 의해 기억을 재생시킨다. 그들은 원대한 목적의식이 있는 것처럼 놀라울 정도로 정확한 방향 감각을 가지고, 이동 중에 부딪히는 온갖 종류의 난관들을 극복하면서, 수많은 무리가 우왕좌왕하지 않고 한꺼번에 그 머나먼 길을 이동하는 것이다. 그들의 대이동은 타고난 본능과 대담한 결단력에 의해 이루어진다.

그들은 세렝게티에서 마라 강을 건너고 국경을 넘어 마사이마라까지 걸어간다. 그들이 지나가면 길이 생긴다. 땅에는 원래 길이 없었다. 하지만 많이 오가면 길이 생긴다. 길은 그렇게 만들어지는 것이다.

건축 설계를 전문으로 하는 회사인 주식회사 공간의 상무였고 사막 여행가였던 김규현은 2000년 여름경 사하라를 횡단하던 중 탈수증으로 죽어가고 있었다. 그리고 얼마 후 죽었다.

김규현은 그때 하염없이 생각했다.

세렝게티의 늙은 수사자가 멀리 여기까지 와서 시체를 먹어 치운다면 그건 차라리 잘 된 일이야. 나는 외톨이 늙은 수사자에게 언제든지 동류의식을 느끼고 있으니까……. 그리고 모든 생명체들이 폭포수처럼 꿈틀대는 대초원을 잊을 수는 없지. 그 광활하고 장엄한 광경이란……. 해질녘의 대초원이란 마치 꿈에서 보는 것처럼 거의 추상적이었지. 그것은 그때 내가 이해할 수 없는 무엇인가를 끊임없이 주절거리고 있었던 거야. 그건, 지금 돌이켜보면 장엄한 음악이었으니 언어로 번역하기는 불가능했던 거야. 다시 세렝게티에 가볼 수 있을런지? 지금 기약할 수는 없겠지만…….

그런데 백수의 왕인 사자도 척박한 사하라에서는 도저히 견디지 못한다. 동부 아프리카의 세렝게티 평원이나 마사이마라 평원은 사하라와는 몇천 킬로미터나 되는 거리를 두고 멀리 떨어져 있다. 세렝게티의 사자들

은 건기가 되어 먹잇감들이 북쪽으로 대이동을 하고 나면 텅 빈 허허벌 판에서 몹시 굶주리게 된다. 건기에는 누구나 힘들다. 그때는 사자들의 신경이 극도로 날카로워진다. 반면에 마사이마라의 굶주린 사자 가족들 은 탄자니아의 세렝게티에서 부터 영양가 있는 푸른 풀을 찾아서 이동해 온 수많은 누, 얼룩말, 가젤 무리들이 자신들의 영역을 통과하기를 목을 길게 뺀 채 눈이 빠지게 기다린다.

우리가 생명체에게 이름을 지어주는 순간부터 그 대상은 주 체성을 부여받으므로 말을 걸고 대화를 나눌 수 있는 상대가 된 다. 원래 타자는 무아의 존재가 아니라 인간처럼 자아를 가진 존재다. 불교에서는 그렇게 생각한다. 그래서 불교는 '살생하지 말라'고 말한다. 불교의 계율 중 하나는 살생계殺生戒이다. (그러 나 십계명은 '살인하지 말라'고 하였다.) 그런데 그는 그 순간부 터 우리 속으로 들어오게 되므로 더 이상 타자가 아니다. 우리 와 상대는 교대로 발신자가 되고 수신자가 되므로 의사소통이 가능하게 된다.

우리는 검은 갈기가 무성한 그 늠름한 수사자를 **라이언 킹**이 라고 부르자. 그는 왕의 자격이 충분하다. 왕이 갖춰야 할 자질 인 힘과 용기, 아량, 관대함을 갖추고 있기 때문이다.

그는 왕이다.

그는 다른 수사자들보다 덩치가 크고 힘이 세고 가장 공격적 이다. 우아하고 기품이 있다. 사자 무리는 (8~12살쯤 되는) 다 자란 수사자 한두 마리가 무리를 이끄는 게 보통이다. 라이언 킹의 입 주위에는 이른바 사자의 지문이라고 할 수 있는 독특한 무늬의 검은 점이 여기저기 박혀 있고 윤기가 도는 회갈색 털, 움푹 들어간 가슴, 골이 져 있는 어깨 근육 등 세렝게티의 수사자 중에서 단연 가장 잘생겼다. 떠오르는 황금빛 태양에 비친 그의 얼굴에는 삶의 지혜를 표상하는 크고 작은 상처가 여러 군데 나 있다. 코에는 깊숙이 베인 상처가 있었고 콧등은 살짝 부어올라 굳어 있다.

그리고 바람에 휘날리는 무성한 짙은 색 갈기란……? 고양잇과 동물 중에서 왜 유독 수사자에게만 갈기가 있는 것일까? 길고 무성한 갈기는 수사자를 위풍당당하게 보이게 한다. 사자들은 갈기의 색깔이 진하면 힘이 세고 연하면 약하다는 것을 스스로 잘 알고 있다. 그리고 갈기가 무성할수록 힘이 더 세다. 그러므로 갈기의 용도란 적수에게는 '나는 힘이 세지, 네 놈이 집적거릴 상대가 아니야. 다시 말하지만…… 섣부른 짓은 하는 게 아니야.'라고 보여주는 것이고, 암놈에게는 '나에게 오라고, 어서 오라고 그대의 그윽한 향기가 바람결에 실려 오네. 나는 당신의 부드러운 움직임에 얼이 빠져버렸네.'라고 보여주는 것이다.

라이언 킹은 움직일 때마다 근육이 파도처럼 출렁인다. 그의 동작 하나하나는 대단한 위엄이 있었고 확신에 차 있었고 목표가 뚜렷했다. 그는 여기저기에 잠시 멈춰 서서 이마를 나무 둥지에 부비고 다시 땅을 긁고 오줌을 뿌려서 냄새로 영역을 표시했다. 자신의 존재를 알리는 행위였다. 그는 자기 영역에서 느릿느릿 걸어서 바스락 소리조차 내지 않고 사바나의 덤불 속으로 사라졌다가 다시 나타났다가 다시 사라지기를 반복했다.

그리고 가끔 심장에서 울려 나오는 쉰 기침 소리를 내고 그 다음에는 소리를 한껏 높여 위엄 있게 으르렁거렸다. 음량이 엄청나기도 했지만 소리 자체가 깊고 거칠었다. 백수의 왕이 가진 원초적인 힘과 자신감, 위협이 가득 담긴 소리였다.

이 지역은 내가 지배하는 왕국이고 나는 왕이라고 주위에 경고하는 것이다.

그는 그가 지배하는 사자 무리 안에서 존경을 받고 있다. 그리고 왕으로서 특권을 가지고 있다. 그가 낮게 으르렁대며 먹잇감을 포식하는 동안 무리의 다른 암사자들과 새끼들은 근처에 물러서서 차례가 오기를 기다려야 하는 것이다.

그들의 영역은 세렝게티 북쪽에 있는, 누 영양과 가젤, 얼룩말 같은 먹이동물들이 물을 마시기 위해서 모여드는 강의 합류지점이다. 라이언 킹은 이곳에서 중간 규모인 암사자 8마리와 새끼 사자 11마리로 구성된 거대 프라이드 pride (사자들의 공동체)를 다스리고 있다.

그는 다른 프라이드 출신으로 떠돌이 수사자 생활을 하면서 온갖 고난을 겪었고 그러면서 힘을 길렀고 그리고 이 무리의 늙은 수사자를 공격해서 무참히 패배시켰다. 척추동물 사이에서 벌어지는 일종의 결투 의식. 이러한 결투의 가장 중요한 기능은 약자에게 너무 큰 상처를 입히지 않으면서 누가 강자인지를 판가름하는 것이다. 그러나 백수의 왕들의 결투란 의례적일 수가 없다. 너무 격렬해서 목숨을 걸 수밖에 없는 것이다. 수사자의 일생에서 라이벌 수컷과의 대결은 일생일대의 큰 사건이다. 성급한 행동은 중상을 입거나 죽음까지도 초래할 수 있다. 그러므로 대담해야지만 또한 신중해야 한다.

새로 무리를 장악한 라이언 킹은 새끼 사자를 모두 죽이고 번식을 새로 시작했다. 그는 에스트로겐이 넘쳐나는 발정기에 들어선 암컷들이 애교스럽게 꼬리를 칠 때 한없이 즐거웠다. 그는 사랑을 나누면서 환희에 차서 히죽히죽 웃었고 너무 사랑스러워서 암컷의 목덜미를 자근자근 깨물며 가볍게 으르렁거렸다. 그는 거뜬히 8마리의 암사자를 차례로 상대했던 것이다. 그래서 어미가 서로 다른 새끼 사자들이 거의 같은 시기에 태어났다. 암사자들이 무리 지어 사는 이유가 힘을 합쳐 사냥을 하거나 죽음으로부터 스스로를 방어하기 위해서만은 아니다. 새끼를 보호하고 가장 좋은 영역을 차지하기 위해서이기도 하다.

이렇게 되면 암사자들이 양육 집단을 형성해 자기 새끼는 물론 남의 새끼에게도 젖을 먹이고 보호한다. 이런 공동 보육은 그 자체로 효율적이기도 하지만 무리의 암컷들이 친족관계를 이루고 있어서 가족적 유대감이 깊게 형성되는 것이다.

'고양이는 목숨이 9개'라는 말이 있을 만큼 목숨이 질긴 동물이다. 그러나 대형 고양잇과 동물인 사자에게는 해당되지 않는 말이다. 냉혹한 세렝게티에서 사자의 삶은 힘겹고 불확실하다. 한 번 죽으면 그걸로 끝이다. 수명이 짧기로는 지구상 최고의 포식자인 사자나 사자에게 잡아먹히는 동물이나 다를 게 없다. 다 자란 수사자는 운이 좋고 명이 질기면 야생에서 12~14살까지 장수할 수 있다. 반면에 암사자는 수명이 더 길어서 16~18살까지 살 수 있다. 그러나 갓 태어난 새끼의 수명은 훨씬 더 짧다. 새끼들의 절반이 두 살을 넘기지 못한다. 다 자랄 때까지 살아남는다 해도 제명에 고이 죽는다는 보장이 없다.

사자들은 대부분 서로 싸우다 죽는다. 자연 상태에서 사자의 가장 주된 사망 원인은 다른 사자와의 싸움인 것이다. 먹이, 영역, 성공적인 번식, 생존을 위해 다투다가 생긴 상처들이 훈장처럼 얼굴과 몸에 새겨 있다. 자연 상태에서 가벼운 상처는 저절로 아문다. 반면에 운이 나쁘면 싸움에 진 사자는 치열하게 싸우다 즉석에서 죽거나 피를 흘리며 불구가 돼 절뚝거리며 도망치는데 결국은 세균 감염이나 굶주림으로 서서히 죽게 된다. 그러므로 사자에게 최대의 적은 사자다.

사자들이 무리 지어 생활하는 근본적인 이유는 무엇일까? 호랑이도 퓨마도 혼자서 산다. 고양잇과 동물 중에서 무리를 짓고 연대해서 사는 동물은 사자가 유일하다. 다른 고양잇과 동물들에게는 없는 사회적 행동이 사자에게 그토록 중요한 이유는 무엇일까? 물소나 기린처럼 덩치가 큰 동물을 사냥하는 데 필요해서 적응한 것이고 (먹잇감 한 마리가 잡힐 확률은 그것을 쫓는 데 가담한 사자의 수만큼 증가한다), 어린 새끼들을 잘 보호할 수 있기 때문이고, 영역 다툼에 꼭 필요해서이다. 영역을 지키는 일은 막중하다. 그래서 가장 살기 좋은 영역, 즉 강물이 합류해 먹이동물이 몰려드는 곳을 서로 차지하기 위해 사자들은 뭉치게 된다. 그렇게 귀하고 드문 최적의 서식지를 독차지하는 유일한 방법은 사자 무리들이 하나로 뭉쳐 동아리를 이루는 것이다.

사자들은 사냥을 하지 않을 때는 하루 종일 누워서 빈둥거린다. 사냥은 배고플 때만 가끔 한다. 사자들에게는 달빛이 없어 가장 캄캄할 때가 최적의 사냥 시간이다. 밤에는 녀석들의 밤눈이 밝아서 먹이동물보다 더 잘 볼 수 있기 때문이다.

우리는 사바나에서 하는 일 없이 덤불 속에서 꼬리로 파리나 쫓으며 빈둥거리고 있는 녀석들을 발견할 수 있다. 사자들은 주로 이렇게 시간을 보낸다. 라이언 킹의 영역에서 정오쯤이면 기온은 38도까지 치솟고 간혹 더 올라갈 때도 있다. 더울 때 사자 무리는 나무 그늘 아래서 다리를 뻗은 채 벌렁 드러누워서 끊임없이 헐떡거린다.

사자는 하이에나를 극도로 싫어한다. 먹잇감을 두고 치열하게 양보 없는 싸움을 벌여야 하기 때문이다. 사자는 하이에나를 만나면 사납게 공격해서 물어 죽이고 하이에나는 사자의 새끼를 만나면 역시 그렇게 한다.

영화 '라이언 킹'에서 하이에나는 맹목적으로 집단행동을 하고 군침이나 질질 흘리고 지저분하고 어리석은 침입자로 묘사되었다.

큰 포식동물이 먹다 남긴 것으로 연명하는 도둑이나 청소부.

하이에나에게는 매우 억울한 평판이다. 왜냐하면 동부 아프리카에서는 사자가 하이에나의 먹이를 빼앗는 경우를 훨씬 더 자주 볼 수 있기 때문이다.

하이에나는 고르지 않은 털과 균형이 안 잡힌 몸매를 갖고 있다. 게다가 암놈의 생식기가 수놈의 생식기와 닮은 것이 우스꽝스럽다. 이 때문에 자웅동체라는 오해가 생겼다. 하이에나는 못먹는 게 거의 없다. 마사이족은 시체를 숲에 방치하여 하이에나가 먹어 치우게 한다. 하이에나는 건강한 생태계를 유지하는 데꼭 필요하다. 청소부 하이에나는 엄청난 양의 사체를 먹어서 치워 버리기 때문이다. 하이에나는 다음 먹이를 언제 얻을지 모르기 때문에 기회 있을 때마다 배를 가득 채운다.

마라 강 물속에서는 하마들이 물을 내뿜으며 굼벵이처럼 천천히 움직이고 있었다. 저 멀리로는 코끼리 무리가 보였다. 쫓기는 가젤은 이제 녹초가 되었지만 녀석을 쫓는 얼룩하이에나 무리는 여전히 끄떡없다. 마지막으로 전속력을 낸 포식동물은 비틀거리는 먹잇감에 달려들어 쓰러뜨린 다음 먼저 내장을 꺼낸다. 하이에나들의 끙끙대는 소리, 낄낄대는 소리, 길게 울부짖는소리, 날카로운 비명 소리가 들렸다. 그런데 하이에나가 게걸스레 먹잇감을 뜯어 먹으면서 내는 소리는 사자에게 도저히 참기어려운 매혹적인 유혹이다. 하이에나를 쫓아버리면 먹이를 독차지할 수 있기 때문이다.

바로 그때 사자의 울부짖는 소리가 세렝게티 사바나에 울려퍼진다. 라이언 킹은 황갈색 눈을 하이에나들에게서 떼지 않은채 살과 피 냄새를 맡으려는 듯 콧구멍을 씰룩거리며 다가갔다. 하이에나들이 먹이를 버리고 달아나자 라이언 킹이 가젤을 가로챈다. 사냥꾼은 낙담한다. 그리고 억울해서 떠나지 못하고 근처를 슬금슬금 배회한다. 녀석들이 꼬리를 들어 올리고 귀는 쫑긋 세운 채 낮게 깔리는 으르렁거리는 소리로 공격 신호를 보내며 접근하지만, 라이언 킹은 꿈쩍도 안 한다.

사자들이 사냥을 하면 제일 먼저 불청객인 독수리들이 피 냄새를 맡고 벌써 하늘을 빙빙 돌면서 호시탐탐 기회를 노린다. 야생 육식조류 중에서도 이 독수리는 덩치가 유난히 크고 너무 흉물스럽게 생겼다. 이 독수리는 둥글게 구부린 더럽고 거친 깃털 속에 벌거숭이 대머리를 파묻고, 바위 꼭대기나 나무 우듬지에 무리지어 앉아 있다가, 사체 냄새를 맡으면 경쟁적으로 쏜살같이 사체에 내려온다.

세렝게티의 독수리들―아프리카흰등독수리, 루펠독수리, 주름민목독수리.

그때는 멀리서 독수리들의 움직임을 감지한 하이에나들까지 눈을 희번덕거리며 쫓아온다.

사자들에게 독수리는 하이에나와 마찬가지로 정말 귀찮은 존재다. 아무런 도움이 되지 않기 때문이다. 사자들은 그들의 성화가 너무 귀찮아서 어느 정도 배를 채우면 역겨운 트림을 하며 물러난다.

하이에나와 독수리는 먹잇감을 앞에 두고 다투는 라이벌 사이이지만 둘은 서로 돕는 사이다. 독수리는 하이에나의 먹이를 먹고, 하이에나는 독수리 떼를 보고 가까운 곳에 짐승의 사체가 있는 걸 알아차린다. 독수리 떼의 방해를 받은 하이에나는 결국 고깃덩어리를 크게 잘라 내고는 조용한 곳을 찾아 떠났다.

독수리 중 몇 마리는 구부정한 자세로 먹잇감에 눈독을 들이며 진득하게 기다리고 있다. 그러나 대다수는 맹렬하게 싸움을 벌이고 있다. 발톱을 세우고 곧추서서 서로 할퀴어대고 격렬히 다투며 짐짓 공격하는 시늉을 한다. 머리 위에는 만찬을 즐기려는 또 다른 녀석들이 끊임없이 날아와 머리를 낮추고 서둘러 내려앉느라 땅에서 뒹굴며 무리에 끼어든다.

먹잇감을 먹다가 잠시 멈춘 독수리의 부리에서 핏방울이 떨어지고 있다. 녀석의 목과 머리에는 깃털이 별로 없다. 덕분에 사체에 고개를 깊숙이 박아도 핏덩이와 내장, 오물이 덜 달라붙는다.

독수리는 탐욕과 끝없는 욕망의 상징으로 욕을 가장 많이 먹는 새다. 찰스 다윈도 독수리를 일컬어 역겹다면서 녀석의 민머리는 썩은 고기를 파먹기에 알맞은 형태라고 했다.

하이에나와 독수리.

네발짐승과 두발짐승은 확실히 서로를 존중한다. 하이에나는 독수리에 의존해 사체의 위치를 알아내고, 독수리는 사체를 신속히 해체하기 위해 하이에나에게 의존하기 때문이다. 하이에나들이 넉넉히 배를 채우고 물러나면서 독수리들에게 와도 좋다는 신호를 보낸다. 이제 독수리들이 사체를 찢고, 삼키고, 엿보고, 실랑이를 벌이게 된다.

독수리가 없으면 악취를 풍기는 사체들이 더 오래 남아 있게 된다. 그 결과 곤충의 수가 급격히 불어나고 사람과 가축, 그리고 다른 야생동물들에게 질병이 번지게 된다. 독수리들은 누의 태반을 먹어치워 소들이 악성 카타르에 걸리지 않도록 방지한다. 또 몇 시간 안에 사체에게 살점을 발라먹고 뼈만 남김으로써 사람과 가축에게 눈병을 옮기는 곤충의 수를 억제한다.

그러니까 독수리들은 생태계에서 매우 중요한 봉사를 하고 있다. 바로 동물의 사체를 신속히 처리하는 일이다. 세렝게티 생태계에 서식하거나 누 130만 마리가 케냐와 탄자니아 사이를 이동하는 기간 동안 이곳으로 날아오는 독수리들이 역사적으로 세렝게티의 모든 육식 포유동물보다 더 많은 고기를 소비했다.

그날 무슨 일이 일어났던가.

라이언 킹은 어느덧 열세 살이 되어 많이 늙었다. 인간으로 치자면 80대의 노인이라고 할 수 있다. 그의 왕국을 지배한 지도 6여 년의 세월이 흘러갔다. 그동안 매번 젊은 수사자들의 목숨을 건 집요한 공격을 거뜬히 물리쳤다. 그러나 지금은 늙은 노인이 되어 만사가 귀찮은 표정이다. 그저 덤불 속 그늘에 누워서 고작 잠을 자는 게 전부다. 눈에는 어느덧 눈곱이 매달려 있다.

젊은 형제 수사자가 도전에 해왔다. 라이언 킹은 참혹하게 패배하여 세렝게티의 **응가레 난유키 강** 유역에 있는 자신의 왕국을 넘겨주어야만 했다.

젊은 형제 수사자가 감히 도전하였다. 젊은 수사자는 경멸의 빛 가득한 위협적인 눈빛으로 쏘아 보았다. 그때 이미 패배는 예정되어 있었을까? 그러나 라이언 킹은 순순히 물러날 생각이 없다. 그의 얼굴에는 분노와 고통과 경악이 뒤섞여 있다. 그는 엄청난 두려움을 감추어야 한다. 그들의 선제 공격이 시작되었다. 즉각적으로 치열한 싸움이 시작되었다. 두 마리가 왕을 둘러싸고 번갈아가며 뒤쪽에서 왕에게 달려들어 등뼈를 공격하고 물이 오를 대로 오른 날카로운 송곳니로 엉덩이를 물어뜯었다. 왕은 방어적인 자세를 취하며 그 순간을 모면하려고 몸을 이리저리 휙 돌리고 으르렁거리며 필사적으로 저항하였다. 땅에서 피어오른 먼지가 휘날렸고 왕은 제자리에서 빙빙 돌며 울부짖었다. 두 마리는 수적 우세를 이용해서 계속 번갈아 뒤로 빠졌다가 다시금 달려들어 왕을 물어뜯었다. 왕의 뒷다리와 엉덩이에 커다란 상처 구멍이 생기면서 피가 줄줄 흘렀다. 왕은 슬금슬금 뒤돌아보며 떠났다. 당장은 목숨이 붙어 있었지만 어쩔 수 없이 패배자 신세였다.

젊은 형제 수사자는 무리의 암사자들을 마음대로 차지하기 시작했다. 라이언 킹을 아비로 둔 새끼 사자들은 자취를 감췄다. 무리를 정복한 수사자들에게 죽임을 당했거나 버려져서 굶어 죽었을 것이다. 또는 그냥 방치돼서 하이에나의 밥이 됐을 것이다. 이제 암사자들은 다시 교미기에 접어들었고 젊은 수사자들의 새끼가 태어날 것이다.

라이언 킹이 그의 전임 왕을 잔인하게 축출했듯이 젊은 수사자는 라이언 킹을 쫓아냈다.

이제부터 라이언 킹은 더 이상 왕이 아니다. 겨우 목숨만 부지한 채 떨어지지 않는 발걸음으로 홀로 떠나야 하는 늙은 수사자는 외롭고, 처량하다. 그리고 어쩔 수 없이 외톨이가 되어 떠돌아야 하는 서글픈 운명이 기다리고 있다. 발이 느린 늙은 수사자는 날렵한 먹잇감을 도저히 쫓아갈 수 없어서 사냥을 못하므로, 결국 굶어 죽게 된다. 그래서 톰슨가젤은 늙은 수사자 곁을 지나치면서도 두려워하기는커녕, 경멸의 눈초리로 힐끔힐끔 곁눈질한다.

그의 친자식인 어린 사자들을 위엄 있게 꾸짖고, 발정난 암사자를 따라다니며 치근거리던 행복한 시절은 먼 옛날 일이 되었다. 사바나의 가시덤불 속에서 더위에 지치고 목이 마른 늙은 수사자는 맥 빠진 쉰 목소리로 그르렁거리며 남겨 놓은 가족들을 그리워하였다.

라이언 킹은 스스로의 힘으로 결혼하고, 가족을 갖고, 남편이 되었고, 아버지가 되었다. 그리고 그의 왕국을 건설하였다. 그는 늙었지만 풍부한 경험으로 자신과 가족에게 닥친 온갖 위험을 이겨내고 그의 영역을 지켰다. 그러나 그도 나이 들고 쇠약해지고 병들었다. 그러므로 많은 날들을 지배해왔던 끊임없는 욕망, 열망, 원한, 감정은 아무런 의미가 없었다. 라이언 킹은 죽음을 서두르지도 않았고, 죽음을 두려워하지도 않았고, 그저 무심하게 홀로 웅가레 난유키 강 하류 삼각지 덤불 속에 누워 그날이 오기를 기다리고 있다.

세상은 그를 까마득하게 잊어버릴 것이고 무슨 일이 있었냐는 듯 바쁘게 돌아갈 것이다. 그가 떠나던 날, 뒤돌아보았을 때 암사자들은 남의 일처럼 무심하게 외면하지 않았던가. 그들은 울지 않았다. 그는 배신감을, 한없는 비애를, 삶의 무상함을 느꼈다. 세상은 돌고 돈다. 그것은 운명처럼 예측 불가능한 것이 아니라 자연법칙처럼 너무나 명백한 것이다. 지구는 삼각형이나 사각형이 아니고 원이기 때문이다.

노인에게는 오직 과거만 있을 따름이어서 그는 과거로 눈을 돌린다. — B.S. 라즈나시

낙타

네 마리 낙타를 친구삼아 포르투갈의 왕자님 세계를 고루고루 유람한다.
낙타 네 마리가 있기만 하다면 나도 그렇게 하고 싶었다.
— 아폴리네르

사막 이야기에는 낙타를 빼놓을 수 없다.

낙타는 사막을 위하여 태어나고, 사막에 잘 적응하기 위하여
오랫동안 진화를 거듭해온 동물이다. 이 강인하고 고집 센 동물
은 입을 꾹 다문 채 코로만 숨을 쉬고, 둥글고 넓적한 발밑 두터
운 발바닥이 쿠션 역할을 하므로 힘들다는 내색 없이 꿈꾸는 듯
한 걸음걸이로 느릿느릿 걸어서 모래사막을 가로질러 나아갈 수
있다.

이 참을성이 많은 동물은 리듬에도 민감하였다. 유목민들은
낙타의 단순하면서도 미묘한 흔들림에 맞춰 낙타 몰이꾼의 노래
를 불렀다. 길게 줄지어 걸어가던 낙타들은 이 노래가 나오기
시작하면 고개를 쳐들고 걸음을 빨리해야 하는 것을 안다. 그것
들은 흥겨운 리듬에 맞춰 머리를 밑으로 숙이고 목은 쭉 뻗은

채 씩씩하게 앞으로 나아간다.

낙타의 두꺼운 털가죽은 사막의 무서운 열기로부터 체온을 보호해주고, 넓적한 콧구멍과 긴 속눈썹은 거친 바람과 날아오는 모래를 막아준다.

더욱이 소보다 두 배나 더 많은 짐을 실을 수 있고, 바퀴가 굴러갈 수 없는 곳에서 소보다 두 배나 빨리 갈 수가 있으며, 시간 당 5킬로미터의 속도로 쉬지 않고 하루 15시간씩 10일간을 계속 걸을 수도 있다. 먹이는 적게 먹으면서 물은 한꺼번에 50갤런 이상까지 마셔 물 없이 열흘 가까이까지 버텨낼 수 있으며, 어둠을 두려워하지도 않는다. 인간의 말을 잘 이해하며 수명까지 길다. 낙타는 고도로 농축된 소변과 마른 대변 등으로 불필요한 수분의 손실을 피할 수 있는 특유의 수분 저장 능력 때문에 메마른 사막을 잘도 버텨낸다. 땀은 최후의 순간에만 흘리므로 체온이 40도 이상이 되어야만 흘린다. 탈수 증세가 시작되면 몸무게의 3분의 1에 상당하는 수분을 잃어도 살 수 있으며 수분이 보충되면 다시 원상회복할 수 있다.

기원 초에 아라비아 반도에서 사하라에 처음 들어온 단봉낙타는 우물 사이의 간격이 매우 먼 사막 여행에 아주 안성맞춤이다. 그래서 사람들은 낙타를 '사막의 배'라고 불렀고, 사막 유목민들은 신이 내린 선물로 생각하여 낙타를 몹시 아끼고 최고의 재산목록으로 간주하였다. 사막에서 진짜 유목민은 낙타를 소유한 사람을 말한다. 가축 시장에서 낙타는 양 50마리, 소 10마리 값과 맞먹을 정도였다.

그러므로 사막에서 낙타는 매매와 교환을 함에 있어서 기준이 된다. 여자와 교환할 때도 교환의 대가는 낙타로 지급하였다. 아 아! 아름다운 여인이여! 아름다운 여인이여! 정말 아름답군요 그 여자에게 낙타를 몇 마리 지불하면 가능한가요? 그렇지. 낙타면 돼지. 그러나 몇 마리여야 하는지는 좀 더 따져봐야지 않겠어? 아름다운 여자이니까.

그런데, 가축은 유목 생활의 토대이고 부와 식생활의 원천이었으므로 신성한 존재로 간주되었다. 유목민에게 가축은 삶의 전부였다. 그들은 가축의 젖을 마시고, 고기를 먹고, 가죽을 활용하고, 가축을 거래한다. 그러므로 가축이 죽으면 유목민도 죽는다. 유목민들은 양과 염소와 그 새끼들, 암낙타와 새끼들, 말들이 뒤섞여 있어도 낱낱이 자신의 것을 알고 있었다. 그래서 사막에서는 인간은 동물의 일부이고, 동물은 인간의 일부였다. 그들은 서로를 이해하였다. 그들은 함께 사용하는 공용어가 있어서 의사소통을 잘 할 수 있었다.

특별히 낙타는 사막 유목민의 삶의 완전한 일부분이었고, 그들의 일상생활과 밀접하게 결합되어 있었다. 유목민처럼 낙타를 자식처럼 사랑하는 부족은 없을 것이다. (그랬으니 놀랍게도 아랍어에는 낙타와 그 관련 장비를 표현하는 단어가 무려 6,000여 개나 된다.) 그들은 연인을 대하는 것처럼 낙타에게 속삭인다. 그들은 타고난 낙타몰이꾼이어서 길에 찍혀 있는 낙타 발자국을 자세히 살펴보고 그곳을 지나간 낙타가 암놈인지 수놈인지, 나이는 몇 살인지, 등에 짐을 얼마나 실었고, 그 크기가 얼마인지까지 알아낼 수 있었다. 낙타몰이꾼은 낙타를 어떻게 다루어야 하는지를 어느 누구보다 잘 알고 있었다.

이슬람교의 창시자인 위대한 예언자 마호메트도 12살 때부터 낙타몰이꾼이었고 목동이었다.

나는 1997년 5월 초순경 날씨가 풀리기 시작하자 벼르고 벼르던 타클라마칸 사막으로 여행을 떠났다. 1년여에 걸친 대형 프로젝트의 설계 작업이 끝난 후 모처럼 두 달간의 장기 휴가를 얻은 것이다. 대형 설계사무소에서 매일 반복되는 기계적인 작업을 하면서 심신이 지칠 대로 지쳐있었던 것이다.

나는 여행을 떠나고 싶어서 안달을 하였다. 그 엄청난 피로와 쏟아지는 긴장 때문에 당겨진 활시위처럼 팽팽한 신경 줄을 잠시 풀어놓아야만 했다. 단지 머나먼 낯선 곳으로 떠나는 것만이 의미가 있었다. 지금 당장 떠나지 않고는 배길 수 없었기 때문이다.

오래 전부터 그 사막의 아름다운 모래언덕이 나를 유혹하였다. 나를 비참한 죽음의 길로 안내하기 위해 유혹한 것이다.

그때는 젊고 튼튼한 쌍봉낙타 3마리를 비싼 값을 주고 빌려 여행용 짐과 낙타가 먹을 사료 등을 나눠 싣고, 위구르 출신의 이슬람교도이면서 노련한 낙타 몰이꾼 겸 여행 안내자인 카심과 함께 여행을 시작하였다.

그는 항상 위구르의 전통 모자인 '돕바'를 쓰고 있고 모자 아래로는 회색 머리칼과 구레나룻이 무성하다. 그는 처음부터 엄중히 경고를 하였다. 이곳 사막에서는 독거미, 독을 품고 있는 작은 도마뱀, 여러 종류의 살모사, 독침을 갖고 있는 전갈, 사나운 모기들을 주의해야 한다고……. 잘못 물리면 고통 속에 몸을 뒤틀다가 죽을 수밖에 없다고…….

우리는 그 사막의 동쪽에 있는, 교외에는 포플러 나무 숲과 백양 나무, 올리브 나무, 포도와 석류 농장, 멜론 농장 등이 펼쳐져 있고, 시내 중심가에는 위구르인들의 회교 사원이 있는 오아시스 도시인 루오치앙을 출발하여 체모, 민펑, 호탄 등을 거쳐 서쪽의 예청까지 낙타 목에 매단 청동 종의 둔탁한 종소리를 자장가처럼 들으며 40여 일 동안 천천히 걸어서 여행을 하였다.

그 작은 종소리는 유독 가벼운 듯하면서도 무겁게 끌린다. 그래서 여운이 길었다.

나는 훈련이 잘된 순한 암컷 낙타들과 함께 떠나는 그 여행이 그렇게 즐거울 수가 없었다. 잘 훈련이 된 암컷 낙타들은 훨씬 얌전하고 온순하였기 때문에 조용히 명령에 따랐다. 그 낙타는 목을 가볍게 두드리기만 해도 바닥 위에 무릎을 꿇고 가만히 앉았다. 그러나 아직 철이 덜 든 어린 낙타나 수컷 낙타 또는 조상의 혈통이 나쁜 낙타들은 여행 중에 조금만 지쳐도 몹시 투덜거리고 고집을 부려서 말썽을 일으키기 일쑤였다.

온종일 더위와 모래에 시달리면 낙타는 지친 기색이 완연했다. 그때 낙타는 콧구멍이 양쪽 다 닫혀있는 것처럼 보였고 두 줄의 속눈썹이 달린 눈꺼풀을 내리깔았다. 그리고 부드러운 털이 수북한 귀를 힘없이 내려뜨리고 멍한 표정으로 있었다.

카심은 낙타들을 진심으로 사랑하였고 지극 정성으로 돌보았다. 어느 낙타가 조금이라도 신음 소리를 내면 그는 금방 긴장하면서 초조해하였다. 그는 멈춰 서서 낙타의 안색을 살피고, 배와 발굽을 살펴보고, 안장을 바로잡고, 물을 마시게 하고, 마른 풀잎을 먹이로 주었다. 밤이 되면 그는 안장을 내리고, 특히 기온이 내려가면 땅바닥에는 마른 풀과 헝겊을 깔고 두꺼운 담요를 덮어주었다.

나는 하루빨리 낙타와 친숙해지기 위해서 자주 낙타의 목덜미를 안아주고 쓰다듬어 주었으며, 그때마다 낙타는 그 답례로 화려한 속눈썹을 깜박이고 꼬리를 획획 흔들면서 손가락을 핥아주었다. 코를 찌르는 듯한 낙타의 지독한 침 냄새에도 금방 익숙해질 수 있었다.

카심의 낙타들은 낙타로서 갖출 수 있는 모든 자질을 갖추고 있었으나 도저히 구제불능일 만큼 식탐이 강했다. 낙타들은 일단 먹이를 보면 서슴없이 꿀꺽 삼켜버렸다. 그런 다음 위장 속에 들어있는 먹이를 다시 게워내 우물우물 되새김질을 하곤 했는데, 그때 고약한 냄새를 풍겼다. 밤이 되어 천막 안에 누워 있으면 이해할 수 없는 사막의 속삭임과 함께 낙타들이 새김질을 하면서 내는 우물거리는 소릴 들을 수 있었다.

동이 트는 이른 아침이 되어 낙타몰이꾼이 낙타의 이름을 불러 깨우면 그것들은 끙끙거리면서 굼뜬 동작으로 몸을 일으켜서 느릿느릿 주인에게로 걸어와 혀를 내밀며 아침 인사를 했다.

이제 나는 낙타들과 무척 친해졌는데 특히 호탄이라고 불리는 늙은 암낙타와 친하게 되었다. 그녀는 카심의 가족이었으니 그들은 서로 떼려야 뗄 수 없을 만큼 긴밀하고 특별하게 연결되어 있다. 그녀는 카심의 자식들에게는 엄마이고 할머니 역할을 했을 것이다. 그녀는 완벽하게 침착했고 지혜롭게 처신했기 때문에 나는 그녀를 애정과 함께 존경하기까지 하였다.

카심은 말했다. "낙타를 사는 건 마누라 고르는 것보다 더 신중해야 하는 법이오." 카심은 그녀가 어렸을 적에 정말 신중하게 골랐던 것 같다.

어느 날 저녁 밤은 깊었고 하늘의 별들은 총총한데 카심은 벌써 코를 드렁드렁 골며 깊은 잠에 빠져있었다. 그녀는 온몸에 긴장을 풀고 뿌옇게 흐려져 잘 보이지 않는 한쪽 눈을 멍하니 허공에 매단 채 무언가 생각하는 듯이 바닥에 주저앉아 있다. 그러다가 약간 특별한 표정으로 나를 물끄러미 쳐다본다. 나는 그의 눈을 찬찬히 들여다보았다. 그때 내가 낙타의 눈을 들여다보면 볼수록 동물의 눈이 아니라 사람의 눈으로 보였다. 나는 낙타를 동물이 아닌 사람으로 보아야 한다는 것을 깨달은 것이다. 그랬으니 그들의 사고 능력을 의심해서는 안 될 것이다. 그들이 사람이라는 생각을 하다 보면 그들의 영혼에 대해 궁금증을 갖게 되는 것은 어쩌면 당연한 일이었다.

나는 그녀에게 먹이 자루를 옮겨주었지만 그녀는 썩 내켜하지 않으면서 오히려 뭔가 하고 싶은 이야기가 있는 모양이다. 주인한테는 하지 못하는 이야기일 것이다.

"친구가 낙타를 그렇게 사랑하니까, 동물을 의인화할 것이 아니라 반대로 말이지, 동물행동학자들처럼 인간과 동물 사이에서 진정한 일체감을 갖고 동물의 내부로 들어와서 동물의 시각으로 인간 세계를 바라보면 어떨까. 새로운 시각이 필요하지 않을까. 그러니까 낙타의 뇌로 생각하고 낙타의 눈으로 세상을 바라보는 거지.

인간과 낙타는 많은 공통점이 있는 거야. 어미의 자궁에서 숙성된 다음 태어나고 한동안 어미의 젖을 먹고 나서 성체가 되는 포유동물이고 척추동물인 거지.

인간들은 인간과 자연이라는 이분법에 따라 무턱대고 인간과 동물을 구별하고 있는데. 잘 알겠지만, 파리나 모기에서부터 개 말 낙타 사자 코끼리 침팬지까지 모두를 동물로 분류하고 있는 거야. 어떻게 해서 미천한 벌레와 새들을 우리와 똑같이 취급할 수 있을까? 그게 인본주의 또는 인간중심주의의 폭력성인 거지. 인간들이 우리와 같은 동물을 근본적인 타자로 여겨 배제할 수 있을까? 다시 말하면, 인간들이 우리 없이 존재하고 살아갈 수 있을까?

그러니까 포유동물을 다시 생각해보란 말이야. 특히 낙타는 인간과 함께 공존 공생하고 있으니까. 낙타도 인간처럼 영혼이 있는 거야. 다만 낙타의 영혼은 동물이 가지고 있는 감성적 또는 감각적 영혼이지만 인간의 그것은 이성적 영혼인 거지. 이거 때문에 인간이 동물보다 우월하다고 우쭐대는 거겠지.

그러나 낙타는 어미의 일거수일투족을 눈여겨보고 흉내 내면서 세상 살아가는 법을 배우지만 인간들한테서 배울 것은 하나도 없지.

이건 주인이 아무리 좋은 사람이라고 하더라도 주인한테는 차마 말할 수 없는 거야. 친구한테는 이야기할 수 있지.

우리 먼 조상은 북아메리카에서 요즈음의 토끼만한 크기로 살았어. 그랬으니 포식자인 늑대와 여우의 밥이 될 수밖에 없었겠지. 그 악마들을 피해서 베링해협을 건너 아시아로 도망쳐 온 거지. 우린 거친 아시아 대륙에서 견뎌내기 위해 진화를 거듭할 수밖에 없었던 거야.

그러나 우린 잘생긴 얼굴과 미끈한 몸매, 언제나 주인을 반기는 애교 덩어리, 절대 배신을 모르는 충성스러운 애완견이 될 수는 없었어. 그러니까 애완견은 인간에게 아양을 떨고 절대 복종하는 충복인 거야. 노예 중의 노예인 거지.

그렇다고 말과도 비교할 수 없지. 내가 봐도 말이지, 말의 균형미에는 감탄할 수밖에 없는 거야. 늠름하게 서 있는 말을 보면 전율을 느끼게 되지. 말의 육체는 미학적 완결성과 그 질주 본능에 있어서 공학적 효율성이 결합된 신의 걸 작품이라고 할 수 있지. 우린 그런 점에서 말과는 도저히 비교할 수 없는 거야.

하지만 우리가 못생기긴 했지만, 처음 보는 인간들은 마치 괴물인 것처럼 이상하게 바라보기도 하지만 말이지. 우리에게도 그것들과는 비교할 수 없는 장점과 미덕이 있는 거지. 다시 말하자면 조물주께서 여섯째 되는 날 땅의 짐승을 그 종류대로, 가축을 그 종류대로, 땅에 기는 모든 것을 그 종류대로 만드시니 하나님이 보시기에 좋았더라. 그리고 그 날 맨 마지막으로 인간을 만들었는데, 왜 맨 나중이었겠어. 신은 자신의 피조물인 인간을 자신도 믿을 수가 없었던 거지. 그래서 만들지 안 만들지 고심하다가 맨 마지막으로 진흙을 이겨 만들었던 거야. 그런데도 어떤 어리석은 인간은, 왜 이렇게 못생겼어. 이렇게 못생긴 동물은 절대 하나님께서 만드신 게 아니야. 하나님께서 절대로 이렇게 못난 것을 만드실 리가 없어, 라고 말했지. 그러나 현명한 인간은 이 동물은 아주 못생겼지만 하나님께서 만드신 거니까 틀림없이 그것만의 독특한 용도가 있을 거야, 하며 두둔했었지. 그러니까 우린 무한한 인내심과 지구력을 가지고 있지. 아라비아의 로렌스가 말했었지. '몸이 튼튼한 낙타라면 대개 낙타보다는 낙타를 탄 사람이 먼저 지치고 만다.'

그래서 사막에서는 우리가 유일한 교통수단인 거지. 사막의 배. 사막에서 견딜 수 있는 동물은 우리밖에 없어. 그러나 우리에게도 약점은 있어. 그건 순전히 인간들의 관점인데 말이지, 번식이 원활하지 않다는 거지. 암컷은 5세쯤 되어야만 성적으로 성숙하고 임신기간은 13개월이나 되거든. 수컷이나 암컷이나 막론하고 색욕에 들뜬 인간들과 달리 교미에 별다른 관심을 보이지 않지.

그렇지만 인간들은 우릴 삶의 동반자로, 여행의 동반자로 인정해주지 않는 거야. 인간은 때로는 우둔하고 잔인하지. 이솝우화에 나오는 낙타를 쓰러트린 마지막 짐 보따리 이야기처럼 말이야. 언젠가 뒤집힌 세상에서는 사람과 동물의 역할이 뒤바뀌어서 사람이 낙타를 업고 다닐지도 모르지.

나의 관점에서 말하자면, 사막에서 우리와 인간의 관계는 가축은 아닌 거야. 신과 인간들이 계약을 한 것처럼 우리도 인간과 쌍무계약으로 맺어진 거지. 사막에서 우리의 임무를, 역할을 생각해 보면 그건 명백한 거야.

그런데 우리가 부상이라도 당하면, 특히 골절이 문제인데 극심한 통증이 오고 혈압이 오르면서 모세혈관이 터져 피가 흘러 죽는 거야. 우린 딱딱한 바닥을 걷게 되면 발굽에 염증이 생겨서 다리뼈가 전부 내려앉을 수도 있고, 그뿐만이 아니야, 한번 오랫동안 여행을 하고 나면 온몸의 관절과 근육, 뼈와 속 내장이 상하는 부상을 입을 수도 있지, 그러다 잘못하면 죽는 거지. 그러나 인간들은 우리들의 부상에는 별로 관심을 두지 않는 거야. 부상당해 못쓰게 되면 잡아먹으면 그만이라는 거지. 우리가 죽으면 살코기와 가죽을 남기게 되거든. 그리고 인간들은 그 기회에 포식하는 거야.

인간들은 위선자인 거지. 자신들이 죽으면 여우나 승냥이가 먹지 못하도록 땅속 깊숙이 매장을 하는 거야. 예수님이 죽었을 때도 마리아라는 이름을 가진 여인들이 그를 돌무덤 속에 숨겨 놓은 거야. 짐승들이 뜯어 먹지 못하게 말이지. 그러고 나서 예수는 부활할 수 있었거든.

그런데 말이지 우린 만날, 허구한 날 목이 마르고 배가 고프거든. 우리도 매일 같이 물을 실컷 마시고 배부르게 먹으면 좋은 거야. 물은 귀중한 것이지. 생명줄인 거야. 인간도 동물도, 나

비도 별도, 꽃과 나무도 공기만큼 물이 필요하지. 물이 없으면 이 세상은 흙과 돌멩이만 남게 될 것이지.

그러나 인간들은 우리가 목마르다는 것도 배고프다는 사실도 자꾸 잊어버리는 거야. 자신들이 우선인 거지. 인간만이 유일하고 고유하다고 믿는 거지. 인간이 만물의 영장인 게 맞는 거야. 인간 동물이 그렇게도 우월한 존재라고 장담할 수 있는 거야. 인간들 역시 이 지구를 거쳐 간 수많은 동물 종 중 하나일 뿐인 거, 알고 있는 거야. 인간이란 종의 동물 역시 별수 없을 거야. 인간은 지구가 멸망하기 전에도 그 탐욕과 폭력성 때문에 언젠가는 아무런 자취도 없이 사라져 버릴 가능성에 대해 어떻게 생각하는 거야.

하지만 우리에게도 동물적인 감각과 감정이 있는 거야. 인간은 동물에게 '동물들은 이성적일 수 있는가?' 또는 '그들도 말을 할 수 있는가?'라고 묻지 말고 '동물들은 고통받을 수 있는가?'라고 물어야만 하는 거지. 그런데 인간들이 낙타의 냄새가 지독하다고 느끼는 것보다도 낙타는 인간의 냄새가 더 심한 악취로 느껴지는 거야. 정말 보기 싫은 인간들을 우린 본능적으로 직감할 수 있지. 그런 인간에게는 독한 침을 뱉어 주거나, 정말 미운 놈은 뼈가 으스러지게 뒷발로 냅다 걸어 차버리지. 그리고 가끔 주인과 무슨 일로 감정이 상하면 앞으로 나아가는 것을 고집스럽게 거부하기도 하는 거야.

그러나 우린 인간에게 오직 착취만 당했던 것은 아니라고 인정하겠어. 난 지금부터 은퇴하고 싶어. 강가의 가장 좋은 풀밭을 골라 풀을 뜯고 엉덩이를 지긋하게 깔고 앉아 지난날들을 되새김질하며 평화롭게 살아가는 기쁨을 만끽하고 싶은 거야. 더 이상 위험한 모험 따위는 하고 싶지 않지. 내 나이를 생각해봐. 그런데 우리 주인이 이걸 알아줬으면 좋겠어. 난 팔려가는 늙은 노예 신세가 되긴 싫거든."

사막에서는 악령의 소리가 들렸다.

부드러운 모래 속에 푹 파묻혀 그대로 사라져버리고 싶은 충동을 느끼게 할 만큼 아름다운 사막의 심장부에서 끊임없이 그 소리가 메아리쳤다. 그 소리에 홀리게 되면 길을 잃고 죽게 될 것이다. 나는 '들어가면 결코 나오지 못한다.'는 또는 '죽음의 바다'인 그 사막의 심장부로 들어가지는 않았다. 그 사막의 중심부에는 사하라와는 달리 어떤 동식물도 살아남지 못하였다.

하늘에 나는 새 없고 땅에는 뛰는 짐승이 없다. 멀리 아무리 보아도 눈 닿는 데 없고, 갈 곳을 알지 못한다. 사막의 풍경은 가히 초현실적이다. 그곳이 타클라마칸 사막이었다.

끝도 없이 평평하게 이어진 그 길은 모래와 자갈로 뒤덮여 있었고, 가끔 사막 식물인 갈색 타마리스크 덤불이나 낙타가시풀만이 흩어져 있었으며, 오른쪽으로 멀리 보이는 모래언덕은 텅 빈 하늘을 배경으로 예리한 칼날 같은 황금빛 곡선을 그리고 있었다. 태양은 불볕처럼 내리꽂았고, 사막은 점점 보랏빛으로 변하며 대지에는 아지랑이가 피어올랐다. 때로는 사막 쪽에서 불어오는 거센 북풍이 분말 같은 모래가루를 몰고 와서 시야를 가리고 햇빛을 차단하였다. 모래가 미친 듯이 빙글빙글 춤을 추며 사막을 온통 휘저었다. 그럴 때는 강렬한 모래바람에 맞서기 위해 단단히 무장을 해야 했다. 엷은 터번으로 머리와 얼굴을 몇 겹으로 꽁꽁 싸매고 안경으로 눈을 보호하였다.

사막의 태양은 아침 6시에 정확히 떠올라서 정오 1시쯤이 되면 정점에 달해 구름 한 점 없는 하늘에서 지독한 열기를 내뿜다가 5시부터서야 조금 선선해졌고 저녁 7시가 되면 황금빛 저녁노을 속에 지평선 너머로 사라졌다.

우리는 주로 아침나절과 저녁에만 걸을 수 있었다. 느긋한 심정으로 별로 빠르지 않게 걷는다. 나는 황홀한 자유를 만끽한다. 그러나 시간이 흐를수록 흙먼지로 뒤범벅이 되고 땀에 절어 흐느적거리는 지친 몸을 겨우 지탱하면서 걸었다. 다리가 납덩이를 달고 있는 것처럼 무거웠다. 메마른 공기가 내 목을 조였다. 숨이 턱턱 막힌다. 시간은 정지한 것 같다. 광대한 대지가 나를 향해 유혹의 눈짓을 보냈지만 사막을 걸어서 건너는 일은 너무 고통스럽다.

가끔 진흙 벽돌로 지은 두세 채의 작은 집들이 허허벌판 속에서 나타났다. 식당이거나 음료수, 담배, 수박 등을 파는 구멍가게였다. 가게 안은 거친 나무 선반으로 조잡하게 만든 진열장, 한두 개의 더러운 원탁 테이블이 있었고, 바닥에는 모래가 두텁게 덮여 있었으며, 벽에 페인트칠을 한 흔적은 찾아볼 수 없다. 가게 안 이곳저곳에 너무나 많은 말파리들이 윙윙대며 날아다녔다.

한때 당당했던 대상의 숙소이었던 건물은 지금은 퇴락해서 흙벽돌이 허물어져 앙상한 잔해만 남아 있었다.

차 한 대가 겨우 지나갈 정도의 그 길로 낡은 트럭이 펑크족의 머리처럼 짐을 잔뜩 싣고 매연과 굉음을 뿜어대며 지나갈 때도 있었다. 그럴 때면 도로가에서 잠시 휴식을 취하려고 눈을 가만히 감고 조각상처럼 꼼짝 않고 서 있던 낙타의 목에 매달린 종이 딸랑딸랑 가냘프게 울렸다.

그 길은 그 무시무시한 타클라마칸 사막을 우회하기 위하여 그 사막의 남과 북으로 갈라지는 길 가운데 남쪽 길이었고, 이 길을 지나 서쪽으로 나아가면 산봉우리에 만년설을 이고 있는 파미르 고원을 통과하여 중앙아시아에 다다르게 된다. 그러나 북쪽 길로 가면 톈산산맥을 넘어서 중앙아시아의 오아시스 루트를 거쳐 시베리아 남쪽의 대초원 지대를 동서로 연결하는 초원의 길로 접어들게 된다.

그 길에는 과거의 남루한 흔적들이 현대의 문명과 함께 공존한다. 그 오지에서는 그 작은 길만이 세상과 연결되는 유일한 통로이었다. 그 길에는 아직도 대상에 대한 기억이 선명히 남아 있다. 그는 까마득한 옛날부터 그 길을 지나면서 흔적을 남긴 대상들에게 깊은 연대의식을 느꼈다.

중국의 시안에서 시작하여 동부 지중해까지 복잡하게 얽혀서 뻗어 있는 고대 실크로드의 한 갈림길이었다. (그러나 실크로드라는 용어는 19세기에 이르러 독일 지리학자 페르디난트 폰 리

히트호펜이 처음 사용하였다. 비단길은 단 한 번도 지리학적으로 확정된 길이 없었다. 그 길은 중앙아시아의 대평원 여기저기로 뻗어나간 수많은 샛길들을 만들어져 있었다.)

1,300여 년 전에 이미 신라 승려 혜초는 이 길을 걸었고 한국인이 쓴 최초의 해외 여행기라고 할 수 있는 왕오천축국전을 남겼다. 그는 호기심 가득한 문명 탐험가였다.

그 길을 천 년이 넘게 대상들이 왕래하였다. 지금도 그 황량한 길에는 오랜 여행에 지친 대상들의 머나먼 고향에 대한 향수가 묻어있었고, 그들의 장탄식이 들리는 듯하였다. 대상들은 극심한 여행의 피로를 풀기 위해 담배처럼 파이프로 피우는 아편인 타리야크의 흰 연기를 들어 마시고 몽롱한 꿈에 취하여 고향과 가족들을 몹시 그리워했을 것이다.

대담하고 강인한 여행자였던 혜초 역시 그 억센 향수병을 어쩌지 못하였다. 긴 여행으로 몸과 마음이 지칠 대로 지쳐 있을 때, 만삭의 달이 이즈러가는 밤에 한줄기 거센 바람에 흩날려 떠나가는 구름을 보면 저절로 치미는 향수를 어쩔 수 없었을 것이다. 그는 그 위대한 여행기에 죽음의 공포와 허기, 고통을 기록하지는 않았다. 하지만 고향을 절절히 그리는 이 시를 남겼다.

달 밝은 밤에 고향길 바라보니 / 뜬 구름은 너울너울 돌아가네 / 그 편에 감히 편지 한 장 부쳐보지만 / 바람이 거세어 화답이 들리지 않는구나 / 내 나라는 하늘 끝 북쪽에 있는데 / 남의 나라 땅끝 서쪽에 있네 / 일남에는 기러기마저 없으니 / 누가 소

식 전하러 계림으로 날아가리.

　우리는 처음에는 서로 하는 말을 제대로 알아들을 수 없었기 때문에 갖가지 얼굴 표정과 손짓발짓, 몸짓으로 의사표시를 할 수밖에 없었다. 카심은 중국말을 반쯤 섞어서 투르크계 언어인 위구르어로 혼자 중얼거리는 것처럼 단조롭게 말했고, 나는 중국어에는 능통한 편이었지만 서툰 위구르어로 말했으니까. 내가 외우고 간 몇몇 위구르어 단어는 금방 밑천이 드러났다. 그러므로 며칠간은 깊은 대화를 나눌 수 없는 아쉬움이 있었다. 그래도 우리는 끊임없이 수다를 떨고 가끔 웃음을 터뜨렸다.

　그러나 나중에는 함께 오랫동안 여행을 해서 서로 언어가 통하기 시작했고 완벽하게 감정이입을 하였기 때문인지 마음의 언어로 대화를 하여 서로 무슨 말을 하는지 모두 이해할 수 있었다. 여행으로 몹시 피로하고 지쳐있는 상태에서도 둘은 늘 서로 쳐다보며 웃었다.

　그나저나 매일 그날의 여정이 끝나면 그와 함께 양고기 꼬치구이인 시시케밥 또는 불에 잘 구운 도마뱀을 안주로 하여 목구멍이 짜릿하게 타들어가는 독한 고량주를 마시는 기분만큼은 그만이었다. 독주의 마법 같은 온기가 지친 육체 속으로 퍼지면서 다시금 기운을 차리게 하였다. 그것은 마약처럼 그날의 고통을 지워주었다. 그것이 피로하고 지친 우리의 영혼을 달래주었다. 그 생명의 물 때문에 우리는 그 고달프고 지루한 여행을 즐겁게 끝낼 수 있었다.

낙타 몰이꾼은 진정한 무슬림이었다. 황금빛과 핏빛으로 물든 사막의 저녁놀이 어둠 속으로 사라지기 시작하면, 매일 그때마다 그는 메카가 있는 서쪽을 향해 기도하였다.

"알라는 하나님이시다! 알라만이 하나님이시다! 알라는 살아 계신다. 신은 위대하다……. 그가 말하기를, '이 세상에는 우리의 삶뿐이다. 우리가 죽고 우리가 살고 오직 알 다흐르 (시간)만이 우리를 파괴할 수 있을 뿐이다.' 야 랍비 (오 주여)…… 야 알라 (오 하나님)……."

그러나 그는 교리를 어기고 술을 마시는 데 주저하지 않았다. 그것도 아주 많이 마셨다. 그리고 술을 마시면서 끊임없이 줄담배를 피웠다.

내가 비아냥거렸다. "매일 밤, 그렇게 술을 마셔대면서……. 기도는 무슨……. 그건 경전을 정면으로 위배하는 짓이야. 알라가 알게 되면 크게 화를 낼 것 아냐?"

"나는 기도를 해야만 하지. 정성껏……. 그렇게 하지 않으면, 무언가 나쁜 일이 금세 일어날 것만 같거든."

카심이 그립다.

그는 얼굴에 검은 턱수염이 무성하였으나 그럼에도 불구하고 처음 만나는 순간부터 둥글둥글하고 포근한 인상을 주었다. 목소리는 나직하고 따뜻했다. 언제나 변함없이 순박하고, 맑고, 평화스러웠다. 그러나 사람을 꿰뚫어보고 마음을 휘어잡는 깊은 눈매를 가지고 있다. 그는 사막을 경외하였고 낙타를 자식처럼 아꼈다. 평생을 타클라마칸 사막에서 낙타와 함께 살다가 운명처럼 조용히 죽을 사람이었다.

그 여정이 끝나고 헤어질 때 카심은 감정이 북받친 것 같았다. 우리는 묵묵히 눈빛으로 서로에게 고맙다는 인사를 하였고, 침묵 속에서 가슴으로 상대방에 대한 사랑을 전했다. 작별 인사는 오래 걸렸다.

"반드시…… 다시 올 겁니다. 그때…… 다시 만날 수 있을 것입니다. 몇 년에 걸쳐서 시베리아 남쪽 초원의 길을 걸을 작정입니다. 걷는 게 좋거든요. 그리고 낙타들을 꼭 다시 보고 싶군요. 그들은 인간 이상이라고……. 어르신, 부디 건강하십시오"

나는 슬펐지만 오랫동안 꼭 쥐고 있던 카심의 손을 놓고 차에 오를 수밖에 없었다. 다시 올 것이라는 그 약속을 꼭 지켜야 하리라.

그리고 그때 가족처럼 정들었던 낙타와 헤어지는 것도 정말이지 고통스러웠다. 나는 여행 동안 무거운 짐을 나르는 자신의 의무를 묵묵히 수행했던 낙타를 여행의 동반자, 동료로 생각하였다. 그래서 오렌지나 다른 과일을 먹을 때는 꼭 반씩 나눠서 낙타들에게 줬던 것이다. 그때마다 낙타들은 얼마나 좋아하던지, 그 모습을 잊을 수 없다.

낙타들은 비록 동물이지만 독특한 우아함을 지니고 있다. 헤어질 때 다시 보니 그 낙타들은 오랜 여행에 다소 지친 듯 여윈 것처럼 보였다. 나는 보드랍고 따끔따끔한 털로 덮인 낙타의 목덜미와 등을 오랫동안 바라보았다.

그러나 호탄에게는 작별을 하면서 구체적으로 무슨 말을 할 수 있었겠는가. 내가 호탄을 사랑했던가? 낙타가 온갖 감각과 함께 영혼을 가지고 있고 살아있는 생명의 그릇으로 아름답다는 것은 얼마나 경이로운 일인가. 한없이 따뜻하고 보드라운 잔등을 육감적으로 쓰다듬고 애무하면서 손가락 끝에서 인간적인 숨결을 예민하게 느끼지 않았던가. 내가 그날 밤 지혜의 말을 들었을 때 얼마나 공감하며 감동을 느꼈던가.

다만 의례적이긴 하지만 나는 진심으로 말했다. "건강해야지. 건강……." 늙은 낙타의 운명이 장차 어떻게 될 것인지 나는 더 이상 생각하기가 싫었다. 그녀가 편안한 임종을 맞고 영면할 수 있을지는 도저히 알 수가 없다. 다른 낙타들처럼 예정된 순서에 따르게 되지 않겠는가. 나는 그 불쌍한 짐승의 머리와 귀, 코, 입을 쓰다듬어 주는 것 이외에 속수무책이었다. 호탄은 한결 느긋해져서 두 줄의 촘촘한 속눈썹을 껌벅이며 그 지독한 냄새가 번지는 혀를 쭉 내밀고 나의 손을 오랫동안 핥았다. 나름의 이별 인사였다.

카심은 그 자식 같은 낙타를 데리고 다시 왔던 길을 되돌아서 고향으로 돌아가리라.

나는 돌아서면서 흐르는 눈물을 닦지도 않고 내버려두었다.

신은 누구인가? — 김규현과 이브라함을 추억하며

　신은 누구인가? 왜 우리는 신이 필요한가? 신은 어디에 있는
가? 신은 분명히 있는가? 신은 위대하여야만 하는가? 신이 필요
하다면 그 신은 꼭 이성과 의지를 가진 인격적인 신이어야 하고,
초자연적이고, 초인간적이며, 전지전능한 위대한 신이어야만 할
까? 신은 숭고해야만 하는가? 신은 심오한 것인가, 아니면 무의
미한 것인가? 신성이란? 신성모독이란? 신이 없다면 우리는 불
안할 것인가? 다시 말하면 인간은 신이 없다고 생각하면 혹은
신이 곁에서 떠났다고 생각하면 불안감을 느끼게 될까? 신의 품
안에서만 편안함을 느낄 수 있을까? 신은 내밀한 고백을 들어주
고 진짜 비밀을 털어놓은 사람에게 위로와 영감을 줄 것인가?
신에게는 언제든지 말을 걸 수 있을까? 신은 도덕적 명령, 계명,
준엄한 훈계를 내리는 존재라고 할 수 있을까? 신에 대한 믿음
은 여전히 가치 있는 일일까? 인류역사의 최악의 순간에도 신을
믿지 않는 것보다는 신을 믿어야만 설명될 수 있는 게 더 많다
고 할 수 있을까? 신은 심리적 또는 정서적 관점에서 최후의 보
호막이 될 수 있는가? 그래서 신이 없다고 믿으면서도 신은 존

재할 수밖에 없다고 스스로를 설득시킬 필요가 있을까? 우리는 그 지긋지긋한 신의 관념으로부터 벗어날 수 없을까? 무신론자는 사탄이라고 할 수 있는가? 신 없이도 건강한 마음으로 행복하게 살 수 있을 것 아닌가. 잘 모르겠다. 내가 어떻게 알겠는가?

남들은 하나님도 많고 주님도 많아서 소위 신이라는 것들이 하늘에도 있고 땅에도 있다고들 하지만 우리에게는 아버지가 되시는 하나님 한 분이 계실 뿐입니다. 그분은 만물을 창조하신 분이며 우리는 그분을 위해서 있습니다. (신약성서)

신이 하늘과 땅을 창조한 것이다. 신은 어디로 가든지 언제나 함께 있으며, 알라는 너희 마음속을 들여다본다. (쿠란)

전지전능한 신은 가끔, 괜히 심술이 나면 인간들에게 신의 징벌을 행사한다. 자신의 존재감을 과시하기 위해서일까. 태풍이나 폭풍우, 홍수, 대지진, 화산 폭발 같은 것 말이다. 이것들은 신이 자신의 존재감을 과시하기 위한 것이다. 인간들은 어쩔 수 없이 이를 천재지변Act of God으로 받아들인다. 그래서 신의 존재를 절감하게 된다. (중세 신학자였고 시토 수도회 소속의 수도사였던 체사리오는 그 유명한 '기적에 관한 대화'에서 그 모든 것을 악마 올드 닉의 소행으로 돌렸지만 말이다.)

그러나 격렬한 태풍이나 지진, 홍수 역시 자연의 여정 중에 일어나는 불가피한 순환이라고 생각한다면, 반드시 신의 탓으로 돌릴 일도 아니다.

차라투스트라는 말했다. 신을 가장 극단적으로 부정하는 말인 즉, '신은 하나뿐이다. 나 이외의 신을 섬기지 마라'라는 말이다. (그러나 차라투스트라는 끝내 그 신이 야훼인지, 예수 그리스도인지, 알라인지 그들 모두인지는 특정하지 않았다.) 그는 또 말했다. '신들은 존재하지만 유일신은 존재하지 않는다는 것 바로 이것이야말로 신성함이 아닌가?' (그러나 차라투스트라가 10년 동안의 칩거를 끝내고 산을 내려오면서 '신은 죽었다'고 선언한 것은 그의 착각 때문이었다. 그 신은 처음부터 존재하지 않았으니까. 그러나 내가 그 말의 진의를 오해했는지도 모른다.)

나는 누군가 위대하고 전지전능한 유일신을 혐오스러워하고, 부정하고, 믿지 않는다고 하여도, 그렇다고 이 혼란스러운 세상에 다른 신이 존재하지 않는 건 아니라고 믿고 있다. 나는 모든 초자연적인 존재를 비웃고, 배격하고, 오직 인간의 이성이나 지성이 인정하는 것만 믿지는 않는다. 인간의 영혼이나 정신 작용, 사랑까지도 물질로 환원시켜 설명하는 물질적 환원주의에도 결코 동조하지 않는다.

다만 신은 단수가 아니라 복수이고, 결국 '인간이 신을 믿느냐'가 문제가 되는 것이 아니고 '어떻게 믿느냐'가 근본적인 문제라고 생각한다. (크세노파네스는 기원전 6세기에 벌써 깊이 통찰하고 있었지 않는가. '트라키아 사람들은 눈이 푸르고 머리색이 붉은 신을, 에티오피아 사람들은 피부가 검고 코가 납작한 신을 이야기한다. 만약 소와 말, 사자에게도 손이 달려서 인간처럼 그림을 그려 작품을 만들 수 있다면 소는 소의 형상을 한 신을, 말은 말의 형상을 한 신을 그릴 것이다.')

우리는 생물이건 무생물이건 구별할 것 없이 인간을 둘러싸고 있는 모든 존재 속에 내재해 있는 그런 것은 단지 자연 현상일 뿐이라고 자신 있게 말할 수 있을까? 모든 존재는, 특별히 모든 생물체는 신들이 들어있다는 명제가 성립할 수 있을까? 그렇다고 할 수 있다.

자연은 눈에 보이지 않는 불가사의한 신비와 경외감을 불러일으키는, (과학과 논리로는 파악할 수 없는)미지의 자연적 혹은 초자연적인 존재들로 채워져 있기 때문에 신은 그것을 믿는 사람들의 마음속에 항상 살아 있는 것이다. 태양이나 천둥번개 속에도, 신성한 바위나 숲속에도, 심지어 무심히 지나치는 바람결에도 신은 그의 동반자인 악마와 함께 살아있다. 낙원과 지옥은 언제나 한 세상에 살고 있는 것이다. *거룩한 신은 곳곳에 있습니다. 빛 속에도 암흑 속에도 모든 것 속에 신은 있습니다. 물론 우리들 키스 속에도*

다만 그 신은 인격신도 아니고 위대하지도, 전지전능하지도 않다. 때론 잔혹하고 야만적이고 무자비하고 유치하고 조잡하다. 그러나 겉으로 드러나지 않는다. 존재를 현현하기 위해 살아 있는 모든 존재의 본질 속에 숨어 있을 뿐이다.(그러므로 그 신은 결코 하느님 또는 하나님이 아니다.)

그 비물질적인, 즉 형이상학적인 본질은 껍데기나 가면이나 단순한 표피적 아름다움이 아니라 불멸의 궁극적 존재이다. 신의 유일무이한 속성인즉슨 불가해한 영원성이고 불멸성이다. 그래서 진정한 예술은 사물을 즉물적으로 묘사하는 것이 아니라 눈에 보이지 않는 불멸의 궁극적 존재, 실체, 정수, 바로 가장 깊은 비밀인 신을 표현해야 하는 것이다. 하지만 그 유일한 비밀은 아무리 애를 써도 완벽하게 표현되지 않으며 항상 그대로 남는다. (우리는 그 존재 속의 존재, 특히 생명력의 근원을 신이라고 불러야 한다. 신이라는 이름은 가장 신성하여 오랜 옛날부터 인간의 가슴을 후벼 파는 호소력을 갖고 있기 때문이다.)

그런데 신이 존재하는 경우에도 믿음의 문제는 별개이다. 왜 믿는가? 그것은 고단한 삶에 지친 영혼과 그것의 구제에 관한 문제이다. 신은 그것을 경외하는 경우에만 인간의 마음속에 안식처를 찾아 머무는 것이다. 그러므로 누군가 신을 믿지 않고 부정한다고 해도, 그렇다고 해서 신이 존재하지 않는 것은 아니다. 그러나 신을 믿거나 말거나, 그 행위는 주체적 존재인 당해 인간이 선택할 문제인 것이다. 신을 믿지 않는다고 하여도 그건 결코 틀린 것도, 잘못된 것도 아니다. 즉 무신론자가 지옥의 낭떠러지로 떨어질 일은 아닌 것이다. 만약 신을 믿는다면, 어디에, 신은 도대체 어디에 있을까? 그는 신을 절실히 느끼는 곳에서, 신의 모습을 보기를 간절히 원하는 곳에서 신을 만나게 될 것이다. 신은 세상에서 지극히 하찮은 존재인 벌레나 작은 새, 풀이나 나무, 모든 생물과 무생물까지도 불멸의 자연법칙이, 신의 섭리가 미치도록 작용한다. 이 세상은, 그것은 신 자신이다.

그렇기 때문에 이 세상에서 현재의 순간은 영원이고 다른 순간은 존재하지 않는다. 그런데도 사람들은 오랜 세월에 걸쳐 그 신을 찾아다녔다. 그러므로 신은 구름 위 옥좌에 거만하게 앉아 있는 것이 아닌 것이다.

인간은 자신을 위무해주는 각자의 종교가 있는 법이고, 그 종교를 스스로 믿으면 되는 것이다. 정말 그렇다. 사람들은 각자 자신의 신을 향하여 열심히 기도하면 될 터이다. 그러므로 신은 어느 한 종족, 한 민족의 독점물이 될 수는 없는 것이다. 유대인 만이 선택받은 백성이어서 유일하게 신과 교통할 수 있고 천국에 가기 위해 유대교도가 되어야 하는 것은 아닐 것이다. 신은 헤브라이어 말고도 지구상 모든 언어를 구사할 수 있기 때문이다. 이 세상에는 신을 믿는 사람들만큼 많은 종류의 종교가 있어야만 할 것이다.

나는 이브라함만큼 전지전능한 신의 존재, 인간과 신의 상호관계에 대하여 냉철한 비판을 가할 자신은 없다. 과연, 그 위대한 신이 존재하여 그 신이 그의 운명을 조작해버린 것일까? 누가, 그 신 때문에 번뇌하여 썩어 문드러져버린 이브라함의 심정을 제대로 헤아릴 수 있을까? 그들은 이브라함에게 이 세상에서, 아프리카에서 왜 그렇게 악이 극성을 부르는지를, 왜 죄 없는 순진무구한 사람들이 고통을 당하는가? 라는 당연한 물음에 대해서 신의 정의를 명쾌하게 설명할 수 있을까.

사막에도 신들이 존재한다.

나는 이 고독한 사막 여행자가 그 무엇으로도 해명할 수 없는 자연의 경이 앞에서 불가피하게 겸손한 범신론자, 아니면 존재의 배후에 있는 다른 차원의 존재에 대해 믿음을 가진 유연한 무신론자가 되었다고는 생각하지 않는다. 그는 사막에서 자신만의 유일신을 찾아다니는 유일신 신자이기 때문이다. 이건 순전히 나의 추측일 뿐이지만.

김규현이 말했었다. "신은 없다. 불멸성은 있을 수 없다. 종교, 신 같은 것은 인간의 공허한 발명품인 거지. 그러나 내가 신을 믿을 수 없었고, 믿으려고 하지 않은 이유가 있었던가? 신은 우주의 어떤 비밀, 불가해한 의미와 가치를 담은 이야기를 들려줄 것이 아닌가. 그러므로 사막에서 신을 만날 수 있을 것인가. 사막이 신이 아닐까. 그렇지만 신은 불가해야 하고 역설과 모호함이 아니던가. 그런데 신을 만나기를 바라는 이유는 고통 때문인가. 또는 보다 근원적으로 존재론적 차원의 이유가 있는 것인가. 하여간에 신을 만나면 무슨 말을? 우선 고통을 없애 달라고 읍소할 것인가. 또는 내가 원하는 걸 달라고 부탁할 것인가. 용서를 구할 것인가. 아니면 고맙다고 사막은 악마다. 악마는 나를 호시탐탐 기다리고 있는 것이 아닐까."

나는 하릴없이 생각한다.

'물론, 그들은 오로지 자신들을 위해서 신을 인간적인 너무나 인간적인 척도에 따라 거룩해 보이는 인형을 만들어낸 자들이 아니었던가. 언제부터인가, 신은 종교적 특권계급의 사유재산이 돼버리지 않았던가. 그러면서도, 그들은, 극렬한 우상 파괴주의

자들은 나를 용납하지 않을 것이다. 나를 향해 범신론으로 위장한 무신론자라고 맹렬하게 비난할 것이다. 그들은 범신론은 결국 유물론에 도달하게 된다고 주장하니까. 아니면, 우스운 우상숭배자라고, 불신자라고 죽어서 지옥의 불구덩이에나 떨어질 것이라고, 악담을 퍼붓겠지. 내가, 어떻게 그들과 맞서 싸울 수 있겠는가? 그들과 논쟁을 벌일 만한 능력이 있는가? 이건 달리 생각하면 우주가 신에 의해 창조되었다고 혹은 아주 영리한 설계자에 의해 설계되었다고 주장하는 사람들과 어느 날 갑자기 저절로 튕겨 나왔다고 생각하는 사람들 간 치열한 논쟁이라고 할 수 있다.

그러나, 내가, 그들의 억지스런 집요한 공격을 어떻게 감당할 수 있을 것인가? 그들은 인간이 아담의 자식이라고 철석같이 믿으면서도 아담과 이브가 에덴동산에서 성교를 하였다는 생각은 하지 못하는 사람들이니까. 그들은 아담과 이브가 달고 있는 생식기의 용도를 무시하고 있지 않은가. 아무튼 나의 설익은 논지는 씨알도 먹혀들지 않을 것이다. 어림없는 일일 뿐이다. 어차피 패배가 예정되어 있을 뿐이다. 그러나, 다윈이 밝혔듯이 원자의 조합에 의해서 인간도, 지구도, 곤충도, 사자도 만들어졌다는 물리학의 법칙을 믿을 수밖에 없다. 그들은 하늘에 위대한 신이 계신다고 주장하지만 오늘날 하늘이 존재한다고 할 수 있을까, 우리 주위에는 단지 끝없이 넓은 우주공간이 있을 뿐이니, 도대체 피안 彼岸이 있다고 할 수 있겠는가. 지구를 넘어서서 그 밖에까지 무한정 확대된 우주에는 차안 此岸만이 있는 게 아닐까.

하지만, 어떻게 단언할 수 있겠는가. 이 우주에는 정말로 *90억 개의 이름을 가진 신*이 있을지 누가 알겠는가.

나는 유물론자는 아니다. 그건 물질의 이름으로 정신이나 영혼, 신성한 존재를 마구 부정하니까 말이다. 그런데, 유물론자들은 신이 존재하지 않는다는 사실을 그렇게 철석같이 믿으면서도, 신이라는 관념은 신성해서 자신을 움찔하게 하고, 감동을 느끼게 하고, 전율케 하는 것임을 인정한다. 그들은 또한 무신론자이면서도 여전히 *'신께 감사를 드립니다.'*라고 무심코 인사를 건넨다. 그러므로, 나는, 유물론자, 무신론자라기보다는 범신론자이다. (나는 종교에는 전혀 관심이 없지만 신에 대해서는 무한한 매력을 느낀다. 그래서 인간들은 신이란 것이 존재하지 않는다면 그를 창조할 필요가 있을 터였다.)

나의 범신론은 아주 소박한 것이다. 기껏해야 신은 모든 사물의 존재에 내재한다는 것이지, 신은 만물을 초월한 존재라고 믿고 있지는 않다. 내가 믿는 신은 자연법칙이나 우주의 질서에 맞춰 살아가면서 거듭되는 진화 속에 생존하는 것이다. 어쨌거나 사막에 신이 없다는 것은 어불성설이다.

김규현은 미친 사람 취급을 당하면서 자신의 신을 만나기 위해서 수없이 사막을 찾아다녔으니까. 그래서, 추론에 불과하긴 하지만, 또는 확신할 수 있지만 그가 자신만의 신을 찾아서, 자신의 유일신을 찾아서 그렇게 사막에 가는 것을 보면 그는 사막에서 분명히 신의 존재를 보았고, 뼛속 깊이 신의 존재를 느낄 수 있었으리라. 그러므로 그는 나처럼 철저한 범신론자일 수는 없다. 절대로. 하지만 그는 전지전능한 그 유일신에 대해서는 불가지론자일지 모른다. 그 역시 모든 게 불확실하니까, 확신이 안 서니까, 어느 쪽이 진실인지는 아무도 알 수 없으니까. 사람들이 수천 년 동안 논쟁을 벌였지만 여전히 결론이 나지 않았다고 보아야 할 것이다.

나는 세상의 존재 문제, 즉 세상은 무가 아니고 어째서 유인가라는 영원히 풀리지 않는 수수께끼 같은 문제는 결국 과학의 문제가 아니라 신앙의 문제라는 유신론자의 문제의식에 대해서, 이 세상을 창조한 창조주인 유일신은 자신 안에 스스로의 존재 원칙을 담고 있으므로 스스로를 증명하기 위해 결코 어떤 일도 하지 않는다고 주장하는 그들의 논리에 대해서, 신에 대해 이성적으로 납득할 수 있는 증거를 요구하는 것은 어리석은 일이라는 주장에 대해서, 종교적 신앙을 철학적 논증으로 정당화하려고 발버둥치는 것은 어리석은 짓임을 어느 정도는 이해하고 있다.

우리는 전지전능한 위대한 신이 진주패처럼 파란 하늘에 계시고 정말 만물의 창조주라고 한다면 차라리 그분께서 너무 무료한 나머지 장난기가 발동해서 천지창조의 여섯째 되는 날 마지막으로 지구상에서 가장 위험한 생물종인 인간을 만들었다고 상상할 수는 없을까? 아니면 냉철하게 판단해서 인간은 혹독한 현실을 외면하고 편리하게도 모든 인간의 악행을 신의 섭리로 돌리기 위해 그 신을 스스로 창조한 것이라고 주장할 수 있을 것이다. *사람은 자기 형상에 맞춰서 신을 창조한다. 그리고 신을 만든 사람들은 더불어 신을 창조한다.*

인간을 위한, 인간에 의한, 인간의 신.

그러니까 유일하게 확실한 것은 모든 게 불확실하다는 거다.

이브라함은 아프리카의 참담한 현실과 자신의 기구한 운명에 대해 절망한 나머지 확실하게 무신론자가 되었다고 단언할 수 있을 것이다.(이브라함이 말했었다. "나는 그때 전지전능한 위대한 신이 과연 존재하는지? 신은 지금도 우리를 시험하고 있는지? 이게 하나님의 은총인지? 우리에게 무슨 죄가 있었는지? 신은 자신이 저지를 죄를 알고나 있는지? 도대체 알 수 없었던 거야. 차라리 내버려두라고…… 내버려…….")

그러나 김규현과 나, 우리는 무신론자라기보다는 불가지론자라고 해야 정확한 거다. 그게 그거이긴 하지만, 그런 거야. 우리는 불가지론인 거야…… (어감도 나쁘지 않고 철학적으로 들리는) 불가지론자…….'

나는 범신론자이고 김규현은 유일신론자이다.

오디세우스의 영원한 여정

여신이여 내게 말해주소서,
트로이아의 신성한 도시를 파괴한 뒤
드넓은 지역을 떠돌아다닌
다재다능한 그 남자에 대한 이야기를,
그는 수많은 사람들의 수많은 도시를 보았고
그들이 생각하는 것을 알게 되었지요,
그는 바다를 건너며 스스로의 목숨을 구하고
동료들과 자신의 무사귀환을 위해 애쓰면서
마음속으로 수많은 고통을 겪었습니다.
— 오디세이아

　오디세우스는 미친 사람 행세를 하면서까지 참가를 꺼려했지만 어쩔 수 없이 트로이 전쟁에 참가하였다. 그러나 그 전쟁에서 승리의 원동력이 된 트로이 목마는 교활한 인간인 오디세우스가 고안한 술책이었다. 아무튼 그 전쟁에 참전하는 과정에서 10년의 세월을 소모하였고, 전쟁이 끝난 후 그의 고향 이타카로 귀환하는데 다시 10년이 걸렸다. 오디세우스는 이타카로 돌아가는 항해 도중 에우로스(동풍)와 제퓌로스(서풍), 노토스(남풍)와 보아레스(북풍)가 교차하면서 폭풍처럼 휘몰아치는 바다에서 너무나 모진 시련을 겪으면서 마침내 모든 부하들과 남아 있던 배까지 잃고 말았으니, 오직 그만이 살아남아 이틀 낮 이틀 밤 동안 바다 한가운데에서 부러진 돛대에 매달려 있다가 큰 너울에 떠밀려 들쑥날쑥한 암초와 돌출한 바위뿐인 어떤 섬의 해안가에 도착하였다.

그날 새벽 동이 틀 무렵 오디세우스는 파도에 떠밀려 와서 그섬의 해안가에 혼자 누워 있었다. 그는 반쯤 정신이 나갔고 너무 기진맥진해서 신음소리조차 낼 기운이 없었다. 온몸에는 상처와 피멍자국 투성이이고 얼굴에는 죽음의 그림자마저 얼씬거리고 있었다. 그날 오후 해가 중천에서 빨갛게 이글거리고 있을 때 섬의 요정들에게 발견되었으니 망정이지 그렇지 않았다면 틀림없이 이름 모를 섬에서 허무하게 객사했을 터였다.

그는 발견되자마자 우선 물을 청해서 실컷 마시고 해갈부터 하였으며, 그 다음에는 며칠째 굶은 채로 바다와 사투를 벌이면서 너무 허기가 졌기 때문에 몇 시간째 요정들이 날라다 주는 푸짐한 음식과 나중에는 입가심용으로 포도주까지 달라고 해서 허겁지겁 다 먹어치웠다. 이제 배가 터질 듯하였다. 그의 얼굴에 비로소 엷은 미소가 번지며 역겨운 냄새가 풍기는 트림을 몇 번씩이나 요란하게 토해냈다.

그리고, 그제서야 자기 혼자서 살아남은 것을 깨달았고 바다에 빠져 불귀의 객이 된 부하들과 애지중지 아꼈던 배가 산산조각이 난 것을 생각하고 깊은 슬픔을 느꼈다. 그러나 오디세우스는 눈물을 조금 흘리며 울어보려고 애를 썼지만 도대체 눈물이 고이질 않았다. 울지 않은 지가 기억할 수 없을 만큼 하도 오래되었기 때문이다.

하지만 그는 티탄 아틀라스의 딸인 님프 칼립소가 살고 있는 오기기아 섬에서 어쩔 수 없이 정착하였다. 그리고 7년 동안이나 요정 칼립소에게 사랑의 볼모로 잡혀 있게 된다. 그는 그 요정과 사랑에 빠져버렸다. 마치 남태평양을 항해하던 뱃사람이 폴리네시아의 풍만한 여인을 만나는 것처럼 말이다.

그는 천국과 같은 그 섬에서 칼립소와 함께 쾌락에 빠져 너무나 행복한 삶, 기쁨과 보람으로 충만한 삶을 살았다. 그런데 쾌락은 망각과 깊이 관련되어 있다. 쾌락은 모든 성가신 일을 잊게 만드는 강렬한 힘을 가지고 있기 때문이다. 그는 한동안 쾌락에 탐닉하여 고향 이타카도, 페넬로페도, 삶의 목적도, 자기 자신마저 잊어버렸다. 그러나 그 무분별한 쾌락에도 한계는 있다. 그를 마침내 쾌락에서 깨어나도록 한 것은 시간이었다. 시간이 흐를수록 현실에 대한 주체할 수 없는 지루함, 권태와 함께 타고난 뱃사람의 항해에의 욕망, 귀환에의 뜨거운 욕망, 향수병을 어쩔 수가 없었다.

그녀는 현명하고 지혜롭고 참을성 많고 임기응변과 언변에 능한, 교활함에 가까운 지혜와 뛰어난 술책으로 자신의 모습을 수많은 다른 모습으로 바꿀 수 있는 탁월한 인물인 오디세우스를 연인으로 삼으면서 그를 불멸의 존재로 만들어주겠다고 끊임

없이 유혹하였다. 더욱이 키는 작으나 몸이 다부지고 정력까지
센 오디세우스에게 흠뻑 반한 칼립소는 그를 달래서 결혼까지
하고 그 섬에 주저앉히기 위해 한껏 애교와 위엄, 협박을 섞어
서 말한다. "그대는 진심으로 지금 당장 사랑하는 고향 땅으로
돌아가기를 원하시나요? 그렇다면 편안하게 가세요. 그러나 만
약 그대가 고향 땅에 닿기도 전에 얼마나 많은 고난을 겪어야
할 운명인지 알게 된다면 날마다 그리워하는 그대의 아내를 보
고 싶은 열망에도 불구하고 이곳에서, 바로 이곳에서 나와 함께
살며 이 집을 지키고 불사의 몸이 되고 싶어질 겁니다. 진실로
나는 얼굴과 몸매, 신체적 아름다움에서 그녀 못지않다고 자부
하지요. 그녀는 인간, 지금쯤 많이 늙어버렸지 않았겠어요. 필멸
의 인간 여인들이 몸매와 생김새에서 불사의 여신들과 겨룬다는
것은 당치도 않은 일이지요."

오디세우스는 역시 정중한 어조로 칼립소에게 말한다.

"존경스런 여신이여, 그 때문이라면 조금도 화내지 마시오. 페
넬로페가 비록 정숙하기는 하지만 그대와 비교하면 위대하지도
아름답지도 않다는 것을 나도 잘 알고 있소. 더욱이 그녀는 필
멸하는데 그대는 늙지도 죽지도 않으시니까요. 하지만 내가 매
일 비는 유일한 소원은 집으로 되돌아가서 귀향의 날을 맞이하
는 것이오. 설혹 신들 중에 어떤 분이 또다시 포도주 빛 바다 위
에서 나를 난파시키더라도 나는 불타는 가슴 속에 고통을 참는
마음을 갖고 있기에 끝까지 참을 것이오. 나는 바다와 전쟁터에
서 이미 많은 것을 겪었고 숱한 고생을 했소. 그러니 이들 고난

들에 또다시 고난이 추가될 테면 되라지요"

오디세우스가 그렇게 말하고 난 후 해가 지고 어둠이 내렸다. 칼립소가 유혹하는 뜨거운 눈길로 그를 바라보았다. 그는 어느새 토실토실한 계집이 되어 친친 감겨오는 칼립소를 안고 아늑한 동굴 속 둥근 천장 아래로 가서 넓적다리가 뒤엉긴 채 사랑을 즐겼다. 그런데 정력의 화신인 오디세우스는 지치지도 않고 밤새도록 굵어진 그의 성기가 가늘어질 때까지 열 번 이상 셀 수 없을 만큼 사랑을 퍼부었다. 육체의 내면에서 팽팽하고 거칠고 강렬하게 욕망이 끊임없이 분출하였기 때문이다. 그들은 새벽녘이 되어서야 발가벗은 채로 잠이 들었다. 그러나 오디세우스는 너무 피곤한 나머지 잠이 들자마자 심하게 코를 골았다.

그러나 칼립소는 어쩔 도리가 없었다. 그의 고집을 꺾을 수가 없었던 것이다. (그런데 일설에 의하면 칼립소는 죽어도 오디세우스를 떠나보내지 않으려고 했지만, 제우스신이 헤르메스를 보내 칼립소를 설득하여 그를 풀어주게 하였다는 것이다.)

어쨌거나 그녀는 오디세우스를 보내줄 궁리를 하고 출발을 위해 모든 것을 준비했다. 칼립소는 오디세우스를 목욕시키고 향기로운 옷을 입혀준 다음 섬에서 떠나게 해주었다. 여신은 뗏목 안에 가죽 부대 두 개를 넣어주었는데 그중 하나는 붉은 포도주가 든 것이었고 큰 것은 물이 든 것이었다. 그녀는 또 가죽 자루에 넉넉하게 양식을 넣어주었다. 이윽고 그녀가 부드럽고 따뜻한 순풍을 일으키자 고귀한 오디세우스는 기뻐하며 고향 이타카로 돌아가기 위해 바람에 돛을 펼치고는 뗏목에 앉아 능숙하게 키로 방향을 잡았다.

배는 파도를 헤치고 재빨리 달리며 지혜에 있어서는 신들 못지않은 한 남자를 나르고 있었다. 그로 말하자면 전에는 사람들의 전쟁과 힘든 파도를 헤느라 마음속으로 실로 많은 고초를 겪었으나 그때는 자신이 겪었던 모든 것을 잊고 뱃전에 기대어 잠시 잠이 들었다. 그리고 별들 중에서도 가장 밝은 샛별이 모습을 드러내기 시작하고, 그 별이 이른 아침에 태어난 새벽 여신의 빛을 알릴 때쯤 배는 고향 이타카에 도착하였다.

하지만 귀환 후의 그의 삶이란, 방랑과 모험의 생활을 끝내고 평화롭고 권태스러운 일상을 되찾아 안주하게 되자 너무 답답해서 숨이 막혔기 때문에 차라리 비극적인 삶에 가까웠다. 일종의 가사 상태에 빠져버린 것이다. 이제 그의 고향은 죽음의 가면이고 그를 가둬 놓은 감옥이 돼버렸다. 그랬으니 구혼자들을 모두 죽여서 통쾌하게 복수한 후 그의 아내 페넬로페와의 재회는 너무 무의미한 것이었고, 그녀의 환영은 어느덧 사라지고 없었다. 그는 그녀에게서 아무런 기쁨도 느끼지 못했다. 더욱이 페넬로페는 20년 동안이나 정절을 지킨 탓에 음부가 늙은 할머니의 그것처럼 수축되어 쪼그라들었고 메말라 있었다.

그녀는 불멸의 여신이 아니었다. 즉 연약한 인간 여자에 불과했으니 20년간의 정절은 참으로 무의미했다. 얼굴은 쭈그렁밤처럼 쭈글쭈글해지고 그것은 메말라 버리지 않았는가. 이제는 바싹 늙어버린 것이다. 더욱이 그는 돌아온 집에 정을 붙이지 못하고 다시 떠나고 싶어서 안달복달하고 있지 않은가. 이제 그녀는 안중에도 없는 것이다.

결국 페넬로페는 자신의 찬란한 삶을 스스로 망쳐버린 것이다. 어찌 그렇게 쓸데없는 일을 했는지…… 안타깝다. 더욱이 오디세우스는 귀향하던 중 칼립소를 만나 7년 동안이나 태평성대 속에서 실컷 즐기지 않았던가.

그녀는 한창 젊은 시절에 그 열렬한 구혼자들과 쓸데없이 싸우는 대신 108명이나 되는 구혼자들 중에서 마음에 꼭 드는 자들을 골라서 함께 궁중에서 화려한 연회를 벌이고 주지육림 속에서 맛있는 음식을 먹고 와인을 마시며 은밀하게 또는 공공연하게 차례차례 생의 쾌락을 마음껏 즐겼어야 했다. 그러므로 쓸데없이 3년간이나 오디세우스 아버지 라이르테스의 장례식에 쓸 수의를 낮에는 짜고 밤이면 다시 낮에 만든 것을 풀어버리는 노고를 할 것이 아니었다. 그건 쓸데없는 짓이었다. 그건 시시포스의 영원한 형벌에 다름 아닌 것이다.

그런데 쾌락은 누구나 공통적으로 가지고 있는 인간의 기본적인 욕구이고 인간의 본성이며 즐거운 인생의 최대 목적이다. 일시적 쾌락만이 선이며 가능한 한 많은 쾌락을 누리는데 행복이 있다고 설파한 아리스티포스의 감각적, 양적 쾌락주의를 상기할 필요가 있다. 그녀는 인류 여성사에서 열녀의 본보기가 아니라 가장 어리석은 여자의 목록에 첫 번째로 기록될 것이다.

그는 고향에 일단 돌아왔지만 항해 자체가 제공한 풍요한 경험 속에서 삶의 본질을 깨달았으니, 20여 년 동안의 방랑과 방황, 그 찬란한 여행 속에 그의 삶의 정수가 담겨져 있었던 것이다. 그는 자신은 고향이, 집이 없다는 사실을, 페넬로페의 20년 간의 정절도 무의미하다는 사실을, 충직한 개 아르고스의 기쁨도 의미 없음을, 자신이 걸어가는 방랑의 길 속에, 그 고달픈 여행 속에 진리가 있음을 깨달았다. 그래서 목적을 위해서는 수단과 방법을 가리지 않고 비정하기까지 하며 카멜레온처럼 표리부동한 오디세우스는 페넬로페와 올림푸스의 신들을, 꿀이 흐르는 과수원과 올리브나무 숲을, 생활의 안락함과 부유함을 버리고, 다시 자유를, 구원을 찾아서 영원한 탈출을, 출발을, 권태로부터의 도망을 결심했다. 그의 삶은 다른 곳에 있음을 깨달은 것이다.

신이 명령했다.

"도망쳐라! 오디세우스여! 지금 당장 출발하라! 망설이지 마라! 도망! 출발! 도망! 출발!"

그는 곧 암흑과 격랑에 휩쓸리며 목적지도 없고 해안선도 보이지 않는 바다를 향해 나아갔다. 그리하여 그는 단 한 척의 배에다 그를 버리지 않은 몇몇 동료와 함께 광활하고 깊은 바다를 향해 떠났던 것이다. 그리고 남극 바다에서 언어가 부재한 미소를 머금은 채 홀로 죽었다.

호메로스의 일리아스와 오디세이아는 인류 문학의 원류이고, 토대이다. 그리고 오디세우스는 대담하고 위대한 모험가, 탐험가, 여행가의 원형이 되었다. 그러므로 중세기의 단테로부터 시작해서 테니슨, 파스콜리, 제임스 조이스, 니코스 카잔차기스에

이르기까지 오디세이아의 전통은 오늘날까지 계승되고 있다. 카잔차기스는 가장 최근에 오디세우스의 귀환 이후 새로운 여행에 관한 현대판 호메로스의 서사시를 썼다.

나는 기원후 나온 여행기 중에서는 '걸리버 여행기(혹은 세계 여러 먼 나라의 여행기)'도 괜찮다고 본다. 걸리버는 더 넓은 세상을 찾아서, 이 세상에 대한 참을 수 없는 호기심 때문에, 인간의 본질인 자유를 찾아서 장장 16년 7개월 동안이나 험한 세상을 싸돌아 다녔으니까 말이다.

그래서 조너선 스위프트의 묘비명이 수긍이 간다.

여기에 스위프트가 쉬고 있다. / 그 격렬한 분노도 여기서는 그의 가슴을 찢지 못하리라. / 속세에 도취한 나그네여! / 그를 감히 모방해보라. / 그는 인간의 자유에 이바지했으니.

그런데 카잔차키스의 오디세우스는 이렇게 이타카를 다시 떠났다. 카잔차키스는 그날 새벽의 광경을 빠짐없이 지켜보았고 그걸 상세히 기록했다.

오디세우스는 페넬로페의 잠을 깨우지 않으려고 슬그머니 문의 빗장을 풀었다. 하지만 아내는 고통스러워서 핏기를 잃은 채로 입을 꼭 다물고 말없이 눈을 감은 채 밤새도록 잠을 이루지 못하고 누워 있었고 청동 빗장이 삐걱거리자 그녀는 눈을 조금만 뜨고 희미한 새벽빛 속에서 몰래 빠져나가는 오디세우스의 모습을 보았다. 그녀는 움직이지 않았다. 그러나 기쁨의 시간이 다 지나갔음을 알았다. 슬픔에 빠진 여인은 무정한 남편의 무릎에 매달려 울지는 않았다. 그는 층계가 한참 동안 삐걱거리는 소리를 들은 다음에서야 몸을 일으켜서 담청색 달빛 속에서 발돋움을 하고 궁정을 지나 도둑처럼 살그머니 바깥 대문의 청동 빗장을 풀더니 뒤도 돌아보지 않고 재빨리 문턱을 건넜다. 그녀는 사라지는 남편의 모습을 지켜봤다. 가엾은 여인은 머리채를 움켜쥐고 슬프게 울었다.

그러나 험한 길을 혼자서 방랑하는 자는 두 팔을 벌리고 시원한 아침 공기를 배 속 깊숙이 들이마시고는 컴컴한 바닷가를 향해 서둘러 길을 달려 내려갔다. 그의 동료들은 벌써부터 열심히 일하며 그들의 새로운 배 밑으로 통나무를 깔고 천천히 밀고 내려갔으며 피리쟁이는 불이 붙지 말라고 통나무에다 물을 끼얹었다. 마지막으로 그들이 배를 바다 쪽으로 밀기 위해 막 어깨에 힘을 주려는 순간 선장이 달려와 함께 두 손을 내밀어 파도 속으로 배를 밀어 넣어서 사랑하는 섬으로부터 탯줄을 끊어 버렸다.

그녀가 한탄했다. "저 작자는 고향을 버리고, 나까지 버리고 몰래 도망가면서…… 너무 들떠서 희희낙락하고 있으니……. 그럼 난 뭐야. 늙은 것은 거들떠보기도 싫다는 거지. 내가 20년 동안이나 정절을 지킨 게…… 이게 무슨 소용이람. 아버지가 옳았어. 아버진 그 작자를 의심했던 거야. 그래서 딸을 주지 않으려고 하였는데……. 내가 잘못 선택한 거였어. 그건 자업자득인 거지."

단테는 오디세우스가 죽은 지 2,500년이 지나서 지옥에 가서 오디세우스를 만났다. (울리세스Ulixes를 만났다. 로마인들은 그를 그렇게 불렀다.) 그때 울리세스는 팔라스 상을 훔친 죄와 트로이의 목마로 속임수를 쓴 죄로 말미암아 지옥의 불 속에서 지옥의 간수장에게 끊임없이 고문을 당하고 있었다. 그때 그가 단테에게 끝없는 지적 욕구 때문에 고향으로 귀환한 이후 이어진 마지막 항해에 대해서 말했다.

울리세스가 두 갈래로 갈라진 불꽃의 혀를 날름거리며 이렇게 말했다. "…… 자식에 대한 사랑도, 늙은 아버지에 대한 효성도, 아내 페넬로페를 기쁘게 해주었어야 하는 어엿한 사랑도 세상과 인간의 모든 악덕과 그 가치에 대해 완전히 알고 싶어서 내 가슴 속에 품고 있던 열정을 억누를 수가 없었지. 그리하여 나는 깊고 광활한 바다를 향해 오로지 한 척의 배를 타고서 떨어지지 않은 몇몇 무리와 함께 바다로 나아갔지……."

그러나 그는 한참 동안이나 뜸을 들이더니 속삭이듯 단테의 귀에 대고 다시 말했다. "역시, 후회가 되는군. 칼립소를 떠나는 게 아니었어. 그 여잔 밤이면 아주 거칠게 대해주면 더 좋아했지, 뜨거운 여자이니까. 자넨, 순진무구한 사람이 인간의 쾌락을 이해할 수 있겠어?

자네가 아홉 살 때부터 사랑했던, 그 누구지? 그렇지, 베아트리체. 자넨 그냥 비체라고 불렀지. 비체야말로 아름다운 여성의 전형이라고 할 수 있겠지. 아름다운 초록빛 눈, 약간 두툼하고 사랑스런 입술, 통통한 엉덩이, 미끈하게 뻗은 다리 등. 그런데,

위대한 시인의 가슴 속에 불타는 저 영원한 여성, 천사, 구원자, 기쁨, 위안, 광명, 희열, 행복, 슬픔, 고통…… 베아트리체는 어떻게 되었어? 아, 깜빡했네. 그녀는 너무 일찍 죽었지. 비체야말로 지금 자네의 천국에 자리잡고 있는 구세주의 처소에서 편히 쉬고 있겠지.

그런데…… 정절, 그거 아무짝에도 쓸데없는 거야. 페넬로페가 20년 동안이나 정절을 지켰다고 하는데 알게 뭐람. 여자란 그저 젊고 탱탱해야만 하거든. 늙은 육체는 안타깝지. 또, 아들 녀석은 어떻고? 왕이 되겠다고 눈이 벌겋게 충혈돼서 설치질 않나. 백성들 역시 나에게 여전히 의구심을 갖고 있었다네, 신이 과연 내 편인지 의심한 거였어.

그러니 다 잊어버리고 떠나야만 했지. 타고난 방랑벽을 어찌할 수가, 늙은 나이도 막아내지 못하였지. 인간은 반드시 떠나게 되어 있거든. 고난의 여행 속에서 삶의 참뜻을 깨달아야만 하지.

그리고, 내게는 자유가 필요했던 거야. 핵심은 자유인 거지. 인간의 존엄성을 지키려면 그게 필요하거든.

그러나, 장담하건대, 나는 황금에 눈이 먼 사람은 아니지. 새로운 세계에 대한 호기심만이 가득한 사람이지. 그래서 다시 고향을 떠나 출발했지. 바다는 누가 뭐래도 무서운 곳이지. 그러나 나는 바다를 두려워하면서도 사랑했지. 넓디넓은 바다를 생각만 해도 심장이 터질 것만 같았으니까. 바다는 자석인 거야. 그리고 결국 바다에서 죽었네. 당연한 거였어. 내가 바라던 바였거든.

그날은, 내 인생의 마지막 날은 이랬어. 그날 우리가 아주 깊은 곳으로 들어간 거야. 정죄산이 거리 탓인지 희미하게 나타났는데, 그것이 어찌나 높이 솟아있는지 내 일찍이 그런 산은 본 적이 없었지. 우리는 기뻐했지만 금세 통곡으로 변해버렸지. 낯선 땅으로부터 회오리바람이 불어와 뱃머리를 사납게 들이쳤기 때문이지. 높은 파도가 세 차례나 온통 덮어씌우더니…… 네 번째에는 심술궂은 신께서 좋으실 대로 선미를 추켜올렸다가 뱃머리를 푹 빠지게 하였으니…… 마침내 바다가 우리를 덮치고 말았다네. 나는 그때 바다의 짠물을 너무 많이 마셨어. 나는 고향이 아니라 여관을 떠나듯 이승을 떠났지. 그래서 내 시체는 지금도 바닷속 모래밭에 깊숙이 처박혀 있지. 땅속에 묻혀 있지 않으니 내 영혼은 편히 쉴 곳이 없는 거야."

에필로그

우리는 다시 오디세우스의 귀환에 대해 생각해 보아야 한다. 오디세우스는 칼립소와 함께 행복한 나날을 보내면서 왜 페넬로페를 그리워했을까? 왜 칼립소를 떠나고 싶어 했을까? 칼립소의 지나친 육체적 탐욕이 지겨워졌던 것일까? 그는 페넬로페가 정조를 지킬 것이라고 굳게 믿고 있었던 것일까? 만약 페넬로페가 정조를 지키지 않았더라면 그는 어떤 행동을 취하였을까? 구원자들을 살육한 것처럼 아내도 함께 무참히 살해했을까? 아가멤논은 트로이 원정군의 총사령관이었다. 그러나 그가 돌아오자 아내인 클리타임네스트라는 아가멤논을 살해하였다. 오디세우스 역시 그 경우 아내가 자신을 죽이려 들지 모른다고 의심하지 않앴을까? 오디세우스는 고향 이타카로 귀환할 때 가슴이 몹시 두근거리며 환희에 차 들떠있었을까? 아니면 인간에 대한 깊은 불신 때문에 불안과 공포에 휩싸여 발길이 무거웠을까? 이것도 저것도 아니었을까? 그는 자신의 총체적 삶을 되돌아보며 만족할 수 있었을까? 아니면 실패한 삶을 되돌아보며 통탄과 슬픔과 회한에 잠겼을까?

그럼에도 불구하고 오디세우스의 귀환은 인류의 귀향에 대한 원형이라고 할 수 있을까? 그는 천신만고 끝에 고향으로 귀향했기 때문에 위대한 영웅이 되었을까? 그래서 우리는 로빈슨 크루소를 최고의 생존 예술가라고 칭송할 수 있을까? 로빈슨은 28년의 세월 동안 더 이상 비참할 수 없는 환경에서 살면서도 결코 희망이나 삶의 기쁨을 잃지 않고 끝에 가서는 결국 살아서 돌아왔기 때문이다.

플라톤은 '국가론' 제10권에서 저승 세계의 심판과 환생에 대해 기술하였다.

텔라몬의 아들인 아이아스는 트로이 전쟁 때 그리스 영웅이 되어 개선했으나 아킬레스의 갑옷을 오디세우스가 받자 분개하여 자살했다. 그는 인간들에게서 환멸을 느꼈으므로 짐승들 중에서 왕 중의 왕이고 지존무상을 상징하는 사자獅子로 환생하여 사자의 삶을 살기로 선택했다.

트로이 전쟁 때 그리스군의 총지휘관이었던 아가멤논 역시 인간으로 환생하는 것에 대해 회의적이었다. 그래서 독수리의 삶을 선택했다. 그는 올림푸스 산의 신들 가운데 주신이었던 제우스처럼 그리스 영웅들 가운데 우두머리였다. 그는 한 사람의 신으로 숭배되고 제우스의 화신으로 여겨졌다. 그러므로 그에게는 제우스의 상징인 독수리가 선정된 것이다.

오디세우스

오디세우스는 자신이 참여했던 트로이 전쟁을 회상하면서 야망의 덧없는 꿈에서 깨어났다. 그리고 그는 다음 생애에는 아무 근심 걱정 없이 살아가는 평범한 인간의 삶을 선택하기 위해 한참 동안 고심했다. 그런 삶을 찾아내는 데는 상당한 어려움이 따랐다. 앞서 등장했던 다른 사람들 모두가 그런 형태의 삶에 대해선 관심을 전혀 갖지 않았기 때문에 그것은 한쪽에 버려져 있었던 것이다. 마침내 평범한 인간의 삶을 발견한 오디세우스는 자신의 차례가 맨 마지막이 아니라 맨 처음이었다 하더라도 그 삶을 선택했을 것이라고 말하면서 기쁘게 그것을 선택했다.

다시 말하면, 앞서 등장한 다른 영웅들은 환생 후 저마다 자신들의 운명을 선택하는 데 있어 아무 걱정 근심이 없는 평범한 인간의 삶에 그다지 관심을 갖지 않았다. 하지만 오디세우스는 이 삶을 최선의 것으로 선택한 것이다.

에덴동산의 탈출 (혹은 인간 해방)

노예는 더 이상 노예가 되지 않겠다고
결심하는 순간 스스로 해방된다.
— 간디

　메소포타미아의 비옥한 초승달 지역에 자리 잡은 에덴동산에
는 따스한 햇볕이 알맞게 비추는 가운데 색채가 눈부시게 아름
다운 화려한 꽃들이 피는 식물들이 우거져 있고, 얌전한 짐승과
새, 나비와 꿀벌들이 한가롭게 거닐고 춤추고, 대지는 유프라테
스 강과 티그리스 강, 은과 금이 지천으로 널려있는 하월라 땅
을 휘돌아 흐르는 비손 강과 기혼 강 등 네 강으로부터 흘러나
오는 수많은 지류가 실핏줄처럼 흐르면서 검은 흙은 비옥해서
보리와 밀 등 온갖 풍성한 곡식을 제공해주고, 육체적 질병도
걱정할 것이 없다. 사람에게 나쁜 것은 하나도 없고 오직 좋은
것만 있었다.

　다만 인간의 죽음에 대해서는 그것이 인간에게 좋은 것인지
나쁜 것인지 전지전능한 신도 판단하기 어려웠으니 그 문제는

그 동산에서도 여전히 해결되지 못한 숙제로 남았다.

그러므로 에덴의 과수원 한복판에는 지혜의 나무가 한 그루 서 있고, 그러나 월계수 나무들이 금방 자라서 무성해지고, 탐스러운 사과와 석류, 오렌지와 무화과, 포도, 올리브 열매가 맺는다. 여름이건 겨울이건 계절을 가리지 않고 열매는 떨어지는 법도 시드는 법도 없다. 그런데 말이 겨울이지 날씨는 늦은 봄 날씨처럼 너무 온화해서 인간이 짐승처럼 나체로 지내는데 아무런 지장이 없다. 오히려 겨울 북풍이 산들산들 불어오는 날에 나무도 열매도 더 빨리 자라고 더 빨리 무르익는다. 석류 속에 석류, 포도송이 위에 포도송이, 한 송이 꽃송이 안에 다른 한 송이, 무화과 열매 위에 새로운 무화과 열매가 매달린다. 사시사철 도처에 꽃망울이 화르르 열리고 꿀맛 같은 과일들이 사람의 키 높이로 또는 까치발로 몸을 뻗으면 닿을 수 있는 나뭇가지에 주렁주렁 매달려 있는 것이다.

에덴동산은 인간이 타락하기 전에는 평화와 기쁨이 넘치고 웃음이 가득한 곳이었으니 자연이기에 앞서 예술 작품이다. 아름답고 웅장하고 매혹적인 것이다. 하늘에 천국이 있다면 이 에덴동산은 천국을 모델로 삼아 그대로 본뜬 것이리라. 그래서 이후 이 세상 모든 정원, 파라다이스, 유토피아의 영원한 모델이 되었으니 인간들은 아주 옛날부터 이 낙원을 재창조하거나 사라진 낙원을 찾기 위해 끊임없이 노력해 왔다.

에덴동산에는 그들만이 살았다. 전지전능한 신을 제외하면 아담과 이브 (또는 하와). 원래는 아담 혼자서 살았는데 (그러므로 그는 최초의 인간이다. 꾸란에 의하면 최초의 무슬림이다) 신께서 아담에게 깊은 잠이 쏟아지게 하여 그를 잠들게 한 다음, 그의 갈빗대 하나를 빼내시고 그 자리는 살로 메웠다. 그리고 신은 그 갈빗대로 여자를 만들어 아담에게 데려다 주었다. (그러나 여자의 아름다움을 보면 신은 남자는 흙으로 대충 만들었지만 여자만은 엄청난 정성을 기울인 것이 확실하다.)

아담이 부르짖었다. "이야말로 내 뼈에서 나온 뼈요, 내 살에서 나온 살이로구나. 남자에게서 나왔으니 여자라 불리리라."

(이에 대해 링컨 대통령은 '하와는 아담의 머리에서 나온 것이 아니다. 그것은 여자가 남자를 지배해서는 안 된다는 것을 보여주는 것이다.'라고 말했다. 요즘 같으면 여성 차별적 발언이라고 지적될 수도 있을 것이다.

그런데 신은 남자일까? 여자일까? 인간들은 여태껏 신을 본적이 없으니. 교황 요한 바오르 1세는 신은 어차피 성이 없으니 여자로 재현될 수도 있다고 하였다. 그러면 어떤 유대인 이야기를 들어보자. 에덴동산에서 신은 아담이 아니라 이브를 먼저 만들었다는 것이다. 이브는 너무 따분했으므로 신에게 남자친구를 만들어 달라고 간곡히 요청하였다. 이브는 신에게 단 한 곳을 빼고 자신을 닮은 남자친구를 만들어달라고 계속 졸랐던 것이다. 그러면 훨씬 덜 심심할 거라고 하면서. 그래서 신은 아담을 만들었는데, 그러나 이브에게 한 가지 조건을 제시하였다. 남자가 나오면 이브가 먼저 창조되었다는 말을 하지 말라는 조건이었다. 남자의 자존심을 상하게 하면 안 되니까. 그러면서 신은

"이건 말이야, 여자들만 아는 비밀인 거야. 남자들은 아무리 나이를 먹어도 어린 애야, 기껏해야 다 큰 어린애라는 것을 우리 여자들은 알고 있지."라고 하였다는 것이다. 신이 남자였으면 먼저 남자를 만들었을 것이고 여자였다면 먼저 여자를 만들었을 거라는 이야기 아니겠는가.)

어쨌거나 남자는 여자를 만나서 결합하고 둘이 한 몸이 된다. 그건 신들도 마찬가지였다. 바빌로니아, 이집트, 그리스와 로마의 신들도 한결같이 여자가 있었고, 야훼도 그의 여자 아세라가 있지 않았던가. 예수 역시 남자이고 그에게도 여자가 있었으니 골고다의 예수 곁에는 세 여자가 있었다. 그들 모두 마리아라는 이름을 갖고 있었는데 예수의 어머니인 마리아 이외에 막달라 마리아와 다른 마리아가 있었던 것이다. 고대 파피루스에는 콥트어로 "예수가 그들에게 말하기를 '나의 아내'······ 그녀는 나의 제자가 될 수 있을 것이다."라고 적혀 있으니까, 그중에는 예수의 아내도 있었을 것이다. (왜 사람들이 다빈치 코드에 그토록 열광하겠는가. 2000년 동안이나 숨겨져 왔던 예수의 봉인된 비밀을 불경스럽게도 폭로했기 때문이었다. 그러나 남성중심주의의 원조이고 총 본산인 교황청은 펄쩍 뛴다. 예수에게 아내가 있었다는 설을 부정하는 것은 물론이고 여성이 예수의 제자가 된다거나, 여성의 사제 진출을 절대 금기시하고 있다. 중세 시절이라면 댄 브라운은 틀림없이 화형을 당했을 것이고 그 책 역시 금서목록에 오를 뿐만 아니라 회수되어 역시 불태워졌을 것이다.)

그런데 여기에서 커다란 논쟁점이 생긴다. 아담이 최초의 인간이면서 최초의 남자, 이브가 최초의 여자라는 데는, 모든 인류는 그들의 자손이라는 데는 이론이 있을 수 없다.

그렇다면 그들이야말로 인류 최초로 성교라는 신성한 (또는 달콤하고 황홀한) 행위를 하였음에는 이론의 여지가 없다. 문제는 그 시기를 둘러싸고 심각한 논쟁이 일어났던 것이다. 전통적 견해는 그들이 에덴동산에서는 성행위를 한 일이 없었다고 주장한다. 그들은 천사와 다름없는 존재였으니 천사가 어떻게 성행위를 할 수 있었겠느냐고 주장한 것이다. 또는 예수님은 신이 인류에게 보낸 두 번째 아담인데 예수님이 어떻게 그런 천박하고 불경스러운 행위를 할 수 있었겠는가라고 주장했다. 그들이 교활한 뱀의 유혹에 넘어가 지혜의 나무에 열린 선악과를 따먹고 에덴동산을 추방당한 뒤 (더욱이 신은 에덴동산에서 축출된 아담과 이브가 다시는 돌아오지 못하도록 신의 명령에 따라 불칼을 들고 에덴을 지키는 무시무시한 케루빔을 입구에 세워 놓았다고 한다.) 비로소 인간이 되면서 동침했고 이브는 임신을 해서 차례로 첫째, 카인과 아벨, 셋을 낳았다는 것이다. 다만 창세기에 의하면 아담에게도 죽은 아들이 한 명 있었는데 그게 첫째였다는 것이다.

그러나 긍정하는 견해도 유력하였으니 그들은 '그렇지 않다면 어떻게 해서 에덴을 낙원이라고 부를 수 있겠는가'라고 반문했다.

(마크 트웨인은 말했다. '이브는 사과 자체 때문에 사과를 원

한 것이 아니라 그것이 금지된 것이기 때문에 원했다.) 그러나
그 열매에 대해서는 사과가 아니라 석류 아니면 무화과라는 강
력한 주장도 있다. 아열대인 메소포타미아에서는 사과나무가 자
라지 않는다는 것이다.

그런데, 널리 알려진 대로 (이지러지는 조각달이고 대장장이
고 음악가인) 카인은 순전히 질투심에서 동생 (차오르는 조각달
이고 양치기인) 아벨을 죽였다. 그는 인류 최초로 살인죄를 저지
른 자이고, 가족을 배신한 배신자였으며, 또한 신에게까지 거짓
말을 한 위선자였다. 그러니, 인류의 역사는 애초부터 유혹과 타
락, 살인과 배신 등 범죄로 얼룩진 채로 시작된 것이다. 인간의
소외와 시기에 따른 갈등 관계는 원초적이기 때문에 죄악은 피
할 수 없는 인간의 본성이 되어버렸다.

그러나 카인은 아버지 아담의 진정한 아들이라고 할 수 있다.
카인은 질투라는 인간 본성을 가진 자연스러운 인간이기 때문이
다. 카인은 인간의 원형으로 이 세상에 뿌리를 내리고 이 세상
을 자신의 집으로 삼은 것이다. (카인은 옳고 그름을 떠나서 무
섭고 험하게 생겼으나 늠름한 젊은이였고, 그의 시선에 담긴 비
범한 정신과 담력을 소유하고 있었다. 그래서 예수가 탄생하기
이전부터 그의 용기와 담대함을 찬양하고 경외하는 한 무리 카
인교도들이 있었으니…… 모진 고문을 이겨내고 끝내 공범자의
이름을 밝히지 않는 범죄자들은 그들이 사랑할 수 있는 거대한
능력을 갖고 있지 않다면 어떻게 가능했을 것인가, 마지막 순간
에 회개한 도둑보다 자신의 길을 간 간 큰 도둑이 용기 있는 도

둑이라고 할 수 있으니 그들이야말로 인간의 진정한 선조인 카인의 후예라고 할 수 있을 것이다. 그에게도 많은 숭배자들이 있었던 것이다.)

　하지만 나는 전통적인 견해에 대해 반론을 제기하고 싶다. (물론 내가 최초로 반론을 제기한 것은 아니다. 벌써, 4세기 때 히포의 주교 아우구스티누스는 아담을 자신과 같이 피와 살을 가진 인간이고, 그래서 음식을 먹고, 세상의 풍경을 즐겼으며, 여자와는 성교를 하여 가족을 이루었다고 하였다.)

　그렇다. 신은 남자에게 짝을 지어주기 위해 여자를 만들었고 남자와 여자는 결합해서 둘이 한 몸으로 되도록 하지 않았는가. (만약 아담이 살면서 대화를 나눌 좋은 상대가 필요하였다면 여자를 만드는 대신 남자를 만들어 두 명의 남자가 서로 친구가 되게 하는 것이 훨씬 좋았을 것이다.)

　그들은 신이 만들어준 대로 에덴동산에서도 각기 고유의 성기를 달고 있었다. 성기도 하나님이 만든 것이다. 전지전능한 하나님이 왜 어찌해서 수고스럽게도 쓸데없는 것을 만들었겠는가. 모두가 요긴하게 쓰일 용도가 있는 것이다. 그러므로 전통적인 견해는 성기의 기능을 완전히 무시한 것이 아닌가. 하지만 그들은 금지된 열매를 먹고 신께 불복종하였을 때 난생 처음 부끄러움을 알게 되었다. 그들은 무화과나무 이파리로 거길 가렸다. 그때 이후 인간들이 거길 가리는 유구한 관습이 시작되었던 것이다. 아우구스티누스는 말했다. '저곳이 바로 그곳이다. 저곳이 인

간의 원죄가 전해지는 바로 그곳이다.'

그럴 것이다. 아담과 이브가 에덴동산의 여기저기를 거닐 때면 얼마나 심하게 봄 입덧을 했을 것인가. 그들은 형형색색 꽃들의 관능적인 향기에 가슴이 터질 듯이 들뜨고 얼마나 야릇한 기분에 휩싸였을 것인가. 그리고 하루 종일, 몇 날, 몇 달씩 얼마나 심심했겠는가. 그래서 그들은 가끔 산뜻한 기분을 맛보기 위해서 실개천의 맑은 물에 몸을 담갔고 목욕을 마치고 나면 그윽한 햇빛에 몸을 말리기도 했다. 더욱이 실오라기 하나 걸치지 않은 나체인 상태에서 성인 남녀가 붙어있으니 그들도 인간인데 도대체 할 수 있는 게 무어란 말인가. 아담은 안식일 저녁에 만물 중에서 제일 마지막에 창조되었고 신은 인간으로 하여금 이 세상을 즐기게 하기 위해 인간을 세상에 보냈다는데 말이다.

그들은 동물처럼 천진하게 사랑을 나누지 않았을까. 다른 포유동물처럼 여자의 뒤에서 말이다.

그런데 지상낙원에 술이 있어야 할까, 없어야 할까. 술을 마약이나 독이라고 여기는 편협한 인간들에게는 술은 악마이어서 없어야 마땅할 것이다. 그러나 삶의 기쁨이고 일종의 치료약이라고 여기는 사람에게는 반드시 있어야 할 박카스의 여신일 터이다. 하지만 인간이 사는데 귀중한 술이 빠질 수 있겠는가. 신은 인간을 만들었고 인간은 술을 만들었던 것이다. 에덴동산에서는 지천으로 널려있는 과일이 저절로 익어서 술이 되었다. 과일주가 지천이었다. 특히 포도주가 그러하였다. 1504년 아메리고 베스푸치의 아메리카 원정 대원들이 발견했던 팡타그뤼엘의 유토피아는 15세기의 에덴동산이라고 할 수 있다. 유토피아에서는 음료로 포도주와 사과주, 배주를 마셨고 그리고 물에는 가끔 꿀과 감초를 넣어 맛을 냈다. 그러므로 에덴동산에는 처음부터 술이 있었던 것이다.

그래서 진실을 말하자면, 아담은 무미건조하고 생기가 없는 생활에 싫증이 나고 너무 심심한 나머지 그 권태를 이기지 못하고 매일 술에 쩔어 술배가 튀어나온 데다 코마저 딸기코인 사내가 되었을 가능성도 있다. 이브 역시 매우 섬세한 여자이기는 하나 운동부족으로 몸은 살이 쪄 통통하고 다리에 관절염이 있을 가능성이 크다. 그들은 늘 술에 얼큰히 취해 있었을 것이다. 술에 취하면 그 뒤에 무슨 일이 벌어질지 아무도 모르는 것이 아닌가.

특히 유혹자인 이브는 '순결한' 마리아가 아니었으니 어떻게 참고 견딜 수 있었겠는가. 요컨대 아담에게서 수컷 냄새가 풀풀 거렸는데 말이다. 그리고 이브는 여자이니까 아담을 등 뒤에서 비웃기도 했을 것이다. 그러므로 이집트에서 요셉을 끈질기게 유혹했던 포티파르는 이브의 뜨거운 피를 이어받은 직계였던 것이다.

남자들이 여자들에 대해 관심을 갖는 것보다 여자들이 남자들에게 더 많은 관심을 가지는 이유는 무엇인가? (버지니아 울프) 그리고 신이 여자를 창조하는 순간 권태가 사라졌다. (니체)

또한, 그 전통적인 견해의 치명적 결함인즉, 그들이 에덴동산에서 추방된 뒤 아담과 이브가 비로소 동침했고 이브는 임신을 해서 고통 속에 첫째를 낳고 카인을 낳고 그 다음에 아벨, 셋을 낳았다는 것이다. 그러나 아담과 하와는 에덴동산에서 자식을 낳은 후 추방되었는지, 그것도 네 명의 자식 가운데 전부를 또는 일부만 낳았는지, 아니면 에덴동산에서 그들이 선악과를 따먹은 후 추방되기 전 몇 년 혹은 몇십 년의 기간 중에 낳았는지, 추방되고 나서야 하와가 임신하고 출산을 하였는지는 알 수 없다. (다만, 창세기에 의하면, 첫째는 원인을 알 수 없으나 하여간에 이름도 남기지 않은 채 일찍 죽었고, 아담과 하와는 아벨이 죽은 후 셋을 낳았는데 노아의 족보(즉 인류의 족보)가 셋을 통해 시작되었다고 한다.)

또 다른 설은 에덴동산에서 쫓겨난 뒤 두 사람은 신의 훼방으로 헤어져 아담은 인도에까지 유랑하여 결국 대장장이로 평생을 고생하다가 죽었고, 이브는 아담과 헤어진 후 아라비아 반도 남쪽으로 내려가서 평생 농사일을 하며 고단한 삶을 살다 죽었는데, 그 무덤이 지금까지도 메카를 순례하는 무슬림들이 지나 넜던 헤자즈의 순례 길에 있는 지다Jidda의 도시 성곽 바로 밑에 있다고 한다. 그러므로 그들이 에덴동산을 떠나온 후 동침할 기회는 없었던 것이다. 일설에 의하면, 그들은 헤어진 후 너무 멀리 떨어져 살았기 때문에 다시는 만나지 못했다고 하고, 또 다른 설에 의하면 딱 한 번 길에서 서로 엇갈리면서 만난 일이 있었는데 그때 하와는 늙어서 꾀죄죄하고 거의 생기가 다한 주름살투성이인 아담을 처음에는 알아보지 못했으나 그냥 살짝 미소를 지으며 지나쳤다는 것이다.

어쨌거나 그들은 원래 흙으로 만들어졌으니 죽은 후에는 다시 흙으로 돌아가야 했다.

그러므로 결론은 그들은 에덴동산에서 이미 성교를 하였다고 보아야 할 것이다. 다음 이야기를 들어보면 그건 확실하다.

어느 날 아침 에덴동산에서 신이 아담과 이브를 찾았으나 그들이 한동안 보이지 않았다. 나중에 아담을 만나자 신은 두 사람이 어디에 있었느냐고 물었다. "오늘 오후에 둘은 처음으로 사랑을 했습니다. 그렇게 즐거울 수가 없었지요. 신께 감사드립니다." "너희가 결국 죄를 짓고 말았구나. 네 그럴 줄 알았다. 그런데 이브는 어디에 있느냐?" "저쪽 강에서 몸을 씻고 있습니다." "이런 젠장, 이제 물고기들이 온통 비린내를 풍기게 생겼구나."

그런데 에덴동산에서 대담하게도 금단의 열매를 따서 아담에게 준 것은 바로 이브였다. '더 연약한 그릇'이었던 여자에게 뱀이 먼저 접근하여 유혹하였던 것이다. 이브는 아담에게 사과를 먹으라고 권하였으니 아담은 여자의 청을 거절할 수 없었다. 아담은 이브가 준 사과를 신 모르게 허겁지겁 급히 먹다가 한 조각이 목구멍에 걸려 혹을 만들었으니, 그게 바로 남자의 목 가운데 있는 목젖이다. 그때부터 목젖은 일명 아담의 사과(Adam's apple)가 되었다. 어쨌거나 이브야말로 인류 최초의 여자였고 유혹자였던 것이다. (그렇다면 이브의 또 다른 이름은 '릴리스'가 아니었을까. 일설에 의하면 릴리스는 아담의 배필로 몹시 반항적인 성격의 소유자였다고 한다. 그녀는 아담을 매력 없는 남자라고 생각해서 버리고 떠나 잔인한 독부가 되었으니 신 자신과도 죄를 지었다고 한다. 그러므로 릴리스는 온 세상에 고통을 가져다준 장본인이고 그녀의 죄로 인해 인간은 천국을 떠날 수밖에 없었다는 것이다.)

그런데, 진실은 무엇인가. 신은 인간들이 선악과를 따먹기를 바랐던 것일까. 그 교활한 뱀이야말로 신이 변장한 것이었을까. 아니면 누구의 화신이었을까. 그러면 신은 완벽했던 세상에 죄악이 들어오면서 인간이 타락하기를 바랐던 것일까. 신 역시 심심했던 것일까. 그래서 장난을 치고 싶었던 것일까.

신의 장난.

그러나 신의 의지와 반대로 인간은 선악과를 따먹고 타락하면서 지혜를 얻었고 창조의 힘을 사용하면서 신의 전능함에 도전하였다. (그래서 그노시스 교도 중에서 오파이트 ophites 종파는 뱀이 완전한 지혜의 상징물이라고 여기는 뱀 숭배자들이었고, 에덴동산에 살던 뱀을 인간에게 선과 악에 대한 지식을 가르쳐준 인간의 스승으로 섬겼다.)

그리고 인간은 위선적인 신의 보호로부터 해방되면서 자유의지를 획득했다. 그러므로 이제부터 인간에게 자유는 삶의 필수적인 조건이 되었고, 인간 실존의 본질이 된 것이다. 이제부터 자유는 자유 그 자신을 위해서 필요한 것이 되었다.

그러니 인간은 점점 낙원에 만족할 수가 없었다. 에덴동산에서 인간은 오직 주인이 규정한 데로 살아가기만 하면 되었다.

그렇게 길들여져 있었다. 그러므로 삶의 번뇌와 걱정거리는 도대체 존재하지 않았다. 그러나 너무 지루했던 것이다. 에덴동산의 풍성한 식탁도 찬란한 햇빛도 더 이상 소용이 없었다. 그들이 천진난만한 유아기적 상태로 남아서 고통을 모르기 때문에 즐거움도 모르고, 죄를 모르기 때문에 악과 선을 모르고, 추함과 아름다움을 구별할 줄도 몰랐던 철없던 시기는 지나간 일이 되었다.

그들은 에덴동산에서 권태감을 느꼈고 변화와 모험이 필요함을 느끼기 시작했다. 바깥세상이 궁금했던 것이다. 에덴은 더 이상 천국이 아니라 지긋지긋한 감옥이었다. 그래서 인간은 결국 신의 노예가 아닌가 하는 의구심을 떨칠 수가 없었다. 그들은 자유를 찾아 탈출해야만 했다. 이브의 뜨거운 핏속에서 무언가 모를 반항의 기운이 격렬하게 꿈틀거렸다. 자유를 찾아 살고 싶은 강렬한 욕망 때문에 고함을 마구 지르며 뛰쳐나가고 싶었던 것이다. 그녀는 아담의 등을 떠밀며 충동질을 하였다. 그들은 스스로 고난의 길을 선택했다. 인간들은 스스로 에덴의 문을 열고 떠났던 것이다.

그러니까 인간은 살아남기 위해 떠난 것이 아니라 해방과 자유를 찾아서, 그것에 대한 열망 때문에 떠난 것이다. 이것이 진실이다. (그런데 우리가 잃어버렸다는 낙원의 이름은 에덴동산 garden of Eden이다. 그런 것이다. 그것은 야생의 숲 forest이나 들판 field이 아니다. 정원이란 의도적으로 계획하고 적극적으로 개발하고 인공적으로 가꾼 것이다. 그러므로 에덴동산은 자연 상태에서 그대로 존재하는 것이 아니라 신이 인간을 가두어 놓고 기르기 위해 만들어 놓은 것이다. 새장이나 어항처럼 말이다. 달리 말하면 에덴동산은 지독한 감옥이었고 신은 그 감옥을 지키는 수석 옥리였던 것이다.)

그러나 인간은 자유를 얻은 대신 황야에 내던져졌다. 인간은 스스로 먹고 살아야 했으니 식량을 획득할 땅이 필요했던 것이다. 그러나 땅을 얻으면 다시 소유권을 확보해야만 했다. 인류의 역사란, 실은 에덴을 떠나온 이후 인간들 간 빼앗고 빼앗기는 토지의 소유권에 관한 지루한 연대기인 것이다.

그런데 아담과 이브가 떠난 다음 에덴동산은 어찌 되었을까 그들이 떠난 이후로 지상낙원은 다른 모든 존재들처럼 폐허가 되어 사라져 버렸을까, 아니면 지금까지도 이 세상 어딘가에 숨겨져 있을까. 이에 대해 누구는 노아의 홍수가 지구를 덮쳤을 때 완전히 파괴되었기 때문에 더 이상 찾을 수 없게 되었다고 하였고, 누구는 강물에 휩쓸리기는 했으나 완전히 가라앉지는 않고 높은 산꼭대기에 걸려있다고 주장했다. 그래서 중세의 지도에는 한결같이 세계의 동쪽 끝에 위치한 것으로 그려져 있었다. 그랬으니 종말론적 근본주의자였던 콜럼버스는 그것을 찾아서 동쪽으로 힘겨운 항해에 나섰던 것이다.

에덴동산의 이야기는 종교적인 것이고 또한 상징적인 것이다. 그 이야기는 역사적으로 아무런 근거가 없는 신화에 불과하지만 말이다. 그런데 유대교 또는 그리스도교 근본주의자들은 인간이 신으로부터 해방되고 마침내 신을 극복하게 된 21세기에도 여전히 성경을 문자 그대로 읽고 해석하고 있으니 문제이다.

죽음에 대한 단상

죽음을 기억하라 (메멘토 모리 memento mori)
혹은 생을 기억하라 (메멘토 비베레 memento vivere)

죽음이야말로 가장 궁극적인 이별이다.

죽음이란 사전적으로는 생물의 생명이 없어지는 것을 말한다. 그러므로 생명의 탄생과 죽음은 불가분의 관계에 있다. 그러나 생명의 기원이 언제부터인가는 아직도 여전히 수수께끼로 남아 있지만 죽음의 기원은 명백하다. 죽음은 생명과 함께 시작된 것이다.

문학적으로는 죽음이란 모든 것이 무너지거나 사라지는 고통과 허무함을 상징한다.

1768년에 발행된 브리태니커 백과사전의 초판에서는 죽음에 대해 (영혼의 존재와 그 불멸성을 전제로) '영혼과 육신의 분리'로 정의했지만 2007년 판에서는 '모든 생물이 종국에 경험하게 되는 생명이 완전히 중단되는 현상'이라고 정의하였다.

그러면 언제 생명이 완전히 중단되는가? 이 문제는 죽음의 본질과 관련해서 죽음이란 신체적 기능이 완전히 정지되었을 때인가 아니면 인지적 (또는 인격적) 기능이 완전히 정지되어 있을 때인가의 문제라고 할 수 있는데, 대부분의 경우에는 양자는 일치하지만 양자의 시간이 어긋났을 때 쟁점이 되는 것이다. 정통파 유대인이나 독실한 기독교 근본주의자 등은 생명을 연장하는 보조 장치의 이용 여부와 상관없이 심장이 멈춰야만 죽음을 인정하는 데 반해서, 오늘날은 뇌사 상태, 즉 재생이 불가능한 혼수상태를 사망의 새로운 기준으로 삼고 있다.

죽음과 자살

자발적 죽음. 자기 살해. 자신을 없애는 행위. 자신을 살인하는 행위. 자살보다 인간에게 고유한 것은 없다. 스스로 목숨을 끊는다는 행위는 시련에 대해 굴복한 때문인가, 아니면 자신의 인생에 대한 인간의 궁극적 지배 또는 자유의 가장 지고한 형식이라고 할 수 있는가. 그러므로 자살은 존엄한 죽음의 상징이 될 수 있을 것인가.

(우리는 가끔 자살을 생각한다. 우리가 종종 마음에 품었던 자살의 충동이란 게 사실은 삶을 더욱 충만하게, 더욱 잘 살고 싶다는 필사적인 희망이 아니고 무엇이겠는가. 또 복수심 때문에 화가 나서 자살을 하는 경우가 있다. 그런 자살은 자신의 분노와 복수심을 보여주는 하나의 방식이다. 누군가에게 죄책감을 느끼게 하려고 그러나 그 자살은 어리석은 짓이다. 누군가는 죄

책감은커녕 내심 얼마나 고소해할 것인가.)

자살은 타살과 마찬가지로 인간의 죽음과 깊은 관계가 있다. 이에 관한 그들의 성찰을 살펴보자.

고대 그리스의 비극작가인 소포클레스는 말했다. '이 세상에서 태어나지 않는 것이야말로 최선이다. 만약 태어났다면 하루라도 빨리 원래의 장소로 돌아갈 수 있기를 바라는 것이 좋다.'

로마의 작가 리바니오스는 자살에 대해 노골적으로 권유했다. '더 이상 생을 지속하고 싶지 않은 자는 원로원에 사유를 고지하고 허가를 받은 후 생을 저버릴 수 있다. 자신의 존재가 저주스러운 자여, 운명과 술, 독이 당신을 압도한다면, 죽음을 택하라. 비탄에 빠진 자여, 생을 포기하라. 불행한 자는 그의 불운을 털어놓아도 재판관은 구제책을 내놓지 못할 것이니 그의 비참한 삶은 종말을 맞이하리라.'

개인의 지고한 가치를 인정하고 인간의 자유의지는 스스로 생사를 결정할 수 있다고 본 스토아학파, 삶이 참을 수 없을 만큼 지겨워지면 조용히 자살하는 것이 차라리 낫다고 한 에피쿠로스학파, 기타 키레네학파, 키니코스학파는 자기 살해에 동의하였다. 그리고 스토아학파의 강한 영향력 아래 있던 고대 로마 사회는 개인의 반사회적 행동을 엄격하게 금기시하면서도 개인의 자유표현을 찬양했기 때문에 자살에 아주 호의적이었다.

반면에 피타고라스학파는 영혼은 원죄의 결과 육신에 갇혔기 때문에 끝까지 살아서 속죄를 하여야만 한다고 주장하며 자살에

이의를 제기하였고, 플라톤 역시 그걸 부정하였다. 그가 말했다. '사람은 자신이 갇힌 감옥의 문을 열고 달아날 권리가 없는 죄수다. 그는 신이 부를 때까지 스스로 목숨을 끊지 말고 기다려야 한다.' 또, 아리스토텔레스도 자살에 대해 부정적으로 말했다. '어려움으로부터 도피하는 것은 아주 비겁한 짓이다. 자살이 죽음을 무릅쓰는 것은 사실이지만 어려움으로부터 도피하는 것일 뿐이다.' 의사인 히포크라테스는 말했다. '의사는 환자가 요청하더라도 치사 약물을 처방하지 말아야 할 것이며 그러한 약물을 권해서도 안 된다.' 하지만 그리스나 로마의 의사들은 이에 개의치 않았으니 자살과 안락사가 그 시절 널리 유행하였다.

자살이나 안락사는 4세기경에서야 기독교 시대가 도래하면서 신성 모독으로 간주되었다. 신약이건 구약이건 어디에도 자살을 금지하는 규정은 없다. 로마법도 자살을 단죄하지 않았다. 그런데 성 아우구스티누스의 『신국론』은 '살인하지 말라'는 제5 계명은 신성불가침한 것으로 자기 살해에도 적용된다고 규정하고 절대적 자살 금지를 엄격한 교리로 만들어 기독교 사상의 근본 구조 속에 통합시켰다. 그 후 1,000여 년이 지난 중세 중기 스콜라 학자들도 자살은 극악무도한 살인 행위로 간주하였다. 그러므로 자살은 가톨릭이나 루터교, 영국 국교, 칼뱅교, 동방 정교회 모두에게 악마의 소행에 다름 아니었고, 그들은 심각한 종교적 갈등의 와중에도 그 점에서는 완전히 의견 일치를 보았다.

자살은 동성애와 근친상간과 함께 인류의 가장 오래 지속된 금기 사항이었다. 그랬으니 자살 탄압법 또는 자살 처벌법은 그토록 오랫동안 생명을 유지하고 프랑스 대혁명 이후 20세기에 이르러서야 폐지되었다. 비로소 인간은 자기 자신에 대한 재량권이라는 기본권을, 자신의 생명에 대한 자기 결정권이라는 기본권을 회복한 것이다. 그러나 오늘날 문명국가에서도 여전히 자살 교사 또는 방조는 형법으로 처벌받는다. (우리 형법 제252조 제2항)

자살을 죄악시하는 이 오랜 전통은 중세를 거쳐 현대까지 끊임없이 이어지고 있다. 현대 사회는 여전히 자살을 혐오스럽고 무서운 행동으로 여기고 있다. 자살은 비도덕적인 행동인 것이다. 다시 말해서 자살은 도덕적으로 절대 용납할 수 없는 행동으로 간주되는 것이다.

단테는 자살을 인간에 대한 폭력으로, 스스로의 몸을 해치는, 자신의 육신에게 포악을 저지르는 폭력으로 보았다. 그것은 옳지 못한 행동이었다. 그래서 자살한 영혼들은 지옥 중에서도 푸른 잎이 아니라 불길 같은 색깔의 잎이 매달려 있고 가지들은 구부러져 온통 매듭투성이이며 열매는 맺지 않고 독성이 있는 가시들만 박혀 있는 나무들이 우거져 있는 숲속에서 이상한 몰골을 하고 나뭇가지들에 매달린 채 괴상한 통곡 소리만 지르고 있다. 이 영혼들은 최후의 심판이 오더라도 그 나무들은 자살자의 육신으로 싹이 돋았기 때문에 육신을 다시 취하지 못하므로 그곳에 그대로 남아있어야 하는 저주스러운 망령들이었다.

역시 우토푸스의 유토피아에서는 안락사는 명예로운 죽음으로 여겨졌지만 자살한 사람은 화장도 매장도 할 수 없었고, 그들의 시신은 아무런 예식 절차 없이 강물에 그대로 던져 고기밥이 되게 하였다.

안락사의 경우에도 그렇다. 과연 안락사는 자비로운 행위인가? 우리가 사랑하는 사람을 안락사시킨다면 그 행위는 그의 고통을 줄여주기 위한 것일까? 아니면 당신의 고통을 덜기 위한 것인가? 안락사는 불치병을 앓는 이에게 자살을 방조한 행위가 아닌가. 또는 촉탁이나 승낙에 의한 살인행위가 아닐까. 우리 형법 제252조는 이러한 행위를 처벌한다. (의사는 당초 약속했던 대로 그에게 고통을 종결시켜 줄 고농도 모르핀을 가져다주었다. 그토록 강력한 의지를 가진, 그러나 운명은 결코 극복될 수 없다고 믿은 염세주의자, '성욕에 관한 세 편의 에세이'를 쓰고 삶의 충동과 죽음의 충동이라는 개념을 제시한 인간, 종교란 결국 강박관념에 의한 신경증의 결과물이라고 단정하고 무신론을 공공연하게 주장하고, 죽음의 순간을 맞이할 때에도 자신은 태연하게 죽음을 받아들일 것이라고 자신한, 정신분석학의 창시자인 프로이트는 암이 악화되었을 때 안락사를 선택했다.)

그래서 반대론자들은 그 누구도, 그 무슨 이유에서도 무고한 사람, 배아 또는 태아, 노인, 치유 불가능한 환자, 이미 죽어가는 환자의 주검을 용인해서는 안 된다고 한다. 이러한 행위는 신과 인간의 존엄성을 훼손하고, 생명 존중에 반하고, 인류에 대한 테러 행위이기 때문이라고 주장한다.

암흑의 세기인 중세 1,000여 년 동안 교회법과 세속법은 자살에 대해, 인간의 생명은 신에게 속하므로 인간이 자유롭게 처분할 수 없다는 신법과 생존본능이라는 인간의 본성을 파괴해서는 안 된다는 자연법을 거역한 중대한 범죄로 간주하고, 자살자의 그리스도식 장례를 금했을 뿐만 아니라 사탄의 순교자들은 지옥에 떨어져 영벌을 받는다고 선언하고 또한 실제 끔찍한 시체모독형과 재산몰수형을 선고받았다.

그런데 누구인들 인생의 어느 고비에서 그것을 한 번쯤 심각하게 생각해 보지 않을 수 있을 것인가. 너무나 오랫동안, 무려 400년 동안이나 인류가 기회가 있을 때마다 우려먹었기 때문에 너무 진부하지만, 햄릿은 '*사느냐 죽느냐, 그것이 문제로다.* (*혹은 있음이냐 없음이냐, 존재하느냐 마느냐, 삶이냐 죽음이냐, 살아 부지할 것인가 죽어 없어질 것인가, 과연 인생이란 살 가치가 있느냐 없느냐, 그것이 문제로다.*)' 라는 인간 실존의 근원적 물음을 던지지 않았던가.

우리는 그들의 자살 혹은 미묘한 죽음을 역사적으로 성찰해 보아야 하리라.

스토아학파의 창시자였던 제논, 유물론자 에피쿠로스, 디오게네스의 철학적 자살. 자살을 극력 반대했던 피타고라스학파의 피타고라스가 삶에 염증을 느끼고 단행한 단식 자살. 엠페도클레스는 불을 찬양했고 스스로 신으로 자처하였으니 에트나 화산의 불구덩이 속으로 몸을 던져서 영원히 신으로 남으려 했다. 마지막 영혼의 정화.

논란의 여지가 있기는 하나 (자살인지 아닌지) 재판 과정에서 의식적으로 도발하고 제자들의 권유에도 불구하고 도주를 거부하며 독배를 마신 소크라테스의 죽음.

독배를 마시고 나자 그의 다리에서 죽음의 장미가 파랗게 피어났다.

테르모필레에서 스파르타 전사들의 죽음.

공화국에 대한 절망, 자유의 상실에 상심한 위대한 시민 카토의 자살. 카시우스 브루투스의 자살. 안토니우스와 클레오파트라의 자살. 종교는 미신과 미망의 원천이라고 한 고독한 시인, 철학자 루크레티우스의 자살. 카토의 자살을 지상에서 가장 아름다운 것으로 의지적 죽음이라고 찬양했던 스토아학파 철학자, 세네카의 강요된 자살. 스스로 위대한 시인으로 자처했던, 그래서 '*아아, 위대한 예술가가 이렇게 사라지는구나!*'라고 외치고 자살했던 네로 황제.

단테가 지옥에서 만났을 때 그가 이 세상 끝에 있는 바다에서 죽었다고 고백한 오디세우스의 죽음.

삼손의 자기 살해. 사울 왕의 자결. 아비멜렉의 자살.

예수는 종말론적 예언자이었기에 유월절 행사를 위해 예루살렘에 들어가면서 이미 자신의 운명을 알고 있었으니, "*나는 내 양들을 위해서 목숨을 바치리라. 그러므로 누가 나에게서 목숨을 빼앗아 가는 것이 아니다. 내가 스스로 바치는 것이다.*"라고 말했다. (그래서 오리게네스는 "*우리가 두려워하지 않고 말을 한다면 예수께서 거룩하게 자살하였다고 해야 할 것이다.*" 라고 하였다.)

(예수를 죽인 악마라고 보는 신실한 기독교도들이 지어낸 것으로 보이는, 출처가 미심쩍은) 빌라도의 자살. 마테오가 스스로 무화과나무에 목을 맸다고 기록한 저주받을 자의 원형 가롯 유다의 자살. 악의 표상이었던 폭군 헤롯왕의 자살. 그리고 이후 헤아릴 수 없을 만큼 수많은 순교자들.

서기 67년 로마 장군 베스파시아누스의 갈릴리 점령과 유대인의 집단 자살, 그때 요세푸스의 자살 거부. 서기 73년의 유대인의 마사다 항전과 집단 자살, 그 당시 유대인들의 우두머리였던 엘레아잘의 죽음. 십자군 원정시기인 1065년과 1069년에 일어난 유대인의 집단 자살. 12세기 영국에서, 그 후 1320년과 1321년의 집단 자살. 제2차 세계대전 중 아우슈비츠에서 집단 죽음.

로미오와 줄리엣이라는 연인들의 자살. (매우 우유부단하며, 그 당시 자살금지 법칙에 얽매여 결코 자살할 수 없었던 중세적 인물인) 햄릿이 느꼈던 자살의 유혹. 비극적 인물들인 맥베스와 오셀로의 자살. 질풍노도 시대, 낭만주의 시대 젊은 베르테르의 자살. 달리는 기차에 몸을 던진 톨스토이의 안나 카레니나. 쿠오 바디스의 페트로니우스와 그의 연인 에우니케의 자살. 합리주의자이고 이성주의자이고 자신의 철학을 완성시키는 최종 단계로 자살을 선택한 페르난두 페소아의 테이브 남작.

그가 19세 때 앞으로 10년만 더 살 것이라고 스스로에게 다짐하고 나서 29세 때 자신의 약속을 충실하게 지키기 위해 정해

진 날 권총으로 자살을 한 프랑스의 무명 허무주의자 시인이었던 자크 미코

마지막 순간까지 기다려보자. 그는 삶을 사랑했으므로 정말로 죽고 싶지 않았다. 그 순간 햇빛이 찬란했다. 산다는 것은 좋은 일이었다. 인간들은, 그들은 대체 뭘 원하는 걸까? 그러나 버지니아 울프의 셉티머스 워렌 스미스는 1925년 5월 그 찬란한 계절에 창문을 뛰어내렸다.

현대 세계에서 빈센트 반 고흐, 프리드리히 니체, 기 드 모파상, 제라르 드 네르발, 슈테판 츠바이크의 자살. 자신이 남들에게 무익하고, 자신에게도 위험하기 때문에 자살을 기도했던 보들레르 ('*나는 정말로 다시 미쳐가는 것이지요⋯⋯: 다시는 그 끔찍한 시련을 이겨내지 못할 거예요⋯⋯: 환청이 들리기 시작해서 집중할 수 없지요 그래서 나는 지금 최선이라고 생각되는 길을 선택하려고 해요 당신은 제게 다시 얻을 수 없는 가장 큰 행복을 가져다주었지요⋯⋯: 나는 당신의 삶을 더 이상 망칠 수 없어요* 라는 마지막 편지를 남기고) 암울한 시기였던 제2차 세계대전 기간 중에 외투 주머니에 돌멩이를 가득 집어넣고 우즈 강에 들어가 자살한 버지니아 울프 나치에 쫓겨 스페인으로 향하던 중 피레네 산맥에서 스스로 목숨을 끊은 발터 벤야민. 1950년 그의 문학의 절정기에 자살한 세자르 파베세. 1951년 7월 채 서른이 안 된 나이에 홀로코스트의 악몽을 극복하지 못하고, 또 공산주의 체제에 대한 환멸 때문에 갑작스레 가스 자살

한 타레우쉬 보로프스키. 현대 컴퓨터의 아버지라고 불렸던 천재 수학자 앨런 튜링. 그는 1953년 자신이 남자친구를 사랑하는 동성애자임을 고백하고 '중대 외설행위'라는 죄목으로 징역 2년형을 선고받았다. 그러나 그는 징역형 대신 화학적 거세를 선택했으나 그 고통을 이겨내지 못하고 일 년 뒤 청산가리가 묻은 사과를 한 조각 베어 먹고 자살하였다. 그 시대의 한계와 폭력성이란. 2009년 그 당시 영국 총리는 튜링의 재판에 대해 사과문을 발표하였고 2013년 여왕은 특별 사면을 선포하였으나, 멀쩡한 인간을 살해해놓고 뒤늦게 이게 무슨 짓이람. 러시아의 세르게이 예세닌, 미국 여류 시인 실비아 플레스의 자살. 아나바시스의 시인 파울 첼란의 자살. 마릴린 먼로, 헤밍웨이, 진 세버그, 로맹 가리 (또는 에밀 아자르)의 자살. 아우슈비츠 수용소에서 살아남았지만, 그러나 살아남았다는 그 사실만으로 평생 수치심과 죄책감을 안고 살아가다가 40년이 지나서 결국 토리노의 아파트 건물 4층에서 투신하여 자살한 이탈리아의 유대계 작가 프리모 레비. 그는 자살이란 우리 모두가 지닌 일종의 권리라고 하였다.

인간의 존엄성을 지키기 위해 자살이 널리 용인되고 죽음의 미학으로까지 승화되었던 일본에서, 자신의 생존 자체를 부담스러워했던가, '어떻게 살 것인가'라는 명제와 함께 '어떻게 죽을 것인가'라는 명제에 집착하여 자살로 생을 마감한 일군의 일본 작가들, 기타무라 도코쿠, 가와카미 비잔, 아리시마 다케오, 아쿠타가와 류노스케, 마키노 신이치, 다자이 오사무, 다나카 히데

미쓰, 하라 다미키, 구사카 요코, 미시마 유키오, 가와바타 야스나리, 에토 준. '인간 실격'의 작가 다자이 오사무는 다섯 번 자살을 시도하여 마침내 정부와 함께 동반 자살에 성공하였으니.

12월 18일 독일 군함 그라프 슈페호가 몬테비데오를 떠나 죽음의 바다로 출항한 사건과 그 선장 한스 랑스도르프의 죽음. 10월 14일 나치 영웅 롬멜의 자살. (1945년 4월 30일의 총소리와 함께) 히틀러와 에바 브라운의 자살. 5월 1일 여섯 아이와 함께 요제프 괴벨스 부부의 자살 (그러나 여섯 아이에 대한 마그디 괴벨스의 행위는 살인이었으니 12살 미만의 어린아이들이 죽음의 의미를 알 수 있었고, 무슨 의지의 힘이 작용했으며, 무슨 의사 결정을 할 수 있었겠는가). 1945년 2월에서 5월 사이 지속된 베를린의 자살 전염병.

독일의 적군파 혁명가 울리케 마인호프의 감옥에서 자살.

가미카제 특공대. 체첸에서, 중동에서 자폭 테러.

'나보기가 역겨워 가실 때에는 말없이 고이 보내 드리오리다.' (일제 암울한 시절에 천재 시인 이상은 27세 때 유명을 달리했고 윤동주 시인은 28세 때 세상을 떠났지만) 진달래꽃의 시인 김소월은 32세 때 아편을 마시고 음독자살했다. 그리고 우리는 1990년대의 봄을 생생히 기억해야 한다. 5월 정국의 수많은 분신과 투신을, (최근 조작된 것으로 판명된) 강기훈의 유서 대필 사건을. 또한 그 이전 전태일의 분신자살을, 그 이후 노무현의 자살을.

그런데 수천억 원을 갈취해서 염치도 없이 떵떵거리고 사는 파렴치한 전직 대통령들보다는 훨씬 양심적이고 그 이상의 의미를 가졌던 그의 죽음을 우리는 가슴 깊이 기억해야 할 것이다.

그러나 헤밍웨이는 말했다. '세상을 떠난 사람들이 항상 더 사랑을 받는다. 왜냐하면 서로 인정사정 봐주지 않고, 길게 지루하게 싸우는 모습을 아무한테도 보여주지 않아도 되기 때문이다. 죽은 사람들, 갖가지 사유로 일찌감치 삶을 포기한 사람들은 공감을 얻을 수 있고 인간적이라는 이유로 사람들이 더 선호한다.'

그리고 공권력의 폭력에 희생당한 것인지, 자살인지, 알 수 없는 억울한 죽음의 의문사 희생자들, 생활고에 못이긴 수많은 필부, 필부들의 자살을. 그 암울한 시대의 한계와 폭력성이란.

그러나, 데카르트는 '어떤 여행자도 돌아오지 못하는 수수께끼의 고장에 가는 게 마땅한 일인가.' 또한 '······나는 우리가 진정으로 죽음을 두려워해서는 안 되지만 죽음을 추구해서도 안 된다.'고 하였고, 몽테뉴는 약간 애매한 입장에서 망설였지만 파스칼은 그러한 태도에 경악하며 이교도적인 생각은 용납될 수 없다고 하였으며, 디드로는 '백과전서'에서 자살에 대해 적대적으로 설명했고, 몽테스키외는 자살을 옹호하지는 않았지만 자살에 대한 법적 탄압만은 신랄하게 비판하였다. 볼테르는 '자살은 상냥한 사람들이 할 짓이 아니다'라고 했고, 칼 야스퍼스는 '자살은 생을 위반하는 적대적 행위'라고 했으며, 장 폴 사르트르는 자살은 자유의 포기로 보았으며, 알베르 카뮈는 '난 죽고 싶지 않아요.'라고 했다.

그랬으니 그들과 거의 모든 염세주의 철학자들과 자살을 미화하고 찬미한 작가들, 시인들, 신비주의자들, 냉소주의자들, 극단주의자들, 세속주의자들, 햄릿과 파우스트, 스탈린과 모택동을 열렬히 숭배했던 파리 센 강 좌안의 지식인들은 결코 자살하지 않았다.

'배반의 장미'에서 박△△은 산악반 반장으로 명예를 중시했기 때문에 고대 로마인들의 명예로운 자살처럼 손쉽게 강물에 투신하거나 목을 매지 않고 칼로 그어 자살했고 (이 사실은 그의 절친한 친구였던 김규현이 잘 알고 있다.), '사랑'에서 비체는 역시 자살을 하려고 했지만 육체와 정신이 망가질 대로 망가진 그는 용기가 부족했기 때문에 자력으로 죽지 못하고 (성명불상의) 그가 자살 교사나 방조죄, 또는 촉탁이나 승낙 살인죄의 처벌을 각오하고 그 죽음을 도와주었다. (그런데 성명불상자는 그때 스스로에게 증오의 감정을 가지고 있었던 것일까. 그는 그 순간에 비체와 자신을 완전히 동일시하였고, 그를 죽게 함으로써 그 자신을 처벌하길 원했던 것인가.) 그러나 비체는 알고 있었다. 삶의 전부를 잃었을 때, 희망이 더는 없을 때, 삶은 무의미하고 죽음은 의무가 된다는 것을.

'소록도 이야기'에서 문둥이였던 그녀 (김△△)는 일망무제 바다가 펼쳐져 있는 섬 뒤쪽 해안가 절벽 위로 올라갔다. 발밑으로 검푸른 바다가 죽음의 제단처럼 누워있다. 그녀는 말없이 뛰어내렸고 그리고 바닷속으로 미끄러져 들어갔다. 억센 해초들이 하늘하늘 춤을 추며 그녀의 팔과 다리를 어루만졌고 그녀는 밀려드는 파도를 뚫고 바다 밑까지 내려갔다.

　…… 암흑 속에서 영원히 잠을 자며 누워있고

　…… 다시는 돌아오지 못하는 머너먼 여행

'시인의 죽음'에서 시인은 말했다. *시는 충분히 숙성되어야 하는 법이요 시인은 인내심이 필요하지요 한 줄의 시를 위해서는 끈기 있게 기다려야 하지요 시인은 시를 창조하는 것이 아니지요 시는 저 먼 뒤쪽 어딘가에 있는 것이지요 그것은 오랫동안 거기에 숨어 있지요 시인은 오로지 그것을 찾아내는 것일 뿐입니다. 지금 이 지경에 무슨 수로 시를 쓸 수 있단 말이요 그건 도대체 불가능한 일이요 아무리 해도 갑작스럽게 너절한 시를 쓸 수 없는 일이지요*

시인은 장군을 칭송하는 시를 쓰는 대신 죽음을 택했다.

'인간의 초상'에서 김재수 병장은 동성애자였고, 그는 스스로 그걸 중대한 정신병으로 간주하였으며, 그 정신병을 치료하기 위해 인육을 먹어야 했으니 끝내 자살을 선택했고, 진정한 휴머니스트로 결코 인간을 향해 총을 쏠 수 없었으나 자신을 향해 총을 쏠 수는 있었던, 그러나 사랑을 위해 탈영했던 김정현 병장은 영원히 행방불명되었다.

그리고 '사하라'에서 김규현의 죽음을 어떻게 보아야만 할까? 진실은 무엇인가? 건축 설계사로서 그의 강박관념? 그의 꿈은 실현 가능성이 있었던가? 그는 좌절하여 스스로 죽음을 선택했던 것인가? 다만 그는 마지막 죽는 순간 마침내 자신의 신을 찾았던 것이 아닐까?

그들은 '나는, 나를 파괴할 권리가 있다.'고 말하는 것 같다. 그러나 자살은 불가사의하다. 죽음은 신성한 것일까? 이보게 신성한 건 삶이야. 내가 지금 더 이상 무엇을 덧붙이겠는가. 배반의 장미에서 이미 '배반'이라고 하지 않았던가.

영혼의 불멸성

물질주의자 (또는 물리주의자)는 육체만 인정한다. 그러나 이 원론자는 육체의 존재는 물론이고 영혼의 존재도 인정한다. 그들은 영혼이란 단지 몸의 배출물이거나 몸의 분비물 정도로 생각하지 않는다. 물론 물질주의자는 영혼의 존재를 인정할 만한 타당한 근거가 없다고 주장한다. 그래서 현대의 심리학과 정신의학, 생물물리학은 인간의 내면세계를 가리켜 생각, 마음, 의식, 정신이라고 한다. 그들은 영혼이란 과학적으로 증명이 불가능해서 개인적이고 주관적이라고 주장하며 영혼이라는 용어의 사용을 적극 기피한다.

현대의 뇌신경학이 인간의 뇌 속에는 1,000억 개의 신경세포(뉴런)가 들어있고 이를 연결하는 네트워크의 회선 수만 150조 개를 넘을 것이라는 사실을 발견하였는데, 1,000억 개의 뉴런 개수는 우리 은하계의 별의 숫자와 일치한다. 결국 인간의 뇌는 소우주에 다름 아닌 것이다. 그러나 우주에 미만해 있는 암흑물질 중에서 대략 4% 정도만 현대 과학으로 규명이 가능하다고 하는데 어떻게 이 소우주를 과학적으로 증명할 수 있을 것인가. 영원히 불가능할 것이다.

그렇다면 그들은 영혼의 부존재를 증명하기는 한 것인가. 그들은 오로지 과학 만능에 집착하고 있는 것이다. 그런데 과학이란 측정과 증명이 가능한 것만 다룬다. 하지만 이 광활한 우주,

이 복잡한 인간 세계를 과학으로만 이해와 설명이 가능하겠는가. 과학이 전부가 아니다. 그래서 철학과 종교가 존재하는 것이다. 철학과 종교는 경험적으로 검증할 수 없는 생각과 영혼, 가치를 다루는 것이다. 그러므로 감히 누가 영혼의 존재를 부정할 수 있겠는가. 살과 뼈를 가진 인간의 육체 속에는 이 육체가 소멸된 후에도 여전히 존재하는 심령적이고 활동적인 어떤 미묘한 요소가 있는 것이다. 그것은 영원한 실체인 진아眞我이고 영혼인 것이다. 그러므로 죽음은 영혼이 육체를 벗는 것이고 탄생은 육체를 입는 것이다.

영혼은 형체도 없고 소리도 없고 만질 수도 없으며 사라지지도 않으며 냄새도 없고 맛도 없으며 시작도 없고 끝도 없다.

……*영혼은 위대한 광명의 본체와 떨어질 수 없으며 태어나지도 죽지도 않는 불변하고 무한한 빛이다.* (티베트 사자의 서)

……*'영혼은 밝은 빛'이라고 우리는 말하지만 그것은 모든 언어와 상징 너머에 있네. 영혼은 원래 비어있지만 모든 것을 수용하고 포함하네.* (마하무드라의 노래)

나는 바로 나다. 내가 태초의 시작이고 끝이다. 영혼은 자아의 본질이다. 영혼은 나를 대체 불가능한 실재로 만든다. 신을 믿건 아니건 영혼이란 인간에 내재하는 불멸의 존재이다. 나는 항상 내 영혼이 나와 함께 존재하고 나와 함께 삶의 여정을 걸어가고 있음을 믿는다. (그런데 내 영혼은 언제부터 내 육체 속에 깃들었을까? 창세기에 의하면 야훼 신께서 진흙으로 사람을 빚어 만드시고 입에 입김을 불어 넣으시니 사람이 되어 숨을 쉬었다고 했다. 그렇다면 신은 먼저 육체를 만들고 이후 거기에 영혼을 불어 넣었던 것이니, 즉 먼저 육체가 있어야 영혼이 깃들 수 있다는 것이다. 그러므로 나의 경우에도 기독교적 영혼창조론이나 영혼유전설을 도외시하기로 하고 나의 영혼은 내가 성체가 된 후에, 그것도 인간으로서 이성적 사고를 할 수 있었을 때부터 내 몸에 깃들었다고 생각한다.)

그러나 나는 유일신 종교들이 말하는 천국과 지옥을 믿지 않는다. 터무니없는 소리 아닌가. 그러므로 내가 죽으면 천국이나 지옥 중 한 곳에 가야 한다고 생각하지 않는다.

내가 죽으면 육체는 무덤 속에서 썩어갈 것이지만, 그 전에, 프랑스의 물리학자이자 심리학자인 바라뒤크의 주장처럼 또는 할리우드의 영화 '사랑과 영혼'에서처럼, 죽는 순간 영혼은 몸 밖으로 빠져나와 육체에서 분리될 것이다. 그러므로 영혼은 육체에 깃들었다가 육체가 죽을 때 함께 죽는 것이 아니다. 그러나 영혼은 유령이 아니다. 그러니까 나는 단지 시적 표현으로 영혼이란 말을 사용하는 것이 아니다. 영혼은 우리가 가지고 있는 불멸의 본질이다. 로마의 시인 오비디우스는 '영혼은 영원히 변함없으며 다만 옮겨 다니는 가운데 끊임없이 변화하는 형상을 취할 따름'이라고 하였다.

그런데 내 영혼이 그때 유체이탈하면서 공중 부양하는 중에 죽어있는 내 초라한 육체를 내려다보며 무슨 생각을 할지는, 지금 어떻게 짐작이나 할 수 있겠는가. 그러나 내 영혼은 내 육신을 떠난 후 나비처럼 날개를 펄럭이며 여기저기 훨훨 날아다닐 것이다. 그리고 하늘 높이 올라갈 것이다.

그러므로 플라톤이 '파이돈'에서, 그 후 데카르트가 '성찰'에서 영혼의 존재와 그 불멸성에 대해 논리적 증명을 시도했으나 만족스럽지 못하다고 해서, 그래서 영혼의 존재를 확실하게 증명할 수 없다고 해서 영혼이 존재하지 않는 것은 아니다. 영혼은 물질적인 존재가 아니기 때문에 외적 감각으로 인식할 수 없지만 내적 감각, 즉 마음의 눈으로 얼마든지 확인할 수 있는 것이다. 일원론적 견해는 일종의 인과관계와 결정론에 근거하고 있지만, 이 세상만사가 결정론에 의해서 해결될 수 있는 것은 아니다. 그건 독자적인 이론에 불과한 것이다. 데카르트는 육체와 정신 곧 육체와 영혼은 이론적인 차원에서 서로 다른 존재라고 주장하면서 영혼은 육체와는 다른 것으로 육체를 초월한 존재로 보았다. 유토피아에서도 모두가 받아들이는 두 가지 엄숙한 신조가 있었으니, 인간의 영혼은 육신처럼 소멸하지 않는다는 것과 이 우주는 목적 없이 표류하는 피조물이 아니라 이를 다스리는 섭리가 있다는 것이다.

그런데 영혼이 존재하지 않는다면 당연히 영혼의 불멸성은 논할 필요도 없을 것이다. 그러나 영혼이 존재한다고 믿는다면 당연히 영혼의 불멸성 여부가 문제가 되겠지만 (그래서 에피쿠로스는 영혼의 존재는 인정했지만 자연의 다른 모든 존재들처럼 소멸하는 존재, 즉 일시적으로만 존재한다고 하였다.), 그런데 영혼이 필멸한다면 영혼의 존재가 왜 필요하겠는가. 영혼은 반드시 불멸의 존재인 것이다. 그러므로 육체적 죽음 후에도 살아남아 영혼이 불멸의 존재로 남아 있는 것이다. 그러나 독자들이여, 그 입증을 요구하지는 말라. 그건 참으로 어리석은 짓이다. 그렇게 궁금하거든 스스로 자신에게 물어보길. 영혼은 그것을 믿는 사람이 아니라면 결코 입증할 수 없기 때문이다.

모든 종교(배화교, 힌두교, 불교, 자니교, 유대교, 그리스도교, 마호메트교 등은 물론이고 심지어 그게 종교인지 의심받고 있는 유교, 아프리카 원시 부족의 애니미즘 신앙까지 모두)는 영혼의 존재와 그 불멸성을 신앙의 기초로 삼고 있다. 그러면 세계의 종교 인구를 고려해보라. 영혼불멸설은 틀림없이 세계적으로 다수설이라고 할 수 있다.

그리스의 오르페우스파와 피타고라스학파는 영혼의 불멸을 믿었고 영혼윤회설을 주장했다. 이 영혼불멸설은 그 후 소크라테스를 거쳐 플라톤으로 계승되었고 플라톤의 관념론과 신비주의는 기독교의 탄생과 더불어 하늘로의 도피를 주장하는 그 교리 속으로 깊이 스며들었다. 파스칼은 말했다. "기독교를 준비하기 위한 플라톤."

그러나 기독교는 윤회설을 부정한다. 제2차 콘스탄티노플 종교회의는 선언하였다. "영혼이 전생에도 존재한다는 미신적인 교리나 영혼이 환생한다는 이상야릇한 의견을 지지하는 자는 누구든지 파문당할 것이다." 하지만 유대교 금욕주의 에세네파와 바울이 이끌었던 정통 기독교가 이단으로 몰아붙였던 초기 기독교의 그노시스파는 틀림없이 윤회론자들이었고, 그들은 예수 그리스도도 윤회 철학을 받아들였다고 주장하였다.

그런데 영혼이 윤회한다면 사람들이 이전의 삶을 기억하지 못하는 까닭은 무엇일까? 플라톤이 말했다. "인간이 죽으면 지하 세계의 왕국인 하데스로 가서 심판을 받고 윤회하는데, 그전에 망각의 강인 레테 강을 건너면서 망각의 물을 마시기 때문에 기억을 잃는다."

그러나 나는 깨달음이 부족해서인지 영혼불멸설을 확고하게 믿고 있기는 하지만 환생의 개념이나 원리에 대해서는 잘 이해하지는 못한다. 그건 영혼 또는 영혼의 불멸성과는 직접적인 연관성이 없기는 하다. 다만 북방 불교의 심원한 원리는, 만일 우리가 삶과 죽음에 대한 올바른 이해를 갖고 있다면 우리는 이 무한한 우주의 모든 구석을 지배하는 '완전한 법칙'이 존재함을 깨달을 수 있다고 주장한다. 이 완전한 법칙을 켈트 족의 드루이드 사제들은 '존재의 순환'이라고 불렀고, 또 다른 윤회론자들은 '필연적인 순환'이나 '생과 사의 원'이라고 하였다.

그러나 내가 선택의 순간을 맞는다면 그때 윤회를 운명으로 받아들일지 아니면 영면을 선택할 수 있을지는 지금으로선 알 수가 없다. 그런데 카르마란 결국 인과응보의 법칙 아니겠는가. 나는 이승에서 좋은 업을 쌓아서 지렁이, 벌레 같은 하등 동물로 환생하기를 바라지는 않는다. 어느 어머니의 자궁 속으로 들어가서 장차 건축가가 될 남자 아이로 태어나길 바랄 뿐이다. 정녕 그럴 수만 있다면 말이다. (나는 건축설계사가 되지 못하는 것을 평생의 한으로 여기고 있으니까.)

분별력이 없는 사람, 마음이 불안정하고 가슴이 순결하지 못한 사람은 결코 목적지에 이르지 못하고 다시 또다시 생과 사의 수레바퀴인 이 끝없는 고통의 세계에 태어날 것이다. 그러나 분별력을 가진 사람, 마음이 안정되고 가슴이 순결한 사람은 목적지에 도달할 것이며 다시 태어남이 없는 세계에 도달할 것이다.
— 카타 우파니샤드

그런데 소크라테스는 죽음이 찾아와 마음과 몸이 분리될 때 순수해진 영혼은 육체적 욕망의 속박에서 벗어나 천국을 향해 자유롭게 날아갈 것이라고 확신했을까. 그래서 소크라테스는 기원전 399년 독약과 불의가 마지막 숨결을 앗아갈 때 의연할 수 있었을까. 그는 자진해서 죽었던 것일까. 자신의 고결한 영혼이 불멸하다는 사실에서 얼마나 큰 위안을 받았겠는가. 소크라테스는 제자들이 지켜보는 가운데 놀라운 평정심으로 독약을 마시고 태연하게 죽음을 맞이하였다. 이는 인류 역사상 위대한 죽음의 장면 중 하나다.

몽테스키외는 말했다. "나는 불멸을 구한다. 그 불멸은 내 안에 있다. 내 영혼아, 드넓어지라. 광대한 영역으로 뛰어들어라. 위대한 존재로 돌아가라."

김규현의 영혼은 지금도 광대한 사하라에서 떠돌고 있다.

죽음과 운명

기원전 44년 3월 15일. 음모자들은 재빨리 행동하기로 모의하였다. 그날 카스카가 단검을 꺼내 제일 먼저 카이사르를 찔렀다. 하지만 긴장한 때문인지 카이사르의 목 또는 어깨를 스치는 데 그쳤다. 그러자 다른 암살자들이 달려들어 카이사르를 무참히 찔렀다. 그들은 광란 상태에서 마구 칼을 휘두르고 찔러댔기 때문에 암살자가 혼란한 와중에서 다른 암살자의 팔을 찌르기도 했다. 독재관의 몸에는 칼에 찔려 스물세 군데의 상처가 났다.

카이사르는 그가 사랑했던 정부 세르빌리아의 아들이자 그의 양아들이었던 마르쿠스 브루투스를 보자 절망한 나머지 마지막 저항을 포기하고 말했다. "브루투스, 너마저(et tu Brute)" 그리고 독재관은 토가로 머리를 감싸고 쓰러졌다.

그러므로 카이사르의 아내 칼푸르니아가 꾼 악몽, 3월 15일을 조심하라는 점쟁이 푸리나의 예언, 그날 새벽에 로마를 덮친 폭풍우, 수많은 새떼의 비상과 같은 전조도 그의 죽음을 막을 수는 없었다. 그의 죽음은 운명에 의해 예정되어 있었기 때문이다.

셰익스피어는 브루투스가 면피용으로 "카이사르에 대한 나의 사랑이 부족해서가 아니라 내가 로마를 한층 더 사랑했기 때문이다."라고 변명했으리라고 추측했다.

서기 30년 4월 5일 (수요일) 밤. 가롯 유다는 바리세파 제사장들을 만나자 곧바로 말했다. "내가 그를 넘겨주면 얼마를?" 대제사장이 대답했다. "은화 30개." 유다와 대제사장 가야바는 거래를 성사시켰고 유다는 즉시 예수를 넘길 장소를 알려주겠다고 약속했다. 그리고 예수와 제자들이 기다리고 있는 베다니로 돌아갔다. 4월 7일 (목요일) 예수는 제자들을 데리고 예루살렘으로 향했고 그곳에서 제자들에게 작별 인사를 하기 위해 그날 밤 최후의 만찬을 마련했다.

한창 만찬이 진행되던 중에 예수가 말했다. *"나는 분명히 말할 수 있다. 너희들 가운데 한 사람이 나를 배반할 것이다."* 예수는 만찬이 끝나고 밤이 깊어지자 다시 제자들을 이끌고 키드론 계곡 건너편 올리브 산 아래 겟세마네 동산으로 갔다. 밤이 더욱 깊어졌다. 굳어버린 고체처럼 짙은 어둠이 온 사방을 가득 채우고 있다. 그때 배신자 유다가 성전 경비대를 이끌고 그 동산으로 올라왔다. 그들은 횃불과 등불을 흔들어서 어둠을 헤치고 올라왔고 곤봉과 칼로 무장하고 있었다.

유다가 냉담하게 말했다. *"나사렛 예수는 안녕하신가?"* 그리고 예수의 볼에 입을 맞추었다. 그것은 일종의 (역사상 가장 극적인) 신호였다. 내가 입을 맞추는 자가 예수이니 그를 체포하라고 경비대원들과 사전 약속이 되어있던 것이다.

4월 7일 (금요일) 예수는 해골 (라틴어로 칼바리아 또는 갈보리, 아람어로 굴갈타, 그리스어로 골고다, 세 단어 모두 해골 또는 두개골이라는 의미를 갖고 있다.) 언덕에서, 2천년 동안이나 인류에게 회자되었으니 우리 모두가 너무나 잘 알고 있는 바와 같이, 바라바(또는 바라빠)라는 이름의 살인범과 그 공범과 함께 십자가형에 처해졌던 것이다.

이건 아르헨티나 맹인 작가인 호르헤 루이스 보르헤스로부터 들은 이야기이다. 19세기의 시간이 지난 후, 부에노스아이레스

지방의 남부에서, 한 늙은 가우초 (목동)가 다른 가우초 일당에 의해 공격을 받게 되고 그는 쓰러지면서 그 암살자들 중에서 자신의 양아들을 발견한다. 그는 은근한 경외심과 아련한 놀라움 속에서 그에게 말한다. *"그렇지만 이 녀석아!"*

샤를 드 푸코는 시토회 중에서도 엄격한 계율과 청빈, 영원한 침묵을 유난히 강조하는 트라피스트 수도회에서 사제 서품을 받았다. 그 수도회의 수사들은 **'죽음을 기억하라 memento mori'** 라는 말로 인사를 대신한다.

그는 복음을 알지 못하는 가장 버림받은 사막 부족민들에게 기독교를 열심히 전파하여 그들을 천국으로 인도하고자 열망하였다. 그 자신은 척박한 사막에서 예수의 삶을 사는 유일한 증거자가 되고자 하였다.

1916년 12월 1일 (그날은 금요일이었다.)

그는, 그날 아침 드 봉디 부인에게 '우리들의 무화, 자기 부정은 우리를 예수님과 결합시키고 영혼에 선을 행하기 위한 가장 강력한 방법입니다.'라고 편지를 써서 보냈다. 그리고 오후 7시경 그는 침입한 투아레그족 일당에게 은둔소 바깥 자갈밭으로 강제로 끌려나갔다. 거기에서 무릎 꿇리고 등 뒤로 묶인 손은 끈으로 발목뼈에 비끄러매어졌다. 그는 그러한 상태에서 움직이지 않고 계속 기도만 하고 있었다. 암살자들은 그를 심문했으나 그는 아무 말도 하지 않았다. 어느 일순간 그를 지키고 있던 애송이가 발작적으로 그를 겨누고 방아쇠를 당겼다. 그의 몸은 조용히 기울어져 옆으로 쓰러졌다.

그 순간 그는 애송이의 애처로운 얼굴을 쳐다보면서 기도하였다. "저의 목숨을 바칩니다. 당신께서 제일 좋다고 생각하는 대로 저를 살리시거나 죽이시거나 뜻대로 하시옵소서. 당신 안에서, 당신을 위해서, 당신을 통해서, 성모 마리아, 성 요셉, 성 마리아 막달레나, 저를 구해주소서. 저의 하느님, 저의 적을 용서해주십시오 그들에게 구원을 주소서. 아멘."

그는 죽었다. 세누시스트의 투아레그인들은 그의 소지품을 빼앗고, 은둔소 둘레에 있던 개천 속에 그를 던져버렸다.

암살자들은 배신자였다. 배신자. 샤를이 신앙이 없는 사막의 무뢰한이었던 그들의 영혼을 구제하기 위해서 그 자신을 잊어버리고 역사했는데도 말이다.

오오! 신이여! 간디가 암살자로부터 세 발의 총알을 맞고 쓰러지며 중얼거렸다. 그게 신에게 살려달라고 기도하기 위해서였는지, 아니면 적을 용서해달라고 신께 비는 말이었는지는 지금까지도 수수께끼이지만 말이다.

(⋯⋯알리기에리 단테는 배신자를 가장 중죄인으로 취급하였다. 인류 최초의 배신자는 카인이었다. 그러나 단테는 배신자의 전형으로 카이사르를 배반한 브루투스와 예수를 배반한 유다를 들었다. 그래서 배신자들의 영혼은 어둠과 증오와 영원한 저주의 지하 세계인 지옥에서도 가장 낮고 깊숙한 곳인 '주데카'에서

지옥의 마왕인 루시페르에게 가장 엄중한 벌을 받아야 했다. 그런데 루시페르 역시 하나님을 배반했다가 천국에서 쫓겨난 천사들의 우두머리로 지옥의 상징이다.)

보르헤스는 말한다. 죽음은 운명이고, 운명은 반복되고, 변형되고, 병립되기도 하면서 계속 확장된다고. 늙은 가우초도, 샤를 신부도 2,000년 전의 하나의 장면이 되풀이되도록 하기 위해 자신이 죽고 있다는 것을 모른 채 죽었다.

그리고 가장 최근의 일로 대한민국이라는 나라에서도 1979년 10월 19일 밤 그 장면은 또다시 재현되었다. 그날 밤 궁정동 안가에서는 무슨 일이 일어났는가. 장군은 쓰러지면서 "재규야, 너마저(et tu Jekuya)"라고 중얼거렸을까?

(장편소설 '사하라'의 주인공인) (주)공간의 김규현 상무는 누구보다 더 많이 사막을 사랑했고, 투아레그인 이브라함은 뼛속까지 사막의 아들이었다. 그러나 2000년 여름 운명이 그들을 사막의 시커먼 구멍 속으로 끌고 갔다. 그들은 가혹한 운명에 맞서 싸웠던가 아니면 굴복해버렸던가. 김규현은 자기 살해를 하였던 것일까.

죽음의 필연성, 예측불가능성

인간은 모두 죽는다는 것은 엄연한 사실이다. 인간의 죽음은 필연적이어서 누구도 그 사실을 피할 수 없다. (에덴동산에서 인류의 조상이 지혜의 나무에 열린 선악과를 따먹고 타락하면서부터 죄악이 이 세상을 덮쳤고, 완벽했던 세계에 질병과 죽음이 생겨났다. 우리가 죽는 이유는 우리가 죄인이기 때문이다. 기독교에서는 그렇게 죽음의 필연성을 설명했다.) 그리고 인간은 언제 죽을지, 어디서 어떻게 죽을지 도무지 예측이 불가능하다. 결국 그 모든 것은 운명이 결정한다. 그래서 이것은 수학적 문제가 아니라 철학적 사색의 대상이 되고 종교의 문제가 된다.

그들은 죽음의 본질적 특성인 죽음의 불가피성, 예측불가능성, 편재성을 전제로 말했다. 그리스 정치가였던 크리티아스는 말했다. "이 세상에 태어난 이상 죽지 않을 수 없다. 그리고 살고 있는 이상 불행으로부터 벗어날 수는 없다. 사람에게 확실한 것은 아무것도 없다."

그리스 철학자 에피쿠로스는 인간의 가장 본질적인 두려움은 죽음에 대한 두려움인 것을 냉철하게 간파했다. 그래서 무지한 인간들을 설득하고 위로하고자 하였다. 그는 이렇게 말했다. "삶은 죽음의 시작이다. 삶은 죽음을 위해 존재한다. 죽음은 끝이면서 시작이고, 분리이면서 한층 견고한 자기 자신과의 결합이다. 그렇기 때문에 죽음에 의해 환원이 이루어진다." 그는 <메노이케우스에게 보내는 편지>에서 죽음에 대하여 이렇게도 말했다. "가장 두려운 악인 죽음은 우리에게 아무것도 아니다. 왜냐하면 우리가 존재하는 한 죽음은 우리와 함께 있지 않으며, 죽음이 오면 이미 우리는 존재하지 않기 때문이다. 그렇다면 죽음은 산 사람이나 죽은 사람 모두와 아무런 상관이 없다. 왜냐하면 산 사람에게 아직 죽음이 오지 않았고, 죽은 사람은 이미 존재하지 않기 때문이다." 영국의 심리학자, 비평가인 H.엘리스는 "고통과 죽음은 삶의 일부이다. 고통과 죽음을 거부하는 것은 삶 자체를 거부하는 것이다."라고 말했고, 인도의 위대한 지도자 간디는 "삶은 죽음으로부터 태어난다. 보리가 싹을 틔우기 위해 그 씨앗이 죽어야 하듯이 말이다."라고 말했으며, 독일의 시인 안젤루스는 시집 『방랑의 천사』에서 "삶을 부르는 죽음만큼 멋진 일은 없다. 따라서 죽음을 통해 탄생하는 삶처럼 고귀한 것은 없다." 라고 말했다.

또, 카뮈는 『안과 겉』에서 "인간은 삶과 죽음의 모순 사이에서 살아가야 하는 운명을 타고났다. 죽음이 있기 때문에 삶은 가치가 있다. 그러므로 삶은 귀중한 것이다. 또한 삶에 대한 절망이 없으면 삶에 대한 사랑도 없다"고 썼다.

그들은 죽음의 숙명성을 깊이깊이 이해하고 있었기에 현재의 삶에 충실하라고, '어떻게 살 것인가'라는 문제에 집중하라고 충고한다. 그러나 현실의 삶이란 얼마나 고달프고 고통스럽고 힘든 일인가. 그렇지만 삶이 그대를 속일지라도 슬퍼하거나 노하지 말라, 슬픔의 날은 참고 견디면 머지않아 기쁨의 날이 오기 때문이다 (푸슈킨).

김규현 상무가 그렇게도 좋아했던 반 고흐는 별에 가기 위해 죽음을 꿈꿨다고 말했다. "별이 반짝이는 밤하늘은 늘 나를 꿈꾸게 한다. 그럴 때 묻곤 하지. 왜 창공에서 반짝이는 저 별에게 갈 수 없는 것일까? 루앙에 가려면 기차를 타야 하는 것처럼, 별까지 가기 위해서는 죽음을 맞이해야 한다. 죽으면 기차를 탈

수 없듯, 살아 있는 동안에는 별에 갈 수 없다." 그는 별에 살아
서는 갈 수 없다고 생각했지만 그토록 꿈꾸던 별이 빛나는 밤을
그렸다.

그리고 애플의 스티브 잡스는 죽음을 앞둔 시점에서 마치 죽
음을 초월한 것처럼, 소크라테스인 것처럼 말했다. "죽음은 인생
에서 커다란 선택을 내리는 데 도움을 주는 가장 중요한 도구입
니다. 죽음 앞에서 모든 것이 덧없이 사라지고, 진정으로 중요한
것만 남기 때문입니다. 죽음은 삶이 만든 최고의 발명품입니다
(Death is very likely the single best invention of life.) 죽음은 삶
을 변화시킵니다(It is life's change agent.)." 그는 오랫동안 희귀
한 혈액암으로 생사의 기로를 헤매면서 삶과 죽음에 대하여 깊
은 성찰을 한 것이다. 그는 2011년 10월 5일 죽었다. 그가 죽는
순간 영혼의 존재와 그 불멸성을 확신하였는지는 알 수 없다.

사람들은 죽는다. 그의 쌍둥이 동생은 남쪽 바다에서 죽었고,
김규현과 그의 또 다른 동생 이브라함은 남쪽 사막에서 죽었다.
바다와 사막은 인간에게 꿈이고, 몽상이고, 신화이고, 에덴동산
이었는데 말이다.

그렇다. 그렇다면, 우리가 지금 살아 있는 이유인즉, 미래에
닥칠 죽음을 준비하기 위해서일 것이다. 우리는 열매가 무르익
으면 저절로 땅으로 떨어지듯 죽는다. 설익은 열매가 일찍 떨어
지는 경우도 있지만 말이다. 그러므로 죽음은 삶의 소중한 열매
인 것이다. 인간은 자신들이 언젠가는 죽는다는 것을 아는 유일
한 동물이다. 그러나 죽음이야말로 가장 궁극적인 이별이다. 그

런데 죽음은 인간의 삶을 바윗덩어리처럼 짓누르는 무거움일까, 아니면 조금도 무게가 나가지 않는 가벼움일까. 너무 가벼워서 무거운 것일까. 사람마다 실존의 조건이 다르니까, 어찌 알 수 있겠는가. 어쨌거나 인간이 죽음의 공포를 극복하기는 쉽지 않을 것이다. 거의 불가능한 일이 아닐까?

나 역시 죽음의 공포를 어떻게 떨쳐버릴 수 있겠는가. 나트랑 야전 병원의 퀸셋 병동에 누워서 하염없이 죽음을 기다리던 길고 긴 시간들이 있었지 않았는가. 그러나 '죽을 때까지는 살아야 한다.' 그리고 죽는 순간에는 죽음을 직시해야 할 것이다.

죽는 법을 배우는 것, 그것이야말로 가장 가치 있는 과학이며 모든 과학을 초월하는 것임을 우리는 알아야만 한다. 인간은 누구나 자신이 죽으리라는 것을 안다. 그것은 모든 인간에게 공통된 것이다. 영원히 살 사람도 없고, 또한 영원히 살기를 기대하거나 확신할 사람도 없다. 그러나 죽는 법을 배울 만큼 지혜를 가진 사람은 세상에 너무나도 적다.

－오롤로기움 사피엔티아

작가란 무엇인가

이 인터뷰 내용은 지난 해(2016년) 여름에 서울지방변호사회보에 게재되었던 것을 수정 보완하여 재정리한 것이다. 그때 지면 관계상 충분히 질문하고 대답할 수 없었던 것이다.

(문) 작가란 무엇인가요? 혹은 작가란 누구인가요?

(답) 글쎄요. 쉽게 말하자면 무슨 글을 전문적으로 쓰는 사람이 아닐까요? 일반적으로 말해서 문학이나 예술의 창작 활동을 전문으로 하는 사람을 작가라고 하고, 저작자의 준말인 저자란 책을 지은 사람, 그래서 (예술 작품이 아닌) 일반적인 책을 쓴 지은이를, 필자란 사전적으로는 글이나 글씨를 쓴 사람을 말하지만 널리 논문이나 에세이 등을 쓴 사람을 말합니다.

이건 순전히 제 견해일 뿐입니다만.

그런데 작가란 창작 활동을 전문으로 하는 사람이고 여기서 창작이란 처음으로 만들어내는 것을 의미하므로 작가란 창조적이어야 하는 것입니다.

그러므로 내가 많은 학술 논문과 판례평석, 에세이, 법학 전문서, 기타 글 등을 썼으므로 필자 또는 저자라고 할 수 있겠지만 창조적인 작가인지는 잘 모르겠습니다. 나는 지금도 여전히 작품에 대해서 여러 가지 의혹을 떨치지 못하고 있기 때문입니다.

하지만, 이 경우 그 알량한 저자와 현명한 독자의 지위를 전복시킨 롤랑 바르트의 '저자의 죽음'과 예술작품을 창조적 행위의 산물이라고 보았던 전통적 관념을 무시했던 미셸 푸코의 '저자란 무엇인가'를 참고할 필요가 있습니다.

(문) 변호사님은 작가가 혹은 예술가가 완전무결하게 창조적일 수 있다고 생각하십니까? 경우에 따라서는 모방하거나 심한 경우 표절이 있을 수 있지 않을까요? 소설에서도 말입니다.

(답) 저는 대한변협에서 발행하는 권위 있는 학술지인 『인권과 정의』에서 8년째 실질적으로 편집위원장 직책을 맡고 있습니다.

우리 편집위원들은 제출된 논문을 심사할 때 표절 여부를 제일 먼저 살펴보고 있습니다. 학술논문에서는 표절이 아주 심각한 문제입니다. 그러나 시나 소설에서 표절은 우리 문학 풍토에서 그렇게 크게 문제가 된 경우는 거의 없다고 봅니다.

그리스 로마 시대 이래 수천 년의 역사를 갖고 있는 러시아를 포함한 유럽과 미국, 남미, 심지어 아프리카까지 거대한 기독교 문화권과 비교하면, 우리의 현대문학은 그 역사가 너무 짧고 문학작품 도 양과 질이 너무 빈약합니다. 그러니 표절의 유혹을 느낄 만큼 좋은 작품도 없다고 할 수 있습니다.

신경숙 작가의 경우, 일본 소설을 표절했다고 해서 문제가 된 경우가 있었습니다만. 그게 과연 표절인지 의문입니다. 20년이 지나서 새삼스럽게 호들갑을 떤 사람들이 더 큰 문제라고 할 수 있습니다. 왜? 진즉 문제 삼지 않았을까요?

제가 '표절에 관한 단상'이라는 긴 에세이를 쓴 일이 있습니다. 누가 내 글을 표절한다면 어떨까요? 내 법학 전문 논문과 저서들은 일부 사람들이 표절 또는 인용한 것을 알고 있습니다.

그들은 내 글의 조사와 종결어미를 바꾸고 문장을 조정하여 재배치했습니다. 그러나 내 글의 고유한 지문이라고 할 수 있는 필자의 목소리, 다시 말하면 스타일과 문체, 어조, 내가 특히 좋아하는 단어들을 사용한 언어 장치를 바꾸지는 못했지요.

하지만 내 글을 표절하다니 이 얼마나 영광스러운 일입니까. 표절이란 내 글에 대한 오마주가 아니겠습니까.

어쨌거나 제가 그걸 자신 있게 부인할 수는 없을 것 같습니다. 저는 다른 사람의 좋은 글로부터 의식적이건 무의식적이건 간에 단어와 문장을 자주 훔치기 때문입니다.

그러나 작가가 누군가의 글을 읽고 맹목적으로 모방하려고 하는 것은 정답이 될 수 없습니다. 그것은 베끼기이고 완전한 표절이기 때문입니다.

참으로 역겨운 일입니다.

그런데 인간에게 모방이나 표절은 어쩔 수 없는 일일 것입니다. 하나님이 태초에 인간을 만들 때 오랜 궁리 끝에 자신의 형상으로 만들었다는 거 아닙니까. 그건 요즈음 말하는 자기 표절에 해당되지요.

(그러면, 무엇이 또는 어떻게 해야만 창조적이란 말인가? 괴테는 '나는 경험하지 않은 것을 쓴 적도 없고 또 경험한 대로 쓴 적도 없다'고 말했는데, 여기서 '또 경험한 대로 쓴 적도 없다'는 무슨 의미이겠는가? 그걸 창조적이라고 말할 수 있을지도 모르겠지만 실은 해석과 재해석, 번역, 변주, 편집, 재구성, 비틀기가 아니고 무엇이겠는가?

만약 조물주가 있었다면 조물주의 창조야말로 유일하게 창조적이었을 것이다. 그 이후 순수한 의미의 창조는 없었던 것이 아닐까. 누군가는 말했다. '무엇도 새로운 것은 없다. 모든 것은 다른 어딘가에서 전생을 살았지 않았겠는가.'

20세기 초 영국의 젊은 여류 소설가들 중 가장 뛰어났다는 평을 받은 엘리자베스 보엔 Elizabeth Bowen 은 「책으로부터 Out of a Book」라는 작은 논문에서 '…… 경험 가운데 전적으로 나 자신의 경험이라고 장담할 수 있는 것은, 오랜 시간이 지나 기억이 아무리 단순화되었더라도, 거의 없다 — 내가 겪은 일인가? 아니면 그런 일이 있었다고 들었던 것일까? 아니면 어디선가 읽었었던 일인가? 내가 글을 쓸 때, 나는 나에게 창조된 것을 다시 창조한다.' 라고 말했다.)

어쨌거나 현재의 시점에서 새롭고 신선하다는 느낌은, 그건 현명한 독자들이 판정할 일입니다.

(문) 뒤늦게, 갑자기 소설을 쓰게 된 계기가 있었는가요?

(답) 가장 늦었다고 생각한 때가 가장 빠른 때라는 명언도 있습니다. 저는 2007년에 작은 로펌 소속 변호사였습니다. 그 해 여름 나에게 무슨 일이 일어났는지 자세한 기억이 없습니다만 그냥 소설을 끄적이기 시작했지요. 작가가 되려는 꿈이 있었던 것도 아니고 대단한 목표가 있었던 것도 아닌데 말입니다. 소위 말하는 에피퍼니epiphany가 불현듯 나타난 것도 아니었습니다. 사정이 그러했으니 소설 쓰는데 특별히 교육을 받은 일도 없었고 습작기가 있었던 것도 아니었지요.

다만 그때까지 너무 많은 소설을 읽었지요. 내 삶이 너무 지겨운 그런 암울한 상황에서 나는 신경안정제로 독한 술을 밤새 마셨고, 정신이 말짱해지면 대개 소설을 읽었거든요. 나도 소설을 쓸 수 있겠다는 자신감이 생겼기 때문이 아니라 그저 막연히 한 번 써봐야겠다고 생각한 것이지요.

(문) 그러나 너무 늦은 게 아닌가요? 문학이란 젊은 시절 감수성이 예민할 때 해야 되는 것이 아닐까요?

(답) ……모든 것은 잉태기를 거친 후에야 세상에 나올 수 있습니다.

내 나이 60을 넘어서니 이제야 철이 들었다는 느낌이 들고 세상일에 조금씩 눈을 뜨게 되었습니다. 논어의 六十而耳順이라는 경구가 비로소 마음에 와 닿았다고 할까요. 작가란 작가 자신이 내면적으로 어느 정도는 성숙해야만 세상과 인간을 제대로 이해하게 되고, 그래서 서로 상극하는 모순된 목소리와 세계관들이 생생하게 얽히고설키면서 좋은 소설이 탄생하는 것이 아니겠습니까.

그리고 검버섯이 피기 시작한 내 손을 바라보며 시간이 없다고 절실하게 느꼈습니다. 도저히 붙잡을 수 없는 시간은 도도한 강물처럼 흘러가고 있으니, 나의 방언으로 내 글을 써야겠다고 갈망한 것이지요.

저는 우리가 살고 있는 지금, 여기, 우리의 문제를 쓰고 싶습니다. 요즈음 작가들은 새털처럼 가벼워서 사회적으로 중요한 주제에는 도통 관심이 없는데 말입니다.

(문) 법조인으로 30년을 살았는데 그게 소설 쓰기와 어떤 관계가 있나요? 도움이 되었다고 할 수 있습니까?

(답) 법조인으로서 지난 30여 년간은 진실과 허위, 법정에서 끊임없이 주절거리는 똑같은 말들의 반복이었습니다. 그 닳고 닳은 말들 속에 언어의 간결함과 아름다움, 침묵의 언어, 언어의 정수인 은유는 없었지요. 관료주의와 매너리즘, 자기 기만, 자기 연민과의 기나긴 싸움이고 패배의 시간이었습니다.

변호사로서 사물과 현상의 진실을 밝히려는 자신의 능력에 한계를 느꼈다고 할 수 있습니다. 그래서 그 중과부적의 일에서 하루 빨리 벗어나고 싶었던 것입니다.

그러나 여전히 벗어나지 못하고 있지요. 여기서 자세히 밝힐 수 없는 몇 가지 사정이 있을 수 있습니다.

변호사는 가끔 준비서면에 소설을 써야 하는 경우가 있는데 그게 도움이 되었는지는 잘 모르겠네요.

그런데 건조한 법률용어로 서술해야 하는 소장과 준비서면, 법률문서 등과 학술논문이나 판례평석, 법학 전문 책들을 쓰는 스타일과 문체는 소설의 그것과는 현격한 차이가 있지요. 문학성이 있어야 하기 때문입니다. 그러나 여전히 소설적인 플롯의 구성과 문체를 쓰는 데 심각한 어려움을 겪고 있습니다.

(문) 소설적 문체가 신문 기사나 학술 논문, 법률 문서의 그것과 다른 고유한 특성이 있다는 말씀인가요?

(답) 논문이나 법률 문서는 곧장 논점의 핵심으로 들어가서 논쟁을 시작합니다. 그러나 소설에서는 살과 뼈가 있고 피가 흐르는 인물이 등장하여 진짜처럼 보이는 사건의 전개를 통해 작가의 의식 또는 주제를 독자들에게 보여주어야 합니다.

그러므로 소설은 스케일보다는 디테일이 중요하죠.

작가는 독자와 비평가들을 어리둥절하게 만드는, 낯설게 만드는, 우리가 흔히 문학성이라고 일컫는 소설을 꽁꽁 묶고 있는 소설의 고유한 구조, 문장의 특수한 구성이나 어휘의 독특한 배치, 문체의 고유한 리듬을 만들 수 있어야 합니다.

그는 필요한 곳에 필요한 단어를 찾아야 합니다. 그게 사실주의 작가 플로베르의 주장이긴 합니다.

그러나 소설은 명쾌한 것이 반드시 좋은 게 아닙니다. 작가 스스로도 이해하지 못하는 불분명하고 애매모호한 구석이 있어야 하거든요.

작가는 이야기와 관련해서 원하는 것을 전부 끌어내고 싶은 강렬한 욕망에도 불구하고 모든 것을 그대로 다 표현할 수도 없고, 그만큼 명료하게 표현할 수 있는 것도 아닙니다. 그래서 무엇이 꼭 필요한지, 또는 전혀 불필요한지, 별로 필요하지 않은지, 무엇이 중요하고, 그렇지 않은지 구별할 수 있어야 합니다.

(문) 자신의 소설 작법이라고 할 수 있는 게 있습니까? 또는 작가적 자세 같은 거 말입니다.

(답) 제가 작가인지는 여전히 의문입니다. 왠지 진지한 작가로서 부족하다는 생각 때문에 자신이 없습니다.

전에도 어떤 기회에 밝힌 바 있습니다만…… 입체파 화가들처럼 입체적 플롯, 자기 내면이 강한, 고독한, 특별한 성격의 작중 인물, 인간 삶의 근원적인 것에 물음을 던지는 주제, 무엇보다도 나만의 독특한 컬러를 가진 미학적이고 섬세하고 서정적이면서 아름다운 문체에 집착합니다. 물론 산문에서 서사의 중요성을 잘 알고 있습니다.

그러니까 산문에서 소설과 시의 중간쯤인 서정성이 풍부한 쓸쓸한 문장을 쓰려고 하지요. 내가 약간 멜랑콜리하거나 센티멘탈하기 때문이고 무엇보다도 언어의 아름다움과 기묘함을 사랑하기 때문이지요. (보들레르는, "…… 우리 중에 야심으로 충만했던 순간에 시적 산문이라는 기적을 꿈꾸어보지 않은 이가 누가 있을까?" 라고 말했습니다.)

그러나, 이건 제가 약간 흥분해서 그렇게 생각하고 있을 뿐이고 실제는 형편없는 문체로 지극히 평범하거나 진부한 이야기를 쓰고 있을 뿐입니다.

(문) 소설을 가장 짧게 가장 적은 단어로 써야 한다는 헤밍웨이 식 미니멀리즘과 반복해서 주절주절하는 소설 스타일 중에서 어느 쪽인가요? 이런 의문을 제기하는 이유인즉, 변호사님은 장편소설에 나왔던 어떤 장면이나 사건, 인물을 다시 중편이나 단편으로 반복하면서 주제를 확장하고 심화시키고 있거든요.

(답) 저는 언제나 자신이 없고 불안과 강박증이 있기 때문에 말을 할 때에도 소설을 쓸 때에도 중언부언 반복적이라고 할 수 있습니다.

그러나 아무리 장편이라고 해도 스토리의 전개나 구조상 한계가 있기 마련입니다. 모든 이야기에는 최대 상한선이 있다고 할 수 있습니다. 그래서 일정한 선에서 절제를 해야 합니다. 나머지 부분은 중편이나 단편으로 옮겨서 반복합니다. 그게 제 스타일이지요.

다시 말씀드리면, 그건 개인적인 스타일의 문제이기 때문에 어떤 것이 옳고 그르다는 식으로 평가할 일은 아닙니다.

정교하게 압축해서는 군소리 없이 작품의 본질로 직진해야 한다는 미니멀리즘은 1920년대 재즈 시대에 대공황이라는 시대적 상황과 맞물려 일시 유행했던 것이 아닐까요? 그리고 진즉 사라졌지요.

지금은 포스트모더니즘 시대이고 포스트휴머니즘 시대입니다. 소설에서도 보이스오버 형식의 내레이션, 메타 픽션, 인프라 소설이 유행하고 있습니다.

(문) 시나 소설의 경우 문장에서의 반복은 리듬과 관계있는 것이 아닐까요? 그게 문체에서 특징이 될 수 있을지도 모르겠습니다.

(답) 좋은 지적입니다. 문장에서 리듬은 아주 중요합니다.

문장에서 리듬은 소리와 침묵의 엇갈림이고 반복이라고 할 수 있습니다. (E.M.포스터는 '소설의 이해'에서 리듬과 반복과 변화에 대해 설명했습니다.)

그러니까 글 전체를 소리만으로 채우면 안 되겠지요. 음악에서 휴지부가 필수적인 것처럼 휴식부도 반드시 필요하지요. 그러나 나는 여전히 나의 글에서 리듬을 찾는 데 어려움을 겪고 있습니다. 소리에 둔감하고 음악적 소양이 없어서 그럴 거라고 생각합니다.

저의 경우 항상 적절한 단어와 글귀는 머릿속을 맴돌았습니다. 문제는 그것들을 어떻게 배열해서 단순한 레토릭이 아닌 (인간의) 소리와 색채와 냄새를 가진 살아있는 문장과 문단을 만드느냐는 것이지요. 단어는 혼자서는 별 의미가 없습니다. 단어는 문장 안에 있을 때만, 문장은 문단 안에 있을 때만 그 의미가 충만합니다. 단어들을 조합해서 의미를 굴절시키고 풍요롭도록 조정해야 합니다.

그러나 자연주의 작가 에밀 졸라는 작가들의 서정주의를 못마땅하게 생각했습니다. '위대한 문체가 정신착란과도 같은 숭고한 경이로움으로 만들어진다고 믿는 것은 확실히 잘못이다. 위대한 문체는 명징한 논리로 만들어진다'고 하였습니다.

(문) 작가는 소설을 쓸 때 그야말로 완전히 자유로운 상황에서 인물과 사건을 새롭게 만들어낼 수 있을까요? 그렇게 생각하십니까?

(답) 우리 헌법은 사상과 표현의 자유를 보장하고 양심의 자유도 보장하고 있습니다. 그렇습니다.

저는 언제나 자유로운 상상력을 발휘하여 예술적 영혼을, 온전한 애정을, 모든 증오를 집어넣은 가상의 세계를 창조하려고 합니다. 그러나 소설 쓰기에서 작가는 얼마나 자유스러울 수 있을까요? 다시 말하면 작가는 작중인물들의 삶을, 운명과 죽음까지도 마음대로 조정할 수 있을까요? 그들은 각자 자신만의 고유한 생명력을 갖고 있는데 말입니다.

　그리고 허구가 아니고 모두 진짜 현실인 것처럼 꾸미기 위해서, 다시 말하면 작가적 진실성으로 독자를 현혹시키기 위해 머리를 싸매지요. 여기에서 성 아우구스티누스의 말을 인용할 필요가 있습니다. '우리가 허구로 지어낸 모든 것이 거짓말이 아니라, 우리가 아무 의미도 없는 어떤 것을 고안해 냈다면 그것이야말로 거짓말이다. 그러므로 우리가 허구로 지어낸 것이 어떤 의미와 결부되어있다면 그것은 거짓말이 아니라 진리의 한 형태이다'

　그러나 장르소설이 아닌 이상 문학소설을 쓰는 입장에서는 작가는 사회적 제도와 관습, 전통, 불문율로부터 완전히 자유로운, 그러니까 아무런 제약 따위는 없이 무작위로 글을 쓸 수 있는 것은 아닙니다. 저는 오히려 오랜 직업적 습성 탓인지 유럽에서 한때 유행했던 네오리얼리즘적이라고 할 수 있습니다.

　그런데 소설에는 다른 예술의 형식으로는 도저히 표현할 수 없는 독특한 영역이 있습니다. 작가는 소설을 쓰면서 자기 세계를 창조하니까 창조주, 신이 된다고 할 수 있습니다. 그러나 작가는 허황된 소리에 불과한 영감이 아니라 쓰고 싶은 강렬한 욕망 혹은 써야 한다는 병적 강박과 함께 끈기와 인내가 필요합니다.

　노벨문학상 수상 작가인 '오르한 파묵'이 말한 '바늘로 우물파기'처럼 끈기와 인내가 필요한 것입니다. 편집증 환자처럼 쓰고 또 쓰고, 쓰고 고치고, 쓰고 고치고 합니다.

(문) 작가가 작품을 완성하고 출판은 어떻게 하나요? 지금 직업적으로 소설을 쓰고 있는가요? 다시 말하면 작가로서 어떤 종류의 수입이 있는가요?

(답) 작가가 책을 출판하는 일은 참으로 고달픈 일입니다. 어느 출판사가 무명작가의 그렇고 그런 원고를 선뜻 받아주겠나요? 책을 낼 때는 유쾌하지 않은 많은 일들이 일어납니다. 그건 작가의 숙명이라고 할 수 있습니다.

현재 나의 간절한 소망인즉 내가 조금만 유명해지고 그래서 새 책을 내면 몇천 권 정도는 팔리는 것입니다. 그러면 출판사는 손해가 나지 않으니까 책을 내는데 부담감을 갖지 않을 것입니다.

나는 여전히 변호사 업무에 매달리고 있습니다. 늘 불편한 마음으로 그 낯선 법정으로 들어가야 하지요. 그게 밥줄이니까요. 그러니까 법정은 가식과 위선이 판치는 곳 아닙니까?

지금까지 소설을 쓰고 책을 냈지만 단 한 푼의 소득도 얻지 못하고 있습니다. (시인 새뮤얼 존슨은 '돈이 아닌 다른 목적으로 책을 쓰는 사람은 얼간이밖에 없다'라고 말했는데 말입니다.)

그러니 직업적인 작가, 또는 전업 작가라고 할 순 없습니다. 현재의 여건에서는 전혀 불가능한 일이지요. 나는 지금 소설을 보여주기 위해서 쓰는 게 아닙니다. 내 소설은 단지 쓰이기 위해 존재할 뿐입니다.

(문) 법조계에서 오랫동안 활동하셨는데 그래서 많은 지인이 있을 것입니다만, 그들은 소설을 쓰는 일에 대해서 무어라고 하십니까? 다시 말씀드리면 우호적이라고 할 수 있습니까?

(답) 법조계 친구들은 한결같이 경멸적인 시선으로 문학을 바라봅니다. 물론 노골적으로 그러는 것은 아닙니다. 다만 자격지심인지는 몰라도 저는 그들의 태도에서 그렇게 느끼고 있습니다.

누가 한가롭게 소설책을 읽으려고 하겠습니까. 그들에게 문학은 쓸모없는 천덕꾸러기인 것이지요. 그래서 나는 쓸데없는 일에 몰두하는 한심한 사람으로 비춰지고 있는 것이지요. 그러한 무관심과 천대를 이겨낼 수 있어야 합니다.

그리고 나는 문단과는 한참 거리가 떨어져 있습니다. 특별한 이유가 있는 것이 아니라 내가 속한 세계는 오랫동안 법조계였고, 그쪽과는 아는 사람도 없고 교류할 기회도 전혀 없었기 때문입니다. 편견일 수도 있겠는데, 그쪽에서는 이방인 또는 엉뚱한 침입자 취급을 하지 않을까요. 혹시 빈정거릴지도 모르겠습니다. "변호사 주제에 무슨 소설을 쓴다고……"

그럴 필요성을 느끼지 못하면서도 한편 아쉽기는 합니다.

(문) 작가가 글을 쓰면서 느끼는 어려움이랄까? 고통은 어떤가요?

(답) 모든 창작자의 공통된 고통이라고 생각합니다만…… 오늘도 백지를 마주하고 앉아서 망연자실한 채로 절망감을 느낍니다. 창작의 열정이 사라진 지 오래되었지요. 끈덕지게 물고 늘어지는 자기 회의 때문에 괴롭습니다. 소설을 완성해서 끝냈다고 생각할 때마다 얼마나 머뭇거리고 두려워하는지 아세요? 그건 시작에 불과하다는 것을 잘 알고 있기 때문입니다. 내 초라한 작품에 대해 어떠한 믿음도 가지고 있지 않습니다.

작가가 글을 쓴다는 일은 아주 좁은 공간, 그러니까 감옥 같은 밀실에서 매일 혼자서 해야 하는 극히 개인적인 일입니다. 얼마나 지겹고 지루하겠습니까. 그러나 작가의 가장 중요한 책무는 쉬지 않고 지속적으로 쓰는 것입니다. 계속해서 자기 자신 속으로 들어가는 것이지요. 작가로서 살아남고 또 앞으로 나아가는 것입니다. 그리고 우선 작가 자신이 납득하는 것을 써야만 합니다. 그러나 나의 경우 그게 가능할지 여부에 대해서는 여전히 의문부호라고 할 수 있습니다.

(문) 최초의 장편소설이라고 할 수 있는 「사하라」에 대해서 작가가 하고 싶은 말이 있는가요? 첫 작품이기 때문에 그만큼 애착이 가는 게 아닐까요?

(답) 저는 「사하라」를 쓰고 고치는데 거의 10년 동안 매달렸지요. 그러나 아무런 주목을 받지 못했습니다. 꾸준히 읽히는 소설…… 그러면 매년 판매량이 많지는 않지만 그럭저럭 조금씩

팔리는…… 소위 말하는 백리스트backlist가 되기를 내심 바랐습니다.

그 소설의 정체성을 이루는 부분이 무엇일까요. 책 제목인지, 복잡하고 다양한 주제인지, 장소적 배경인지, 그 전부인지 저도 잘 모르겠습니다. 독자들이 판단하겠지요.

독자들이 끝까지 읽고 나서 정서적으로나 지적으로 어떤 여운을 느낄 수 있다면, 작가로서는 더 바랄 게 없습니다.

(문) 작가는 독자의 재미를 위해서 아니면 독자에게 교훈을 주기 위해서 소설을 쓰는가요?

(답) 독자들이 제 글을 읽도록 하기 위해서는 작가 고유의 목소리와 관점이 확립되어 있어야 할 것입니다. 그러나 돌이켜보면 제가 자신만의 목소리가 있는지, 자신만의 독특한 관점이 있는지는 확신할 수 없습니다. 그게 확립되어 있다면 떳떳하게 작가 행세를 해도 어색하지 않겠지요.

몇몇 독자들은 내 소설은 깊이는 있으나 너무 어렵다고 하더군요. 그들은 소설이 재미없다는 말을 우회적으로 한 것이라고 봅니다. 그러나 알고 있습니다. 그들은 소설을 전혀 읽지 않았지요. 내가 무슨 자격으로 교훈을 말할 처지는 아닙니다. 그리고 내가 어떤 중차대한 메시지를 전달하기 위해 소설을 쓰고 있다고 할 수도 없습니다.

어떤 문학작품이 말하고자 하는 것은 무엇일까요? 그것은 무엇을 전달하는 걸까요? 약간의 의미를 또는 무의미를, 다시 말하면 의미의 결핍을 전달하려고 시도는 하겠지요. 이 경우 무의미가 뜻깊은 의미가 될 수도 있을 것입니다.

나는 무명작가이기 때문에 잡지사나 출판사로부터 뭘 써주세요 라고 부탁받는 일이 도대체 없습니다. 그래서 마감시간 같은 것에 쫓길 일이 없지요. 그리고 독자가 거의 없다고 지레짐작하기 때문에 어떤 독자를 상정하고 그가 읽기를 바라는 소설을 쓰는 일도 없습니다. 그렇다면 무엇일까요. 나를 위해서 쓴다는 것이 되겠지요. 자기 치유 혹은 자기 정화를 위해서 말이지요.

참고로 말씀드리자면, 무라카미 하루키는 '……소설가의 작업이란 글쓰기를 통해 한 사람 한 사람의 생명이 무엇과도 바꿀 수 없다는 것을 분명하게 밝히는 일이라고 생각합니다. 삶과 죽음의 이야기, 사랑 이야기, 사람들이 눈물을 흘리고 때로는 공포로 떨게 만들거나 폭소를 자아내는 이야기를 씀으로써……. 그러기 위해 우리는 매일 철저하게 진지함으로 무장하고 이야기를 지어내는 것입니다.' 라고 말했습니다.

아주 그럴듯하긴 합니다. 그가 인기 있는 대중작가라고 하니까 말입니다. 그러나 아닐 수도 있습니다. 나는 그의 작품을 단 한 편도 읽은 적이 없습니다.

(문) 작품에 대해 비평을 받아보신 적이 있었나요? 비평 또는 비평가에 대해 말씀해주실 수 있습니까?

(답) 제 소설들은 제대로 된 비평(혹은 평론)을 받은 적이 없습니다. 혹평이건 악평이라도 말입니다. 그들이 무시했다기보다는 제가 워낙 무명이었으니까 관심권 밖이었겠지요.

그런데 우리나라에 지금 비평이 존재하는가요? 하여간에 저는 주례사 평론은 사양합니다.

말이 나온 김에 비평 또는 비평가에 대한 명언들을 소개하고 싶군요. *'비평은 쉽고 예술은 어렵다' '비평가란 문학이나 예술 면에서 실패한 무리들이다' '비평가에 대한 작가의 소감을 묻는 것은 개들에게 전봇대의 소감을 묻는 것과 같다' '비평은 예술가의 명성에 한 몫 끼려고 하는 비평가가 동원하는 기술이다'*

(문) (나이도 많으신데) 앞으로도 계속 (어떻게) 소설을 쓸 것인가요?

(답) 이 단계에서 뭘 장담할 수는 없습니다. 어떻게요……?!

더 늦기 전에 예술과 삶 중에서 선택했어야 하는데 차일피일한 겁니다. 속물근성 때문이기도 하고…… 제가 어리석어서 우유부단했기 때문이기도 합니다.

지금이라도 늦지 않았으니 자신만의 문학이론을 정립해야겠지요.

저는 내 목소리로 지금 / 여기 / 우리의 이야기를 계속 쓸 것입니다. 누가 뭐라고 해도 실용적인 현실주의자이기 때문입니다.

우리의 현실을 직시하고 실체적 진실을 포착하여 그걸 정면

에서 다루어야 합니다. 그러려면 자신의 고유한 영역을 찾아야 하겠지요

이야기 속에서 인과관계가 정확하게 맞아떨어져야 하고 플롯에 타당한 이유가 있어야 합니다. 그러니까 소설의 성패는 스케일이 아니라 구체적이고 세부적인 디테일이 중요하다고 봅니다.

저는 대중소설이나 장르소설은 쓸 능력도 없고 쓸 생각도 없습니다. 저는 대중의 취향을 철저히 무시합니다.

진지한 주제를 다루는 순수 문학소설이면서도 사회소설이 저에게는 딱 좋습니다. 우리 시대의 사회 문제는 대부분 모호하고 복잡하고 양가적 측면을 안고 있습니다.

저는 리얼리즘을 추구하고 리얼리즘을 뛰어넘는 포스트 리얼리즘적인 소설, 메타 픽션이나 인프라 소설 같은 실험을 계속해야 할 것입니다.

하지만 인간에게 완벽한 것은 없어요 그러니까 완벽한 삶도, 완벽한 예술도 없는 거예요 더욱이 둘 다…… 예술과 삶은 간극이 있고 서로 충돌하니까 둘 다 동시에 가질 수가 없어요 반드시 선택을 해야 합니다.

저는 예술의 독립성과 자율성을 신봉하지요 하지만 도덕주의자는 아니에요 교훈적이거나 설교를 늘어놓는 것은 질색입니다.

그러니까 오직 자아를 위해서, 자신을 입증하고, 자신이 설정한 기준에 맞는 만족할 만한 작품을 쓰는 거예요 누구도 신경 쓰지 않습니다. 그래서 출판사에 원고를 보내면 죄다 퇴짜를 맞아요 팔릴 수 없는 책이라는 거죠

그렇게 되면 저는 작가로서 소외되고 결국 소멸되거나 파멸을 맞을 것입니다. 그게 제 운명이라면 일찌감치 체념해야겠지요

(변호사가) 웬 소설을……

꾸준히 글을 써라!
절대 항복하지 말고!
– 카프카

1. 늙은 변호사라니까.

원로라는 말은 어떤 업에 오래 종사하여 경험과 공로가 많은 사람을 일컫지만 우리 사회에 얼마나 많은 자칭 원로가 득세하였던가. 그 고리타분한 단어가 풍기는 역겨운 여운 때문에 나는 그걸 질색한다. 당연히 나는 원로 변호사가 아니다. 내가 무슨 경험과 공로가 많은 변호사라고 할 수 있겠는가. 다만 내가 군대식으로 자칭 고참 변호사라 해도 별 무리는 없으리라.

법조인 경력 근 30년에 얼마나 많은 소장과 준비서면, 기타 법률문서를 작성, 제출하였는가. 그런데 소장과 준비서면은 그 독자가 우선적으로 판사라고 할 수 있으니 우리는 판사를 설득하기 위해 그것들을 정성스레 작성해서 법원에 제출한다. 그들이 과연 우리들이 정성을 들여 작성한 만큼 정성들여 읽기나 할까? 쓰기보다는 읽기가 훨씬 쉬운 일인데 말이다.

나는 폼 잡고 법대에 앉아서 재판을 진행하는 판사의 표정과 몸짓, 언행, 숨소리에서조차 그가 준비서면을 읽지도 않았고 사건의 내용을 제대로 파악하지 못했음을 눈치챌 수 있다. 그런 판사일수록 더욱 거들먹거리니. 나는 온몸에서 기운이 쏙 빠져버린다. 그때부터 나는 법정이 몹시 낯설어 지면서 일종의 공포감을 느낀다. 물론 예외적인 경우가 있기는 하다. 그리고 판결문을 받아보면 '혹시나 했는데 역시나'였음을 알게 된다. 그 판결문을 쓴 판사 역시 자신의 판결은 믿지 않을 테니까. 더욱이 그들은 사회경험도 없으면서, 전문지식도 결여되어 있으면서, 이상한 편견까지 가지고 있으니. (그러나 이때 냉정하게 말하자면 승소 판결을 선고한 판사에게는 무어라고 말할 것인가? 글쎄, 변호사들은 각자 너무 잘 알고 있을 것이 아닌가.)

지금 나는 (껍데기는 가라고 외치며) 껍데기와 알맹이를 구분하는 단순화, 이분법적 경향에 영향을 받아 '우리'와 '그들'로 영역을 나누려는 욕구에 사로잡혀 있는지 모르겠다.

왜? 우리는 그들을 두려워하는가. 그들은 막강한 사법 권력을 배경으로 유권해석을 한다. 그들이 판결한다. 그들이 결론을 내려버린다. 그것이 그들에게 주어진 임무이기 때문이다.

그들은 자신이 완벽하게 유능하다고 착각할까, (노골적으로 또는 은근히) 엘리트주의에 빠져 있으니까, 그렇다면 얼마나 어이없는 일인가. 아니면, 한번쯤은, 가감 없이 인간의 나약함, 편견, 모순, 한계를 절감하고 '신이시여, 신이 계시다면 저에게 길을 가르쳐 주소서, 지금 죽고 싶나이다.'라고 하늘을 향해 울부짖었을까. 그들이 창조론에 반대하는 무신론자 또는 불가지론자인 경우에도 말이다.

우리는 이쯤 해서 스스로를 위로해야 한다. 그들 역시 매우 하찮은 보통 인간이다. 우리 모두는 한낱 보잘것없는 인간들이 아닌가. 그러니 만날 허구한 날 기록을 읽는 데 얼마나 지쳤을 것인가. 얼마나 지겨울 것인가. 그래서 직업적 매너리즘에 빠져서 설렁설렁 눈대중으로 대충 읽고 대충 판단하지 않을 것인가.

판결을 내리는 인간.

그들은 판단하는 사람으로서 해박하고, 합리적이고, 냉철하고, 공평해야 한다. 그러나 (모든 글에는 대개 '그러나'가 들어있다), 그들은 경영학의 역설인 피터의 원리가 적용되는 경우라고 할 수 있는데, 그럼에도 불구하고 겸손이라는 강력한 무기를 휘두를 줄을 모른다.

그들이 자기 직업을 언제 부끄러워한 적이 있었던가? 언제 자신에게 의혹을 품어본 일이 있었던가? 한 번쯤 법대에 앉아서 정체를 알 수 없는 불안과 긴장감 때문에 셔츠가 땀으로 후줄근하게 젖은 경험이 있었던가? 그들은 언제, 가끔 악몽을 꾸는 일이 있었던가? 그 악몽 때문에 불면하는 밤은?

그들은 무대 위에서 지그재그 춤을 추는 광대들이다. 그들의 폐쇄적 획일주의는 불협화적인 다성음의 세계에 결코 적응할 수 없다. 자폐적이어서 세상과 소통은 불가능하고 세상과는 불화한다.

종결자로서 갖게 되는 오만한 권위의식. 편협하고 독선적이고 거만하고 과대망상증 환자. 완고한 관료주의의 피해자 혹은 수혜자. 유전무죄 무전유죄. 전관예우라는 위대한 관습의 신봉자.

나는 법복을 입고 높은 법대에 앉아있는 거야. 지금 법복의 무게를 느끼고 있지. 너희들은 우러러보고 있겠지. 그렇지 뭐! 알 게 뭐야! 내 일도 아닌데!

당연히 그중에는 기록을 꼼꼼하게 읽고 고뇌하면서까지 판단하는 판사들이 있다. 나는 그들을 존경하기 때문에 기억한다. 그들은 어떤 경우에도 사물의 무게를 올바르게 평가하기 위해 고심한다.

결론인즉, 나는 그런 서면을 작성하는 데 지쳤고, (세상 물정도 모르는) 그런 판사들에게 재판을 받는 일도 우스웠고, 우울한 현실이다. 물론 그들 탓이 아니다라고 말할 수도 있겠다. 그러면 사법제도의 모순 때문인가, 아니면 결국 인간의 문제인가? (플라톤이 벌써 2천 5백 년 전에 말했다. '판사는 젊은이가 되어서는 안 된다. 판사는 자기 자신의 사악성 때문에 악을 저절로 아는 사람이 아니라, 남의 악성을 만년까지 오래 관찰함으로써 악을 알게 된 사람이어야 한다.')

변호사로서 지난 30여 년간은 진실과 허위, 법정에서 끊임없이 주절거리는 똑같은 말들의 반복 (그 닳고 닳은 말들 속에 언어의 간결함과 아름다움, 침묵의 언어, 언어의 정수인 은유는 없으니, 나는 관습적으로 '관대하게 처벌해주시기 바랍니다.'라고 변론하면서도 그 공허한 말을 경멸하고 증오했다.), 관료주의와 매너리즘, 자기기만, 궁상스럽고 인간의 존엄성을 해치는 자기 연민과의 기나긴 싸움이고 패배의 시간이었다.

나는 사물과 현상의 진실을 밝히려는 자신의 능력에 한계를 느꼈다고 할 수 있다. 그들이 가차 없이 무위로 만들어 버린다. 나는 지금 무능한 변호사였다고 고백하고 있는 것인가?

그래서 그 중과부적의 일에서 하루빨리 벗어나고 싶은 것이다. 지금 단절 또는 절단이 필요하다. 나의 완전히 벌거벗은 영혼이 그걸 간절히 소망하기 때문이다. 나는 평생 동안 변호사업을 천직으로 알고 살아왔지만 말이다.

그리고 검버섯이 피기 시작한 내 손을 바라보며 시간이 없다고 절실하게 느낀다. 도저히 붙잡을 수 없는 시간은 도도한 강물처럼 흘러가고 있으니. 나의 방언으로 내 글을 써야 한다는 갈망. 강박관념. 그걸 잠재워야 할 것이다.

나는 이 나이에 원로 변호사 또는 원숙한 인간이 될 수 없다. 원로 혹은 원숙이라는 느글느글한 단어는 교활이나 노회老獪라는 말 이외에 아무것도 아니기 때문이다. 나는 죽는 순간까지 여전히 미성숙한 인간으로 남을 것이다.

2. 나는 왜, 누굴 위해서, 소설을 쓰는가?

동물농장과 1984를 쓴 에릭 블레어는 작가가 소설을 쓰는 네 가지 동기를 열거하였다.

첫째. 순전한 이기심. 남들보다 똑똑해 보이고 사람들의 입에 오르내리며 죽은 후에도 기억되고 어린 시절 자기를 무시했던 어른들에 보복하고 싶은 욕망. 그게 작가의 동기, 그것도 강한 동기가 아니라고 말한다면 그건 거짓말이다. 둘째. 역사적 충동. 사물/사건을 있는 그대로 보고 진실을 발견하여 후대를 위해 이 것들을 기록해 두려는 욕망. 셋째. 정치적 목적. 세계를 특정 방향으로 밀고 가려는 욕망, 성취하고자 하는 사회가 어떤 사회여야 할 것인가라는 문제를 놓고 다른 사람들의 생각을 바꿔보려는 욕망. 넷째. 미학적 열정. 이 세계의 아름다움, 혹은 언어의 아름다움과 단어의 적절한 배열이 지니는 아름다움을 지각하기. 좋은 산문의 단단함을 알아보고 좋은 이야기의 리듬을 인지하는 즐거움.

그러나 나는 위 네 가지 동기 또는 욕망 중에서 순전한 이기심이나 역사적 충동, 정치적 목적은 가지고 있지 않다. 단언할 수 있다. 특히, 나는 정치적인 것, 추상적인 이념, 주의 같은 것은 잘 알지도 못하고, 역사의식도 사회의식도 희박하니 그 운동에도 무관심한 편이다. 나는 이데올로그, 사회 변혁가, 운동권, 정치가가 아니기 때문이다. 그러므로 참여문학이나 사회주의적 리얼리즘 같은 것은 나에게 해당되지 않는다.

오직 지금/여기/우리를 증언하고자 하는 강력한 충동과 열렬한 미학적 동기만 있을 뿐이다. 예술은 본질적으로 미학적이며 도덕적이다. 그러므로 예술이라는 미지의 영역에 대한 마지막 열정이 있었던 것이다. 자신을 둘러싸고 있는 완고한 울타리를 파괴하고 싶었고 익숙한 세계에서 낯선 세계로 모험을 감행하고 싶었던 것이다.

나는 시를 좋아했다. 많은 시집과 시론을 읽었다. 시인은 마치 연금술사 같다. 그러나 멜랑콜리하긴 하지만 시적 재능과 감수성, 상상력, 익숙한 일상 언어와 낯선 시적 언어 간 차별성에 관한 감각, 시적 언어의 응집성과 중의성, 흐릿함과 불확실성, 언어의 리듬 감각이 부족하고 정신적 엄격성이 결여된 내가 시를 잘 쓰는 것은 불가능했다.

독자 (또는 청자에게) 시적 대상에 대한 특별한 인식과 함께 지대한 관심을 갖게 하는 의미적 또는 문체적 일탈이 일으키는 '놀랍고, 힘있고, 낯선 무엇'이라는 텍스트의 '전경화'나 러시아 형식주의자들이 말하는 시에 있어서 시행의 형태와 위치라는 관점에서 '낯설게 하기'는 나에게는 도저히 불가능한 일이었다.

더욱이 현대시는 언어의 감각적 힘에 경도된 나머지 언어를 파편화시키고, 문법과 관습을 파괴하고 의미를 해체하고 있으니 어찌 내가 그걸 감당할 수 있겠는가. 그러므로 아주 일찍부터 시 쓰기를 포기했다.

나는 입체파 화가들처럼 입체적 플롯, 자기 내면이 강한, 규범적이고, 고독한, 특별한 성격의 작중 인물, 인간 삶의 근원적인 것에 물음을 던지는 주제, 무엇보다도 나만의 독특한 컬러를 가진 미학적이고 섬세하고 서정적이면서 아름다운 문체에 집착한다. 나는 서사의 중요성을 잘 알고 있다. 그러나 나는 산문에서 소설과 시의 중간쯤인 서정성이 풍부한 글을 쓰려고 무진 애를 쓴다. 항상 적절한 단어와 문구는 내 머릿속을 맴돌았다. 문제는 그것들을 어떻게 배열해서 완벽한 문장과 문단을 만드느냐는 것이다.

그리고 자유로운 상상력을 발휘하여 내가 바라던(나의 예술가적 영혼을, 내 온전한 애정을, 내 모든 증오를 집어넣은), 가상의 세계를 구성하고 그때 임마누엘 칸트가 말한 '목적 없는 합목적성'에 따른 '미학적 쾌감'을 느끼게 된다. 그리고 허구가 아니고 모두 진짜 현실인 것처럼 꾸미기 위해서, 다시 말하면 작가적 진실성으로 독자를 현혹시키기 위해 머리를 싸맨다.

개연성과 핍진성.

그런데 소설에는 다른 예술의 형식으로는 도저히 표현할 수 없는 독특한 영역이 있다. (신비평가들은 문학을 과학적 실용적 논리적 담론과 정면으로 대립하는 특별한 종류의 언어라고 보았고 이 때문에 어떤 작품에서도 그 본질적 성분은 언어와 언어의 작용이라는 층위에 존재한다고 주장했는데, 이를 별론으로 하더라도) 인간의 가장 심오한 통찰과 인식은 오로지 무한한 언어적 수사로만 표현될 수 있기 때문이다.

나는 창조주, 신이 된다. 하지만 영원히 미완성으로 남을 작품을 쓰게 되지 않을까. 서사 능력이 고갈되어 쓰고 쓰다가 막히면 결국 미완으로 남을 것이다.

진실을 말하자면, 나는 더 이상 할 말이 없다고 생각되면 그 즉시 글 쓰는 것을 그만둬야 할 것이다. 하지만 그때를 어떻게 알 수 있을 것인가.

휠덜린의 '엠페도클레스의 죽음'처럼 말이다. (나는 휠덜린을 조금은 이해할 것 같다. 그리스 철학자 엠페도클레스는 불을 찬양했고 스스로 신이라고 생각했으니 에트나 화산의 불구덩이 속으로 몸을 던졌다. 영원히 신으로 남으려 했던 것이다. 불은 생명의 근원이고 파괴의 근원이다. 불은 마지막 정화이다. 장엄한 불과 신적 인간의 죽음. 그걸 어떻게 인간의 단어로 표현할 수 있었겠는가. 휠덜린은 튀빙겐의 탑 속에서 36년 동안이나 혼자 살며 글을 썼지만 끝내 완성할 수 없었던 것이다. 그때 그는 정신분열증에 걸렸을 수도 있고 아니면 그의 광기는 위장된 것일 수도 있었지만.)

그러나 작가는 허황된 소리에 불과한 '영감'이 아니라 끈기와 인내가 필요하다. 오르한 파묵이 말한 오스만 터키의 속담 '바늘로 우물 파기'라는 끈기와 인내가 필요한 것이다. 쓰고 또 쓰고 쓰고 고치고, 쓰고 고치고

(그러나 나는 아주 최근에서야 인간에게 영감이란 좋은 것만은 아니라는 사실을 깨달았다. 얼마나 많은 사악하고 나쁜 영감이 인간의 무의식 속에 배태되어 있겠는가. 그러므로 영감이 인간을 혹은 작가를 올바른 길이 아니라 그릇된 길로 인도할 수 있는 것이다. 히틀러 또는 연쇄살인범들은 어떤 영감 때문에 희대의 악마가 되었을까.)

나는 (지금쯤 국가와 사회의 집단 기억에서 사라진 전쟁인) 월남전 참전, 나트랑 102 야전병원, 생사의 기로를 헤매야 했던 정체불명의 열병, 환각과 망상, 죽음의 공포, 그리고 그 전쟁에

대한 섬광과 같은 총체적 기억이 일으킨 정서적 트라우마 때문에 평생 동안 상상력 과잉이었고, 불안증과 공포감, 편집 성향, 과대망상에 시달렸기 때문에 글쓰기는 즐거움 (또는 행복)의 근원이 아니라 강박관념이었다. 쓰고 또 쓰지 않으면 안 되었다. 그렇지만 절제와 금기가 필요하다. 번지르르한 미사여구로 설교를 기도해서는 안 될 것이다. 하지만 작가란 결국 자기의 내면을 끝까지 파고들어야 하니까, 자신의 목소리를 찾아내야만 하니까, 자의식 과잉이고, 지독한 자기중심주의자, 나르시시스트가 될 수밖에 없을 것이다.

그런데 나는 지금 이 나이에 한심할 정도로 무명작가일 뿐이다. 그게 멸시받은, 저주받은 작가의 운명이라면 받아들일 수밖에……

내가 베스트셀러를 쓸 수 있을까? 어떻게 하여 교보문고의 베스트셀러 코너에 내 책이 수북하게 쌓여 있는 것을 상상할 수 있겠는가? 나에게는 그런 능력이 있을 리가 없다. 그런데 베스트셀러는 소설의 문학적 가치 또는 책으로서의 완성도와 일치하지 않는다. 대부분 상업적 수단에 의해 만들어질 뿐이다. 여기에 대중의 변덕이 부동符同한다. 그러니까 그게 어중이떠중이들이 들고 다니는 허접쓰레기 같다면 내가 그런 걸 쓸 이유가 무엇이겠는가.

나는 움베르토 에코가 말한 모델 독자가 필요할 뿐이다. 그는 자신의 관점에 따라 특정한 부분을 다른 부분보다 중요시하고, 별로 흥미롭지 않아 보이고 생뚱맞게 보이는 부분에 대해서도 의미심장한 해석을 시도하고, 일부 대목이 애매모호하거나 이해가 불가능한 것처럼 보일지라도 그러한 모순을 말이 되도록 읽으면서 스스로 해명할 수 있어야 한다. 그러기 위해서는 인내심이 필요할 것이다.

그러므로, 단 몇 사람이라도 내 소설의 배경과 가치를 진정으로 이해하는, 소설 속에서 독자 나름의 분석과 해석, 추론을 통해 창조적 행위인 작가도 모르는 메시지를 스스로 만들어내고, 의미를 찾아내는 진지한 독자가 필요한 것이다.

신비평이론에서는 '의도의 오류'라고 했고 롤랑 바르트는 '저자의 죽음'이라고 표현했듯이, 독자의 텍스트에 대한 창조적 개입에 의한 내재적 해석, 다시 말하면 독자가 스스로 해석의 맥락을 구축한다면, 왜 그게 불가능하겠는가?

독자는 작가와 함께 책을 만들어 간다고 했다. 작가는 소설을 매개로 하여 독자와 일대일로 만나니까, 그러니까 한 권의 소설에는 오직 한 명의 독자만이 존재하는 것이 아닐까. 그 독자가 현명한 독자이길 바라는 것이다. 그러나 부질없는, 터무니없는 몽상이 아닐까. 내가 지금 어이없게도 무슨 독자를 운운하고 있는가. 내가 감히 현명한 독자를 얻을 자격이 있다고 생각하고 있는 것인가?

3. 내가 정말 작가일까?!

내 소설에 내재하는 문학성이 작가로서 인정받을 수 있을 만큼 독자적이고 독창적이라고 스스로 자신할 수 있을까? 내밀한 울림이 있는 자신만의 문체로 성숙한 작가라고 인정받을 수 있을까?

내 나이 60을 넘어서니 이제서야 철이 들었다는 느낌이 들고 세상일에 조금씩 눈을 뜨게 된다. 論語의 六十而耳順이라는 경구가 비로소 마음에 와 닿는다. 그리고, 꼭 쓰고 싶다면 세상을 알아야 할 만큼 알게 되었으니까, 이제는 소설을 잘 쓸 수 있을 거라는 (사상누각처럼 곧 허물어져 버리는 초라한) 자신감이 생긴다. 유능한 작가란 작가 자신이 내면적으로 어느 정도는 성숙해야만 세상과 인간을 제대로 이해하게 되고, 그래서 서로 상극하는 모순된 목소리와 세계관들이 생생하게 얽히고설키면서 좋은 소설이 탄생하는 것이 아니겠는가.

헤테로글로시아 heteroglossia.

나도 지금쯤 마음만 굳게 먹으면 어떠한 세상이라도 창조할 수 있는 거야. 그런데 언제쯤이면 '내가 정말 작가일까'하고 자문자답할 수 있을 것인가. 비록 실패한 작가임이 판명난 후라도 말이다. 그러나 늦어도 한참 늦었다는 자괴감이 드는 것은 어쩔 수 없다. 그러니까 전에는 제대로 된 단 한 편의 에세이나 소설 같은 산문을 써본 적이 없었으니 당혹스러웠던 것이다.

지금 생각해보면 나도 한때는 문학청년이었는데 내가 그동안 그렇게 무심할 수 있었는지 알다가도 모를 일이다. 하여간에 정신적으로 동맥경화에 걸리는 때인 이 나이에 무슨 소설을 쓴다고 하면, 소설작가가 되겠다고 우기면, 누군들 고개를 갸우뚱하지 않겠는가? 남들은 20대에 등단해서 젊은 시절 한창 문명을

날리고 60대쯤이면 벌써 반 은퇴하여 원로 대접을 받는데 말이다.

더욱이 미국 작가 조나단 레덤의 친구인 작가 (그의 이름은 모른다.)는 "역사적 기록을 보면 알 수 있다. 몇몇 예외를 제외하고 소설가들은 35세에서 50세까지의 나이가 전성기라는 사실을, 그 나이가 바로 젊음의 열정과 경험이 만나는 교차로이다."라고 말했는데.

내가 10년 전쯤, 사하라의 초고 30매 정도를 몇몇 사람들에게 보여주면서 진지한 조언을 구한 적이 있었다. 하지만 모두 한결같이 냉담한 반응을 보였다. 그들은 본업인 대학교수나 변호사 일에 전념하라고, 격려 아닌 격려를 쏟아냈다. 그들 모두가 문학에는 거의 무지막지한 수준의 동료 변호사였으니 말이다. 그중에서 막역한 후배인 Y변호사를 결코 잊을 수가 없을 것이다. "형님, 제발 그만두세요 유치한 짓 그만두란 말이에요 사람들이 노망들었다고 욕할 거예요" 하면서, 노골적으로 핀잔을 했던 것이다. 그때 우리는 거나하게 취해 있었다. 취중진담이라고나 할까. 나는 아연실색하였다. 내 하찮은 소설이 아니라 무릇 인간의 한심함 때문에 오랫동안 절망하였다.

그러나, 그런 노골적인 야유도 나를 멈추게 할 수는 없었다. 그리고 그들에게 보여준 것은 커다란 실수였음을 깨달았다. 그 누구도 나에게 충고를 해주거나 도와줄 수는 없기 때문이다. 그럴 가능성이 있는 사람은 아무도 없다. 작가에게는 고독이 필요하다. 오직 자신에게 물어보아야 할 것이다. 언제나 자신 속으로 파고 들어가야만 한다.

말랑말랑한 감성적인 글을 쓰는 일은 딱딱하고 무미건조한 학술논문이나 법학 전문서를 쓰는 것과는 비교할 수 없을 만큼 상쾌한 일이다. 우선 글과 미묘한 감정의 흐름이 교류하면서 서로 유쾌하게 소통할 수 있었다. 펜은 지금 시대에 원시적인 필기구이다. 나는 컴퓨터 키보드를 두들길 줄을 모른다. 그걸 두려워한다. 그러므로 오직 손으로 고통스럽게 쓰면서 내 몸과 글이 견고하게 결합되어 있음을 느낀다. 말들이 내 몸에서 천천히 흘러나왔다.

여러분은 느리게 쓰는 기쁨을 아는가. 종이 위에 끄적거리는 감각을 아는가. 우리는 가끔 글이 엄청 편리하다는 사실을 까먹는다. 가장 단순한 도구들만 있으면 쓸 수 있고 읽을 수 있으니까 말이다.

그리고, 새삼스럽게 우리말의 아름다움과 그 운율 때문에 감탄을 하였던 것이다. 우리말이 그렇게도 아름다운 줄은 미처 모르고 살아온 것이다.

구석 방.

그 방 (내가 그 당시 소속된 로펌의, 소송서류 더미가 여기저기 잔뜩 널려있고 법률서적들이 산더미처럼 쌓여있는 내 사무실이었는데) 은 남향이어서 고층 빌딩 사이를 뚫고 침입한 햇빛이 늘 찬란하였다. 그 빛의 수다스러운 달변이 나에게 패배를 안겨주었다. 내 마음을 마구 흔들어 놓았다. 갈피를 잡을 수 없게 하였다. 나는 그때 자포자기하여, 또는 의혹과 자기불신 때문에 사악한 범죄를 마음속에 상상하고 있었던 것은 아닐까.

만약 내가 범죄를 저지를 수 있다면 가장 가능성이 있는 폭력이나 칼을 휘두르는 상해, 살인, 간통, 형법 제201조가 규정하는 범죄를, 그 중에서도 간통을, 그렇다면 마음속에 상대가 있었던가, 물론 잘 생기지는 않았지만 욕망을 자극하는 여자가 있었긴 하다. (그러나 그 후 형법상 간통죄는 사라졌으니 얼마나 후련한 일인가.)

아니면 하릴없이 비감에 젖어 황폐했던 과거를 떠올리고 있었던가. 패배는 인간의 영혼에게 승리보다 깊게 침투한다. 패배는 비장함이 서려 있기 때문이다. 그래서 사람들은 승리한 그리스 도시들보다 비극적으로 패배한 트로이를 더 기억한다.

그 경이로운 빛이 나의 가슴 속에 강렬한 감정을 불러일으켰다. 글을 쓰고 싶은 욕구가 내 가슴 속 심연에서 솟구쳐 올라왔다. 그래서 쓰고 또 쓰고, 고치고 또 고쳤다. 읽고, 쓰는 일처럼 괴롭고 유쾌한 일이 어디에 있을까. 한 문장을 완성하고 마침표를 찍을 때면 안도의 한숨을 쉰다. 그 마침표는 배가 항구에 도착하여 바다 밑바닥으로 던지는 무거운 닻과 같은 것이다. 그러나, 다시 읽어보면 늘 불만족스럽다. 단 한 번도 만족스러운 적이 없었다. 문장의 밀도와 완성도가 괜찮은가 하는 불안과 두려움이 끊임없이 날 괴롭힌다. 내가 지금 쓰고 있는 글이 쓰레기가 아닌지, 얼마나 지루하고 보잘것없는지, 그런 느낌을 받는 날이 많다. 그러므로 나는 취미삼아, 재미삼아 쓰는 게 아니다. 그렇다면 처음부터 아무것도 쓰지 않았을 것이다. 소설은 육체적으로도 정신적으로도 모든 것을 바치고 모든 것을 다 소진하는 일이니 한갓 취미로 할 수 있는 일은 아닌 것이다. 그러므로 나는 소설이란 쓰는 것이 아니라 제작한다고 생각한다.

하지만 여전히 왜 쓰는지를 모른다. 나는 무엇을 쓸 것인지, 어떻게 써야 하는지도 잘 모른다. 다만 글을 통해서 이야기를 하고 싶다는 강렬한 충동 때문에 글을 쓰고 글을 써야 이야기가 생기기 때문에 쓰고 있다.

4. 지옥과 연옥, 천국

나는 지난 30여 년 동안 한 주에도 수십 장의 글을 썼다. 변호사의 주 업무인 소장이나 답변서, 준비서면, 가끔 형사 고소장, 법률의견서 등을 쓰는 일 말이다. 그 이외에도 나의 주 전공인 국제거래와 신용장거래, 금융거래와 관련해서 제법 두툼한 법학전문서 12권, 이들 분야에 대한 90여 편의 학술논문과 판례평석을 발표하였다.

일반인들은 도저히 이해할 수 없고 유머라곤 한 마디 없는 지루하기 짝이 없는 법률전문가를 위한 난해한 글 말이다.

그리고 200여 편의 사설과 기타 칼럼을 마감시간에 쫓겨서 두서없이 갈겨썼다.

그것들은 모두 한결같이 너무나 직설적이고 명쾌하며, 한 치의 빈틈도 있어서는 안 되는 논리 정연한 존재들이었다. 법은 아주 단순 명쾌한 것이다. 유죄이면 유죄이고 무죄이면 무죄이다. 유죄도 아니고 무죄도 아닌 중간 영역은 있을 수 없다. 애매모호한 것이 존재해서는 안 된다. 법은 단순 명쾌하기 때문에 강력한 것이다. 그러니 법률 문서도 단순 명쾌해야 하는 것이다. 그런데 말이지, 세상만사, 인생사 중에서 어느 것 한가지인들 그렇게 명쾌하고 논리적일 것인가. 모두가 불분명하고 확실치 않은 것투성이일 뿐이다. 인간 삶의 조건 역시 의문투성이인 것이다. 그러니 주식투자도, 사람 사는 일도 고달픈 것이다.

나도 지금쯤은 그 지겨운 흑백논리의 멍에를 벗어나야 할 때가 된 것 같다. 무엇보다도 이 세상에는 분명히 중간 영역인 회색의 영역이 무수히 존재한다.

유럽에서 중세가 끝나가고 르네상스가 시작될 무렵 왜 연옥의 개념이 탄생했는가. 더 이상 지옥과 천국이라는 이분법만으로는 도저히 설명이 불가능했기 때문 아니었겠는가. 그래서 지옥도 아니고 천국도 아닌 중간 개념이 필요했던 것이다. 단테는 불후의 명작인 신곡에서 지옥과 연옥, 천국을 묘사했다.

그렇다. 세상을 살다 보면 흑백논리로는 도저히 감당할 수 없는 희끄무레한 영역이 존재한다. 그래서, 완전히 검거나 완전히 희거나, 완전히 나쁘거나 완전히 좋은 건 이 세상에 없는 것이다. 악과 선, 미와 추, 진실과 진실의 부재가 사이좋게 공존한다. 그러므로 세상은 애매모호하여 대부분 회색인 것이다. 그것이 진실이다. 나는 그것이 이 세상을 가장 정직하게 바라보는 방식이라고 생각한다.

무엇보다도 소설의 형식을 빌어서 세상의 허공에 대고 하고 싶은 이야기가 왜 없겠는가. 나는 세상과 풍경을, 사건과 사물을, 실재를 오직 이야기로 풀어내야 했다.

그런데, 왜, 하필 사막 이야기인가. 사막에는 완벽한 침묵이 존재한다. 사막에서 유일하게 귀중한 말은 침묵이다. 그곳에서 인간의 목소리는 언어가 되기 전에 먼저 침묵과 조우한다. 죽음과 같은 침묵이 황량한 사막의 존재를 정당화시켜 주었다. 대지에서 울리는 느낌이 너무 강렬하기 때문에 그 사막은 인간의 영혼을 사로잡는 주술적 마력을 갖고 있었다. 초인간적인 대지의 기운이 엄청난 힘으로 인간의 영혼을 빨아들인다.

요즈음의 경박한 세상에는 하찮은 일상을 지저분하게 늘어놓은 수필이나 에세이류, 여행기 또는 신변잡담을 무슨 의식의 흐름 수법이라는 그럴듯한 미명 하에 주절주절 써놓은 일기장 같은 소설, 자폐증에 걸린 사람의 중얼거림 같은 소설, 새로운 것, 신기한 것에 강박관념이 든 나머지 얼토당토않은 해괴망측한 소설들이 넘쳐 난다. 그리고 언제까지 향토적이고 토속적이어야만 하는가? 그것이 한국적이란 말인가? 언제까지 한恨 타령을 할 것인가.

왜, 한이 우리 민족만의 고유 정서이겠는가. 무슨 근거로? 언제부터? 글쎄, (패배의식에 젖어서 자포자기하게 하고 숙명론에 빠지게 만드는) 일제 식민사관의 잔재임에 틀림없다. 두말할 것도 없이 한은 모든 인간의 보편적 정서이다. 이 세상 어디인들 분하고 억울한 일, 크고 작은 원한이 없는 사람이 없겠는가. 잘 살고 부강한 나라인 미국이나 유럽, 일본에는 그런 한 많은 사람이 없단 말인가. 가난하고 소외되고 박해받고 사는 사회적 소수자는 어디에도 있다.

다시 말하면 이 세상 어디에도 가난한 자들, 소외된 자들, 비참한 자들, 억압받는 자들, 수모당하는 자들, 짓밟힌 자들을 의미하는 레미제라블Les Miserables은 널려 있다.

그러므로 찌질이들의 찌질한 삶. 가난한 사람들의 고달픈 삶. 그것만이 우리 것이라고 할 수 있겠는가? 여보게들 궁상 좀 그만 떨게. 우리 삶의 영역이 세계적으로 확장되고 있지 않은가. 우리 배달민족이 세계 방방곡곡 구석구석까지 진출하고 있지 않은가. 이 세상의 끝인 파타고니아까지. 이제는 인간 삶의 보편적인 주제를 찾아서 세계의 독자들을 향해 글을 써야 되지 않겠는가.

지구촌. 국제화. 세계화.

5. 나는 훔치거나 모방한다.

어떤 작가도 무에서 출발할 수는 없다. 위대한 작가들 중에서 누가 무에서 창조를 이루어냈을까. 그들은 무에서 작품을 창조한 조물주란 말인가. 우리가 쓰는 언어를 누가 발명하기라도 했단 말인가. 우리는 다만 과거를 기억하고, 모방하고, 가끔 훔칠 뿐이다. 나의 언어 속에는 남모르게 훔친 남의 글이 내재되어 있을 것이다. 그러니 새로운 것을 추구하는 것은 헛된 일이거나, 자기기만에 불과한 것이다.

그러므로 호모 사피엔스가 탄생한 이래 수만 년 동안 이루 헤아릴 수 없이 많은 무명의, 익명의, 이름 있는 이야기꾼, 작가들이 이미 수백 번, 수천 번을 넘게 똑같은 형식과 내용, 재료, 주제를 가지고 소설을 우려먹었으니, 단언컨대 새로운 것이 남아 있을 리 없다.

모든 이야기는 다른 이야기의 변형이고, 변주일 따름이다. 모든 것이 이미 쓰여졌다. 그래서, 솔로몬은 이미 3,000여 년 전에 '하늘 아래 새로운 것은 없다. 모든 새로운 것은 단지 망각의 결과일 뿐이다.'라고 말했다.

그렇다. 나는 남의 것을 훔치고 모방을 하며 배운다. 내가 무슨 탁월한 상상력이나 번뜩이는 영감이 있어서 새로운 것을 창조할 수 있겠는가. 모방. 모방의 모방. 절도 모조품. 반복. 위선. 위악. 진부함. 클리셰 Cliché.

그런데 모방과 절도의 가장 고귀한 형태인 표절의 한계는?

최근 문학이론가들은 그걸 '상호텍스트'라는 그럴듯한 이름으로 한껏 미화시키고 있다. 그들은 애써 표절의 문제점을 외면한 채로 모방 또는 영감이라고 하였다. 모든 작품은 다른 많은 작품들과의 연결 속에서 존재할 수밖에 없다는 것이다. 다시 말하면 한 작품은 그것이 선택하고 반복하고 변형하여 도전하는 이전의 작품들에 의해서만 탄생할 수 있다는 것이다.

필립 솔레르스는, '모든 텍스트는 여러 텍스트의 접점에 위치한다. 모든 텍스트는 여러 텍스트의 다시 읽기이자 강조이자 한데 엉겨 굳어짐이자 이동이자 깊이이다.'라 말했고, 엘렌 모렐-앵다르는 '모든 텍스트는 인용들을 쌓아올려 만든 것이고, 다른 텍스트들을 흡수하고 변형시킨 살아있는 글이다. 글쓰기란 다시

쓰기다.'라고 했다.

롤랑 바르트는, 작가는 결코 근원적인 몸짓이 아닌 다만 이전의 몸짓을 모방할 뿐이고, 그의 유일한 권한은 글쓰기를 뒤섞거나 대립하게 하여 그 중 어느 하나에도 의존하지 않게 하는 데에 있다고 하였다. 그러므로 글에서는 변용과 증식이 일어난다.

바르트는 문학에 있어 모방이나 표절의 문제는 어쩌면 문학 언어의 특성이기도 하다는 견해를 표명했던 것이다. (그래서 그는 저작권 개념을 원리적으로 부정했다.)

그렇다면, 나의 경우 주로 누구로부터 모방을 하고 배우고 있는가. 문학을 체계적으로 공부한 적이 없었다.

오랫동안 끊임없이 무작정 읽었으니까 널리 모두로부터 영향을 받았을 것이다. 특별히 누구로부터라고 의식하지는 못한다. 그러나 작가가 지독하게 읽지 않으면 어떻게 글을 쓸 수 있겠는가. 그동안 수천 권의 책 (그 책들은 우선 소설에서부터 역사, 철학, 문학, 법학, 생물학, 동물학, 천문학, 지리, 여행기, 기타 잡서 등등 수십 종에 달하지만)을 읽고 또 읽었고, 지금도 매일 눈이 짓무르도록 매일 책을 읽고 있으니, 도저히 헤아릴 수 없는 그 수많은 경우를 어떻게 기억할 수 없다.

나는 호르헤스가 말한 기억의 천재 '푸네스'도 아라비안나이트에서 1001개의 이야기를 풀어 놓는 '세헤라자데'도 아니기 때문이다. 기억이란 참으로 애매하고 모호하고 믿을 수 없는 것이다. 바로 조금 전 일도 그렇다.

다만 그들 책들로부터 무슨 대단한 영향을 받았다고 할 수는 없겠지만 책들의 의미와 내용이 내 잠재의식과 무의식의 세계에 깊이 스며들어 정신적 자양분이 되었을 것이다.

지금까지 세상에 얼굴을 들이밀고 나온 얼마 되지도 않은 내 작품들에는 소위 말하는 메타 텍스트적 또는 상호 텍스트적 요소들이 여기저기 흩어진 채 들어있다는 것을 미리 말해야 할 것이다.

소설은 자기 자신 속에서, 독자 속에서, 작가 속에서 각기 다른 얼굴을 하고 있을 것이다. 나는 독자들의 몫인 해석을 스스로 하고 그것을 끝까지 해체한다. 그것이 구축하고 있는 세계의 실재를 세밀하게 포착하여 개별적으로 쪼개는 것이다.

그렇게 해서 장편소설 사하라는 가능한 범위 내에서 여러 부분이 중·단편 소설로 분리되어 독자적인 생명력을 가지게 되었다. 다시 말하면 그들 소설 간에는 종속관계 또는 차용관계는 성립되지 않으며 완전히 자율적이고 독립적이다. 그렇다고 상호 배타적이지도 않다. 긴밀하게 연결되어 있기 때문이다. 그게 내가 고심 끝에 의도한 바였다.

그렇게 함으로써 새로운 자료와 주석을 참고하고 상상력을 발휘해서 내가 구축한 세계를 더욱더 확장하고 내가 말하고자 하는 주제와 담론 (장편에서는 불가피하게 매몰될 수밖에 없는 작은 주제들인)을 부각시키고 심화시킬 수 있기 때문이다. 되풀이되는 특정한 인물과 주제. 주제가 반복되고 주인공의 목소리가 누적되면 하나의 총체적인 목소리를 만들어낼 수 있을 것이다. 그러나, 이걸 가지고 전혀 근거가 없고 개념 정리가 안 된

해괴망측한 용어인 자기 표절이라고 할 수 있을지 모르겠다.

물론 자기 표절의 원조는 다름 아닌 신 자신이다. 신은 인간을 창조할 때 자신의 형상대로 만들었지 않은가.

그런데 모든 이야기의 뒤에는 그 인물들의 또 다른 삶이 있다. 그 작중 인물들의 이야기가 아직 끝나지 않은 것이다. 그러므로 그들의 이야기를 이어갈 수밖에 없다. 우리는 소위 후일담, 그 후 이야기를 궁금해하지 않는가. 그런 이야기를 추가하고 싶은 것이다.

다만 작가가 자신의 창작 과정을 지루하게 내세우면 그건 촌스럽고 오만하고 진부하다고 비난받을 수 있다. '예술가여! 창작은 하되 말하지는 말라!' 라는 금언을 되새겨야 하리라. 그러나 이는 유명작가에게나 해당하는 일이고 포스트 모더니즘의 시대에 나 같은 무명에게는 상관없는 일 아니겠는가.

6. 역사가 짧은 소설에도 미래는 있는가.

지금 우리 소설들은 이야기는 내용이 너무 빈약하고 변곡점에서 느닷없이 또는 지나치게 비틀어서 탈이다. 그래서 독자들이 지겨워서 떠나고 있는 것이다. 그랬으니 현대 소설은 유구한 역사를 지닌 시와 비교하면 그 역사가 극히 짧은 젊은 장르임에도 불구하고 벌써 일부 평론가들과 작가들 스스로 소설에 사망 선고를 내린 것이다. 경제적 관점에서 보자면 수요는 늘어나지 않고 계속 줄어드는데 이상한 소설은 공급과잉인 것이다.

그러나 소설은 모든 예술 형식 중에서 충분하리만큼 열려있고, 길고, 폭넓고, 대담하고 진득하다. 그래서, 그럼에도 불구하고, 심각하게 상처를 입기는 하겠지만, 어떻든 영원히 살아남을 만큼 내구성이 있는 것이다.

중국 춘추시대 정나라의 유명한 학자이면서 중국 최초의 직업 변호사였던 등석은 논변 이론에서 좋은 말을 '큰말 大辯'이라고 하였고, 하찮은 말 또는 나쁜 말을 '작은말 小辯'이라고 분류하였으니 소설은 분명히 하찮고 나쁜 말임에 틀림없다. 그러므로 小說은 中說도 아니고 大說도 아니고 雜說이다. 소설은 잡초처럼 질기고 포용 능력 역시 한계가 없다. 소설은 잡설이므로 그 내용 속에 논문이나 학설, 시나 에세이, 르포, 잠언, 오마주, 패러디, 독백, 철학이나 과학, 온갖 잡설을 다 풍부하게 포용할 수 있는 것이다. 그래도 소설의 정체성은 훼손되지 않으니. 오! 너무나 위대한 잡설이여.

이제는 소설의 본류, 기본으로 돌아가야 할 때이다. 인간의 일생이란 삶과 죽음의 연속과 순환이다. 처음, 중간, 끝이 있는 것이다. 그러므로 이야기 역시 그러한 연속과 순환을 가지고 있어야 한다. 그러면 소설은 살아남을 것이다.

인류는 스토리텔링 애니멀이고 스토리리스닝 애니멀이기 때문에 결코 이야기를 떠날 수 없는 것이다. 인간이 타자와 언어를 매개로 하여 이야기를 교환하는 것이야말로 인간성의 본질적 조건이기 때문이다. 그러므로 이야기에 대한 인간의 욕구는 음식 섭취에 대한 욕구와 마찬가지로 기본적이다. 우리는 천일야화를 읽으면서 인간의 그 욕구를 이해할 수 있게 된다.

그러므로 무엇보다도 정확한 세부 묘사를 통하여 리얼리티가 살아있어야 한다. 그러나 모호함을 심오한 것으로 혼동하는 것을 경계한다. 이게 지금 / 여기 / 우리에 대한 사회소설을 지향하는 나의 확고한 지론이다.

롤랑 바르트는 강조했다. 소설에서 세부적인 것이야말로 즐거움의 대상이어서 텍스트를 읽게 하므로 세부적인 것이 중요하다는 것이다. 그리고 그것은 이데올로기에 가장 덜 오염되기 때문에 따라서 가장 생명력이 긴 것으로 간주하였다. 실상 오랜 시간이 지난 후에도 살아남는 것은 어떤 사상이나 철학이 아닌 바로 아주 세부적인 삶의 일상적인 양상이라고 하였다.

따라서 모더니즘, 포스트 모더니즘 또는 (지금은 이미 사라져 버린 장르인) 마술적 리얼리즘을 추구하는 소설일지라도 그 소설이 구축한 허구의 세계 속에서 인과관계가, 앞뒤가 잘 들어맞는 꼭 짜인 이야기여야 할 것이다.

소설은 현실보다 훨씬 더 진지하고 성실해야 한다. '왜 소설보다 현실이 이상해 보이는가. 소설은 어쨌거나 말이 되어야 한다.'(마크 트웨인) '……소설을 쓰려고 할 때 작가는 가능한 선까지, 그리고 가능한 한 자세히 소설이라는 세계를 창조해야 한다.'(움베르토 에코)

그렇다고 19세기 프랑스 리얼리즘 소설에서 비극의 원칙으로 가장 중요시했던 반전이나 반전의 반전, 반전의 연속이 소설에 필수적이라는 말은 아니다. 그래서 에코는 빅토르 위고의 소설에 대해서 '과잉의 시학'이라고 하였다.

나는 자신의 경험을 정직하게 간직하고 있다. 사람들의 오랜 경험은 인간 내면의 가치가 무엇인지 가르쳐준다. 삶에 대하여 절망하지 않으면 삶에 대한 희망도 없을 것이다. 우리는 모든 걸 잃은 후에야 겨우 뭔가를 깨닫는다. 나는 인간 삶과 죽음의 조건, 인간의 운명과 같은 근원적인 문제들에 대하여 계속적으로 탐구할 생각이다. 생명이 있는 모든 존재는 필연적으로 자신의 존재 안에 죽음을 내재하고 있다. 그러므로, 삶의 마지막이 죽음이고 죽음의 시작이 삶이다. 죽음은 인간 삶의 가장 중요한 조건인 것이다.

7. 사하라에 대한 단상들 (1)

지금부터 장편소설 **사하라**에 대해서 이야기하겠다.

사하라에서 김규현(金圭賢)은 투아레그족 청년 이브라함(Ibraham)과 함께 사하라 사막 남쪽을 여행하던 중, 고물 자동차가 고장 나고 사막 속의 사막에 갇히면서 목이 말라 갈증 때문에 죽는다. 아주 솔직히 말해서, 과격하게 말하면 그는 사막에 완전히 매혹되어 사막에 미친 사람이라고 할 수 있겠지만, 그래서 사막에서 목말라서 갈증으로 죽어야 했지만, 나는 그와는 전혀 다른 사람으로 결코 사막에 완전히 매료된 바도 없고 더욱이 사막에 미친 사람도 아니다. 이 점 오해가 없기를 바란다.

순진한 독자들 몇몇은 자주 그와 나를 동일한 인물로 오인하기 때문에 이 말을 하지 않을 수 없다. 나는 소설의 화자와 작중 인물의 타자성을 충분히 인정한다고, 말하고 싶다. 그러므로 작가는 배우가 되는 것과 같다고 하였다. 작가는 배우처럼 자기와는 전혀 다른 배역과 다른 인간성을 소화해야 하기 때문이다.

물론 나는 상상적 세계인 소설 속 인물을 실제 인물과 동일시하고 싶은 독자의 정당한 욕망을 이해한다. 작가와 소설의 주인공이 미분화된 고백 형식의 사소설, 1인칭 소설이 한때 (일본의 초기 자연주의 문학 시절) 일본 소설의 전통이 된 적이 있기는 하다. 그러나 그는 실재하는 인물이거나 어떤 인물의 모방이 아니다. 지금 우리 주변에서 그렇게 어리석고, 무구한 사람을 어디서 찾을 수가 있을까. 왜 그는 모진 고통 속에서 살다가 일찍 죽어야만 했는가. 이게 이 긴 소설이 독자들에게 제기하는 진지한 물음이라고 할 수 있을 것이다.

(그런데…… 왜, 어떤 이유로 이 세상에는 온갖 죄악과 부조리, 고통과 고난이 이토록 많은 것인가. 사악한 인간이 고통을 받는 것은 당연하다고 할 수 있지 않겠는가. 그런 인간은 마땅히 대가를 치러야 하기 때문이다. 그것이 정의다. 그러나 무구한 사람이 크나큰 고통을 받는 이유는 무엇인가. 왜 정의로운 인간이 사악한 인간보다 더 큰 고통을 받아야 하는가. 사악한 인간들이 횡행하고 그들이 세상을 좌지우지 지배하는 이유는 무엇인가.

왜 신이 존재한다면 신은 그런 행위를 용납하는가. 정말 위대한 유일신이 존재하는가.

그런데 기독교의 종말론적 계시론은 '때가 온다.' 고, 악의 시대가 거의 끝나간다고 강조했다. '회개하라, 복음을 철석같이 믿어라.' 그리고 하나님이 악의 세력을 몰아내고 어떤 고통도 없고 가난도 없는, 진리와 정의, 평화만 있는 유토피아, 하나님의 나라가 곧 도래한다는 것이다. 그러나 우리는 2,000년이 넘게 기다렸지만 어떤 기미도 느낄 수 없으니 독실한 범신론자인 내가 유일신을 믿지 않는 이유이다. 나는 이 세상에는 악과 선이 사이좋게 공존하고 있고 악의 세력은 결코 사라질 수 없다고, 믿는다. 악은 필요악이고 불멸의 존재이기 때문이다.)

일부 독자들은 말한다. "소설이 쓸데없이 어려워요 그래서 몇 장 넘기다 읽기를 포기했지요", "소설에 깊이가 있기는 해요", "소설이 너무 재미없어요. 재미가 없으면 소설이 아니지요" (하지만 재미가 없다는 것은 다른 말로 하면 지루하다는 것이다. 소설의 지루함이란? 왜 소설이 꼭 재미있어야 할 책무라도 있다는 말인가? 왜 소설이 난해하고 불투명하고 지리멸렬하면 안 되는가.), "김규현이 누구예요 인터넷에서 아무리 찾아봐도 그런 사람이 없어요. 실제 인물이 맞나요", "그런데 사하라에는 몇 번이나 다녀왔지요?"

나는 그 말들을 듣는 순간 그들이 그 소설을 전혀 읽지 않았음을 눈치챘다. 그러나 나는 "여러분 더 주의 깊게 끝까지 읽어보세요"라고 말할 용기는 없다. 일상생활에서 너무 바쁜 그들이 그걸 왜 읽겠는가. 수긍이 간다. (그러니까 폴 오스터의 말이 생각난다. 그는 글쓰기를 인생을 어리석게 사는 확실한 방법이라고 했고, 어느 누구에게도 필요치 않고 아무도 원치 않는 것을 만드는 일이라고 말했다. 정말 그렇다. 내가 지금 무얼 하고 있는 것인가.)

스탕달은 1822년에 지금은 너무나 유명한 연애론을 출간했지만 그 당시에는 11년 동안 단 17권밖에 팔리지 않았다. 그때 출간 당시 스탕달은 너무 궁금한 나머지 그 책의 평판이 어떤지, 출판사에 넌지시 물어보았다. 출판사 영업 직원이 대답했다. "그것은 신성한 책이라고 할 수 있겠지요. 아무도 집어 들거나 펴보려고 하지 않으니까요." 그런 의미에서 **사하라**는 지금 신성한 책이 되었다.

커트 보네거트는 일단 책을 발표하고 나면 그 작품은 자신의 손을 떠난 것이고 세상으로 나간 책은 자신만의 생명을 얻을 것이라고 말했지만, 나는 그 소설에 대해 자부심과 자포자기 사이를 오락가락한다. 그러나 호르헤 루이스 보르헤스는 "실낱같은 존재의 개연성만 있어도 그 책은 얼마든지 실재한다고 볼 수 있다."고 말했으니, 그 책도 가냘픈 생명력으로 살아남으리라.

나는 그 책을 다시 읽기가 민망하면서도 여전히 그걸 붙잡고 있다. 아주 사소한 부분이라도 내게는 너무 중요하다. 소설의 배경을 바라볼 때 대가는 그것을 단지 충실하게 묘사하는 일은 피하는 법이어서 사실 그대로 그리려 하기보다는 오히려 그 본질만을 전달하려고 한다는데, 나는 대가는커녕……

8. 나는 어떻게 소설을 써야 할까?!

나는 스케일이 아니라 리얼리즘 또는 포스트 리얼리즘을 신봉하는 작가로서 디테일에 집중한다. 그래서인지 반복해서 세밀한 묘사에 집착하고, 밀란 쿤데라가 말한 '소설만이 발견할 수 있는 것'을 찾아내려고 분주하다.

소설은 이야기만이 전부가 아니기 때문에 우화적인 의미를 동시에 담아내야 하느냐를 가지고 고심하고, 너무 진지하고 지나칠 정도로 엄숙한 것은 현대의 이단이기 때문에 유머와 난센스가 어느 정도는 필요하다고 느끼고, 내 주변의 이야기, 사소설은 대부분 너무나 어리석고 사소한 주제이기 때문에 결코 써서는 안 될 것이다. 특이한 단어를 발견하면 지워버리고 평이한 단어로 대체해야 하지 않을까, 그러나 뻔하고 흔해빠진 상투적 어구만은 피해야만 한다. 내가 창조했던 인물들을 사랑할 수 있을까, 그가 까칠하고 악인인 경우에도 말이다. 표현이 멋있지만 불필요하다고 생각되는 문장을, 문단을 살리려고 하지 말고 버릴 방법을 찾아야 하지 않을까, 마음에 드는 문장을 과감하게 삭제하면 미심쩍었던 부분 전체가 살아나기 때문이다. 마술적 리얼리즘을 흉내라도 낼 수 있을까, 상상력을 무한정 발휘할 수 있으니까 쉬워 보이지 않는가, 또 환상특급 같은 부류의 소설은 어떠한가, 어쨌거나 기괴한 이야기들 아닌가, 귀신 씻나락 까먹는 소리가 아닌가, 그러니 나의 경우는 고지식한 엄숙주의 때문에 불가능할지도 모르겠다. 일상생활에서나 소설에서 애매하거나 무질서한 것을 견디질 못하는 습성을 이제는 버려야만 하지 않을까, 지금쯤은 절대로 못 버릴 것이라고 단정할 수는 없다. 누군가 소설은 과도해지기 쉬운 장르라고 지적했지만 (보르헤스는 "모든 장편소설은, 최고 수준의 작품이라고 하더라도, 언제나 군더더기가 들어있기 마련이다."라고 말했다. 자신이 단 한 편의 장편도 쓰지 못한 것에 대한 구차한 변명이 아니겠는가), 그러나 가망 없을 정도로 소설이 지루하게 길어지면 안 되니까, 적당한 선에서 끊거나 삭제를 해야 할 것이 아닌가, 그러나 그 이야기를 어디에서 끝맺을 것인가? 그걸 어떻게 잘 알 수 있을 것인가. 작중 인물이 작가로부터 해방되어 질주하도록 내버려 둘 것인가, 아니면 철저히 통제해야만 하는가, 인간의 내면 속으로 파고들어 가야 한다. 내가 누굴 흉내 낼 수 있을까, 지금 도무지 생각나지 않는다. 내가 누구로부터 많은 영향을 받았다는 것을 본능적으로 부인하고 싶기 때문에, 아니면 숨기고 싶어서인가. 나는 소설에서 역사적, 지적 요소를 중요시한다, 그러나 그것들은 이야기 속 인물과 행동, 사건 속에 녹아들어가야 한다, 그런데 역사는 진실이라고 단언할 수 있을까, 역사는 허구이고 기껏해야 반쯤만 진실이 아닐까, 역사는 선택이다, 다시 말하면 역사에 쓰여지지 않은, 역사에 편입되지 않은 무시되고 버려진 수많은 사람, 사실들이 있기 때문이다, 역사가들은 실제 역사의 주체이면서 역사에 희생돼 매몰되어 버린 사람들을 철저히 무시한다. 소설의 모든 요소가 왜 시계장치처럼 정확하게 맞아떨어져야 할 것인가, 좀 더 혼란스럽고 거칠고 대담하면 어떻게 될까, 19세기 정통 리얼리즘 소설처럼 특정한 시간과 장소를 배경으로 한, 견고한 플롯과 인물, 토대가 필요하지 않을까, 그러나 현실보다 더 초현실적이고 상징적인 것은 없다. 헤밍웨이처럼, 내가 한 편의 이야기를 끝마쳤을 때 텅 비고, 슬픈 느낌이면서도 행복감을 느낄 수 있을까, 나는 여전히 철학적 주제와 관련한 사색을 소설의 기본 토대로 삼기 위해 노심초사하고, 제시된 수많은 테마들과 모티브들이 변주되면서 분해되고 용해되며 서로 뒤엉켜서 화음을 이루고 결국에는 통일성을 이루어야 한다는 일종의 강박관념을 벗어나지 못하고 있다.

나는 타고난 소설가는 아니기 때문에 또한 지금쯤 모든 감수성은 사라져 버렸기 때문에 이를 극복하려면 표류하지 말고 계속 열심히 쓸 수밖에 없는 운명이다. 악몽과 불면증에 시달리며 강박적일 만큼 헌신과 열정, 인내심이 필요하다. 그러나 자신감 부족을 어떻게 극복할 것인가. 죽을 때까지 불가능할 것이다. 그러나 여전히 심혈을 기울여 몇 번씩이나 수정하고 있다. 결벽에 가까운 수정을. 아무도 거들떠보지 않을 것임을 잘 알면서도 말이다. 이건 우울한 아이러니이다. 그런데 글이란 수정하지 않으면 글이 되지 않는다. 이미 발표된 것도 마찬가지이다. 고치고 또 고쳐야 한다. 고쳐야만 한 편의 글이 탄생한다. 소설도, 시도, 에세이도, 편지도, 소장이나 준비서면도 고치고 고쳐야 한다. 내가 아는 한 톨스토이도, 헤밍웨이도, 피츠제럴드도, 샤토브리앙도, 드 메스트르도, 밀란 쿤데라도, 최인훈도, 소설가 모두, 시인들도 모두 끊임없이 수정했다. 르 메스트르는 그의 **아오스토 골짜기의 문둥병자**를 17번이나 고쳐 썼고, 헤밍웨이는 **무기여 잘 있거라**의 결말 부분을 47번이나 고쳐 썼고, 프루스트는 죽기 전에 **잃어버린 시간을 찾아서**의 초판본을 고쳐 썼다.

9. 사하라에 대한 단상들 (2)

무라카미 류는 어떤 인터뷰에서 "이 소설에서 당신이 말하고자 한 것은 무엇인가요"라고 묻자 "그것에 대답할 수 있다면 소설 따위는 쓰지도 않았을 것입니다"라고 통명스럽게 말했다고 한다.

그러므로 다음은 작가가 주제넘게도 해설하기 위해서가 아니라 오로지 독자의 입장에서 비평적 관점으로 말하는 것이다. 작가는 최초의 독자라고 하지 않는가. 나는 내 안에서 작가와는 분리된 다른 존재, 즉 작가를 의심하는 비평가적 독자로 존재할 수 있어야 되기 때문이다.

사하라는 소위 말하는 액자소설인지 모르겠다. 그러므로 오랫동안 이야기 속의 이야기를 쓰고 또 쓰는 과정에서 전혀 작가의 의지와는 상관없이 많은 주제를 포용하게 되고 그 주제들이 위태롭게 소설의 구성을 떠받치고 있다.

그것은 **천일야화**의 세헤라자데의 상황과 비슷하다고 할 수 있을까? 그녀는 사실 생과 사의 갈림길에서 칼날 위에 서서 이야기가 이야기를 낳고, 다시 낳고, 그렇게 해서 이야기를 풀어 가는데, 강박증 환자였던 샤푸리 야르 왕은 이야기를 듣는데 몰입했고, 그래서 그들은 일시 그 상황을 잊어버릴 수 있었던 것이다.

그들 역시 삶과 죽음이라는 경계선에 서 있으면서 자신의 과거를 회상하고 여러 겹의 이야기를 풀어내는 과정에서 이야기에 몰두했기 때문에 마음의 평정을 되찾고 죽음의 악몽에서 일시적으로나마 벗어날 수 있었던 것이다.

이야기란 그런 것이다. 말하는 쪽이나 듣는 쪽이나 몰입하게 하는 마법을 가지고 있는 것이다.

그런데 그것은 롤랑 바르트가 '쓰는 사람의 영광, 감옥, 고독'이라고 한 순전히 개인적인 독특한 작가만의 언어 스타일로 쓴 것이라고 할 수 있을까? 그래서 작가는 소설에 나타나는 특유하고 반복적인 언어 스타일과 소설의 구조, 테마 등에 의해 소설의 정체성(narrative identity)을 확립하였다고 할 수 있을 것인가?

사하라는, 아프리카 원주민으로 유럽으로 건너온 이방인이었기 때문에 서구 문명사회에서 온갖 풍상과 슬픔, 모멸을 겪은 사람, 사막의 여행 가이드 이브라함과 건축설계사이면서 오직 정글과 사막만을 여행하는, 오디세우스처럼 험한 길을 방랑하는 건축 설계와 감리, 엔지니어링 회사인 (주)공간의 김규현 상무가 사하라 사막의 남쪽에서 갈증으로 죽는다는 이야기이기 때문에 (그들이 사막 도시 타만라세트를 출발한 것은 2000년 6월 15일 이른 아침이었다. 그 며칠 후 사하라 남쪽에서 사막의 미로에 갇혔다. 김규현 상무는 44세의 나이로 7월 9일 죽었다. 이브라함은 그 이틀 전에 죽었는데 짐작키로는 32세쯤 되었을 것이다. 그들은 절망적인 상황에서 더 이상 내일은 없었다. 오직 과거를 이야기할 수 있었을 뿐이다. 자신의 지나온 인생 역정을 담담하게 서로에게 들려주었다. 소설 사하라는 분해 또는 해체할 수 있는 여러 이야기 조각들을 주워 모은 것이다. 그러나 그들은 사하라 남쪽 사막에서 죽을 운명이었다. 그렇게 예정되어 있었다. 그러니까 작가가 의도적으로 비참하게 죽게 한 것이 아닌 것으로 보아야 할 것이다.)

우선, 여행소설이어서 여행의 의미, 그것의 목적, 목적지에 도달했을 때의 허무감, 호모 에렉투스인 인간이 어떻게 해서 허리를 펴고 걷게 되었는지, 걷는다는 것의 의미는 무엇인가.

우리는 여러 가지 이유로 고향을 떠난다. 보다 나은 삶을 추구하기 위해서, 또는 고향을 더 이상 견딜 수 없어서 고향을 떠난다. (김규현과 이브라함처럼 말이다. 그들은 공통적으로 고향에 대한 외상 후 스트레스 장애 때문에 평생 동안 고통을 받았다.) 고향이란 무엇일까. 고향은 '고향의 푸른 잔디(green green grass of home)'처럼 평생 동안 잊지 못할 그리움을 의미하는 것일까. 고향과의 단절은 끊임없는 고통으로 남을 수밖에 없을 것이다. ('파리의 이별'에서 H처럼 말이다.)

미학적 토대에서 인간 삶의 조건, 삶과 죽음, 우리를 끊임없이 괴롭히는 신이라는 주제와 관련해서 신은 존재하는지 마는지, 신은 살았다가 언제부터인가 죽어버렸는지, 그건 타살인지 자살인지. 사막에는 정말 신이 존재하는지, 김규현은 자신의 신을 찾았는지, 그 신이 그를 외면하지는 않았는지. 인간의 영혼은 불멸하는지, 꿈이 무엇인가, 우리는 끊임없이 꿈을 꿔야 하는지, 꿈은 영혼의 자양분이다. 인간의 운명은 무어란 말인가, 운명까지도 유위전변 有爲轉變이라고 할 수 있는가, 운명은 예정되어 있는가, 그렇다면 인간의 자유의지는 무슨 의미가 있는가, 그렇다면 작가의 길고 긴 삶의 궤적에서 작가의 크고 작은 운명들은 어떻게 진행되었는가.

그리고 전쟁이란 무엇이란 말인가. 20세기는 위대한 전쟁의 시대가 아니었던가. 제1차 세계대전은 모든 전쟁을 끝내기 위한 전쟁이었지만, 애당초 더 참혹한 전쟁인 제2차 세계대전을 잉태하고 있었지 않은가. (그래서 존 키간은 "대부분의 성인에게 전쟁에 관한 이야깃거리가 있다는 것이 20세기의 비극 가운데 하나"라고 말했다.)

그러나 전쟁이 남긴 참화가 개개 가족과 인간에게 끼친 후유증은 인간 비극 그 자체이다. 자크는 제2차 세계대전 중 서부전선 뫼즈 강 전투에 참여하였다가 포로가 되어 포로수용소에서 5년을 보냈다. 김규현의 두 삼촌은 6.25 전쟁에서 전사하였다. 그때문에 그의 아버지는 알코올 중독에 거의 폐인처럼 살다가 바다에서 자살한 것처럼 죽었다. 작가는 1969년 월남전에 참전하였다. 전쟁에 직접 참여했건 목격자에 불과했건 간에 그 후 오랫동안 전쟁이 남긴 정서적, 심리적 트라우마 때문에 고통을 받게 된다.

작가는 **사하라**에서 이러한 전쟁의 비극을 주제로 삼아서 고발하려고 의도한 것인가. 그렇다면 그 책은 작가 자신을 위해 썼던 것일까. 확실하게 말할 수는 없을 것이다. 작가도 모르기 때문이다. 아마 유령을 위해 썼을 수도 있다. 지금 세상에 누가 전쟁의 비극에 관심이 있겠는가.

그런데 주제어 key word인지 여부와는 상관없이 이 소설의 구성에 있어서 미학적 욕망이라 할 수 있는, 구체적인 실체로 나타나는 것들이 있다. 그것들은 소설의 정체성과 관련된 것이다. 그것들은 소설 속에서 인물들의 모티프, 행동과 실존적 상황을 통해서 점차 드러나게 된다.

사하라, 사막, 낙타, 사막의 도시 타만라세트, 거룩한 신부님, 유목민인 투아레그족, 아프리카, 사바나, 사헬지대, 밀림, 원시 부족, 분쟁, 사자, 에이즈, 남쪽 바다, 늙은 여자, 사이코패스, 종교의 타락, 무슬림, 움미인 마호메트, 위대한 여행가 오디세우스, 불운한 반 고흐, 영원한 여성인 어머니, 언제나 그리운 동생, 갈증과 죽음, 고독, 침묵, 망각, 과거, 현재, 미래가 없는 미래, 절망, 농담, 희극, 무無, 무상無相 無常 無想, 등등.

또한, 김규현은 건축가이므로 건축의 미학, 그의 플라토닉 연인이었던 (그러나 플라톤은 살아생전에 이 말을 한 적이 없으니) 손희승은 사진 작가였으므로 사진의 미학, 그들은 서로 사랑하고 헤어지고, 죽으면서 또다시 이별하므로 이별, 약간 멜로 드라마적이고 감상적이고 유미주의적이긴 하지만 산부인과 의사와 그의 아내 심현숙은 열렬히 사랑하고 육체적 쾌락을 누리고 그리고 결별하였으므로, 달콤 씁쓸한 육체적 사랑과 쾌락의 의미, 에로티시즘, 오르가슴, 나르시시즘, 아이러니, 결별의 의미 같은 것 등.

작가는 자신의 작품 속에서 창조한 작중 인물 모두를 깊이 사랑한다. 그래서 그는 동성애자라고 단언할 수는 없겠지만 지독한 나르시시스트일 것이다. 그는 그들 인물 중에서도 지극히 쾌락주의자이고, 현실적이고, 잔인하고, 개성이 강렬한 심현숙을 가장 사랑한 것으로 보인다.

그녀가 팜므 파탈이라고 할 수는 없다. 오스카 와일드의 살로메처럼 능굴능신 能屈能伸하게 변신하는 치명적인 악녀는 아니기 때문이다. 본래 팜므 파탈은 프로이드가 히스테리아라고 명명했던 소름끼치는 강박관념에 사로잡혀 있지만 그녀는 밝고 건강했기 때문에 히스테리아 환자는 아니다. 그녀의 눈은 가끔 빛났지만 사악할 만큼 뇌쇄적이지는 않다. 그녀는 사치스럽고 변덕이 심했지만 옷차림새와 행동은 섹시하지 않다. 그녀는 고루한 관습과 심리적인 속박에서 해방된 자주적인 여성이었고 잡초 같은 생명력을 가졌을 뿐이다. 그리고 그녀는 현명하다. 소설은 그녀의 그런 성격을 명시적으로 보여주지 않았지만 말이다.

(작가는 지금도 그녀 같은 멋진 여자를 실제 만날 수 있기를 은근히 바라고 있을 것이다. 그렇기 때문에 그런 인물을 창조한 것이 아니겠는가.)

소설의 주제 중에서도 이별의 주제는 인간 삶의 조건, 삶과 죽음, 신의 존재 여부, 여행의 의미와 함께 이 소설의 가장 중요한 뼈대라고 할 수 있다. (그러나 이건 순전히 작가의 견해일 뿐이다. 작가가 죽은 후라도 어떤 유별난 비평가가 나타나서 또 다른 것을 발견할 수 있다면 ……. 슐라이어마허는 '비평가는 작가 자신보다 더 많이 안다.'고 했으니까……. 그러나 그에게는 비평할 용기와 함께 찬양하는 용기가 필요하리라.)

10. 소설에서 주제란 무엇인가?!

이야기란 때로는 이야기를 말하는 사람보다 더 위대하다고 했다. 글읽기와 글쓰기는 내게 세상과 인간의 삶과 사물을 이해하기 위한 중요한 매개 수단이었다. 그러나 누구에게도 이야기는 있다. 그러므로 이야기에는 필연적으로 주제인지 메시지인지 의미인지가 내재해있다. 그것들이 글 속에서 딱히 선명할 필요는 없을 것이다.

그래서 작가가, 소설가가, 이야기꾼이 특정한 주제에 의식적으로 얽매일 필요는 없다고 본다. 다시 말하면 (때로는 그 개념이 가변적이고 모호해질 수 있는) 몇 개의 지극히 추상적이고 철학적이고, 고상한 단어들만이 주제어가 될 필요는 없는 것이다.

모든 예술에는, 소설, 이야기, 희곡, 시, 음악, 미술, 조각, 영화, 드라마, 만화, 신문기사, 텔레비전 뉴스, 신중한 언어에는 직접적이건 간접적이건, 중요한 것이건 사소한 것이건, 모두가 주제가, 즉 진리가 알게 모르게 내포되어 있다.

그러므로 주제는 언어와 그것의 또 다른 형태인 침묵에 있어서 본질적 특성인 것이다. 심지어 사소한 말, 농담에도 그것은 들어있다. 우리가 흔히 '뼈 있는 농담'이라고 하지 않는가. 그러니 작가는 주제를 의식하거나 주제 때문에 걱정할 필요는 없는 것이다. 이야기에는 그것이 저절로 따라오니까 말이다.

그러나 조지 오웰은 성급하게도 모든 글쓰기는 프로파간다라고 결론지었다. 그가 말했다. "프로파간다는 모든 책의 심장부에 숨어 있다. 예술 작품은 어느 것이든 각각의 의미와 주제, 즉 정치적, 사회적, 혹은 종교적인 주제를 내포하고 있다."

그래서, 이 작가는 **동물농장**과 1984에서 주제와 담론을 너무 일찍 명백하게 드러내 놓고 스스로 결정을 해버렸다. 물론 줄거리가 단순한 덕분에 철학적, 정치적 분석을 부각시킬 수는 있었지만 말이다.

하지만, 그것은 희미하고 불명확하고 다의적이어서 그걸 둘러싼 해석의 갈등은 독자의 몫이 아니겠는가. 소설에는 독자의 상상력으로 채워야 할, 작가가 주절주절 말하지 않고 비워두어야 하는 여백, 즉 빈자리 leerstelle가 있어야 하는 것 아닌가.

사실인즉, 소설은 무엇을 쓰느냐 (또는 이야기하느냐) 보다는 어떻게 쓰느냐가 중요한데 나는 여전히 어떻게 쓰는지를 잘 모르고 있다고 할 수 있다.

일반적으로 말해서, 긴 소설에는 너무 많은 이야기가 중첩되고 다양한 주제가 공존하고 있으니까 독자들은 자신만의 관점에서 읽고 싶은 대로 읽게 될 것이다. 그러므로 독자가 내 소설에서 어떤 관점으로 무엇에 중점을 두고 읽게 되건 그걸 내가 어떻게 알 수 있겠는가. 내가 상관할 필요도 없고 알 필요도 없을 것이다. 그건 독자의 몫이다.

다만, 무엇을, 무엇에 관해서 쓸 것인가, 주제와 담론과 관련해서 우리의 삶에서 근본적인 것들, 삶의 조건, 신이나 죽음, 자유 등의 문제에 대해 에세이를 쓰면, 에세이는 소설적인 기교나 우회로 없이 단도직입적으로 명쾌하게 담대하게 쓸 수 있으니까, 나는 소설과 함께 여러 편의 에세이를 쓰게 되었다. 솔직하게 말하면 독자들의 오독에 대한 의구심 때문이었을지도 모른다.

미친 듯한 반복. 쓸데없는 중복.

그러므로…… 이건 나에게는 유일한 사람인 현명한 독자를 오해하여 모욕하는 말이 될지 모르겠다. 하지만 그 독자는 나의 불안과 강박, 경박성, 조급성, 충동적인 성격을 이해해야만 한다. 톨스토이는 '인간은 육체 안에서 무력하지만 정신 안에서는 자유롭다'라고 말했지만 말이다.

나는 여기에서 고백해야 할 것이다. 나는 끝날 때까지 다시 주제와 인물, 사건을 반복한다.

Ross, H.는 '문학 텍스트는 단지 뭔가에 관한 것일 뿐만 아니라 그 뭔가를 한다'라고 했으나, 나는 그 뭔가를 하는 일에 여전히 미숙하고, 그러니까 문학적으로 쓰는 능력이 부족하다. Iser, Wolfgang은 '문학텍스트는 독자가 채워야 할 틈을 남긴다'라고 했으며, 비트겐슈타인은 '……나의 작품은 두 부분으로 되어 있으며, 여기에 제시한 부분과, 내가 쓰지 않은 부분으로 이루어져 있습니다…… 바로 이 두 번째 부분이 중요한 부분입니다'라고 했으나, 나는 소리의 침묵과 공간의 여백에 둔감하여 지리멸렬할 때까지 웅얼거린다.

지나친 강조와 과정 때문에 텍스트는 명료할 수 있지만, 말하려고 했던 것은 입 밖으로 나오지 않고 말하지 않았어야 했던 어떤 것이 불쑥 입 밖으로 튀어나오게 된다.

그러나 칸트의 미학에 있어서 '무목적의 목적성' 개념이 의미하는 것은 무엇인가. 그걸 내가 제대로 이해하고 있는지 자신할수는 없지만 그 개념을 나름 문자 그대로 차용해서 쓸 수는 없을까.

독자가 아무런 목적의식 없이 작품 속으로 무의식적으로 몰입하여 감상하고 이해하는 과정에서 아름다움을 느끼고 그러면서 자신의 삶을 성찰하게 되고 타자와 이 세상에 대하여 연민의감정과 함께 공감하게 된다면 더 이상 무엇을 바랄 수 있겠는가.

11. 사랑과 죽음, 이별에 대한 단상들.

지금쯤 벌써 절판되어버렸을 2013년에 나온 소설집 이별에대해서 말할 차례이다. 그 소설집은 '사랑과 이별'에 대해 10편의 짧은 이야기를, '죽음과 이별'에 대해 12편의 이야기를 싣고있다.

우리는 사랑하고 헤어진다.

우리는 태어나고 죽는다.

사랑과 이별.

사랑이 해피엔딩으로 끝나버린다면 그게 어찌 호모 사피엔스가 탄생한 이래 모든 이야기의 영원한 주제가 될 수 있었겠는가. 진지한 예술의 영원한 주제는 사랑의 실패에 관한 것이다. 성공은 대개 동화 같은 이야기에서 나온다. 우리는 사랑하며 미워한다. 우리는 사랑해선 안 될 사람을 사랑한다.

진정한 사랑이란 이별을 동반한다.

짧은 사랑과 긴 이별 또는 영원한 이별. 이런 비극적이고 절망적인 사랑이란 도저히 이루어질 수 없는 사랑을 말하는 것이 아니고 단 한 번 이루어졌다가 영원히 잃어버리는 사랑을 말한다. 닥터 지바고에서 지바고와 연인 라라의 사랑과 이별처럼 (그 짧은 만남이란), 또는 사하라에서 김규현과 손희승의 사랑과 이별처럼, 또는 이브라함과 만수라의 이별처럼 말이다.

이별은 천 년 전에도 그랬다. ……날러는 엇디 살라하고/ 바리고 가시리잇고/ 잡사와 두어리마나난/ 선하면 아니 올세라……

김소월 시인은 32세 때 (1934년) 아편을 마시고 음독자살하였으니. 그는 '나보기가 역겨워 가실 때에는 말없이 고이 보내 드리오리다'라고 하였다. 떠나는 사람을 어찌 붙잡을 수 있겠는가. 그러나 인간이 분노와 배신감, 저주와 원망을 그렇게 쉽게 감출 수 있을 것인가? 하지만 한용운 시인은 '님의 침묵'에서 만나면 헤어지는 것이 순리라고 하였다.

그러므로 사랑은 언제나 이별의 시간이 오기까지는 자신의 깊이를 모르게 마련이고 (K. 지브란), 사랑하는 사람과 이별하는 것은 죽음보다 더 괴로운 것이다. (W. 쿠퍼) 그리고 모든 이별에는 일종의 해방감과 함께 큰 고통이 뒤따른다. (C. 에이 루이스)

죽음과 이별.

죽음은 필연적으로 이별을 동반한다. 이별은 삶의 무상성을 뼈저리게 깨닫게 한다. 그러므로 죽음과 이별은 동의어가 아닐까. 이별은 단순하게 생각하면 시공간의 멀어짐을 의미하지만, 미학적 관점에서 보면 운명적 결별을 의미하며 죽음을 은유하기 때문이다. 가장 강한 사람도 운명을 막지 못한다. 많은 사람들이 너무 늦게 죽고 몇몇 사람들은 너무 일찍 죽는다. 선한 사람은 일찍 죽고, 악인은 늦게 죽는다. only the good die young. 이게 바로 그 소설의 큰 테마 중 하나라고 할 수 있다. 김규현과 이브라함은 참으로 착하고 선한 사람이지만 불의에 일찍 죽기 때문이다. (물론 김규현은 자살한 것인지 여부가 여전히 의문으로 남아 있기는 하다. 그는 사막을 사랑했으니까 사막에서 죽을 기회를 찾고 있었던 것은 아닐까. 그리고 죽음은 자유를 예찬하고 열망했던 그에게 궁극적인 자유가 아니었을까.)

죽음은 필멸하는 모든 생명체의 숙명이다. 만물의 영장인 인간도 어쩔 수 없다. '누구에게나 인생은 한 번, 단 한 번뿐이거늘.' 그러나 영원히 죽지 않기를 진심으로 바라는 어리석은 사람이 과연 있을까? 누가 무엇 때문에 영원히 살기를 원하겠는가. 인생이 얼마나 지루하고 공허한데.

그런데 우리는 또 다른 의미에서 매일 살아가면서 죽음을 겪는다. 성 바울이 말했다. '나는 날마다 죽노라.'

인간의 죽음에는 천수를 다 누리고 죽는 자연사(이때는 집의 침대 또는 병원의 침대에서 편히 죽는다), 날벼락처럼 닥쳐오는 뜻밖의 돌연사나 사고사, 자살, 살인에 따른 죽음, 천재지변(act of god) 같은 신의 짓궂은 장난에 의한 죽음, 막다른 운명의 장난에 의한 죽음, 오만한 인간의 광기에 의한 죽음, 전쟁과 혁명에서의 죽음, 제도적 살인 예컨대 국가기관의 고문, 학살 (우리는 현대사에서 나치의 유대인 홀로코스트, 스탈린의 대학살, 크메르 루즈 대학살, 북한의 폭정과 학살을 기억할 수 있다.), 인간을 심판할 자격이 있는지 의심스러운 멍청한 판사에 의한 살인 선고와 그 집행 등에 의한 죽음이 있다.

굳이 죽음의 과정을 분류하자면 그렇다는 것이다.

그러나, 사람은 죽지만 이별은 남는다.

그러나, 이별은 자유이다.

변호사가 웬 소설을……

초판 1쇄 인쇄 2018년 6월 12일
초판 1쇄 발행 2018년 6월 20일

지 은 이 유중원
펴 낸 이 최종숙
펴 낸 곳 글누림출판사

책임편집 이태곤
편   집 문선희 권분옥 박윤정 홍혜정
디 자 인 안혜진 홍성권
마 케 팅 박태훈 안현진 이승혜

주   소 서울시 서초구 동광로46길 6-6(반포4동 577-25) 문창빌딩 2층(우 06589)
전   화 02-3409-2055(대표), 2058(영업), 2060(편집)
팩   스 02-3409-2059
전자메일 nurim3888@hanmail.net
홈페이지 www.geulnurim.co.kr
블로그 blog.naver.com/geulnurim
북트레블러 post.naver.com/geulnurim

등록번호 제303-2005-000038호(2005.10.5)

정   가 15,000원
ISBN 978-89-6327-518-5 03810

* 이 도서의 국립중앙도서관 출판예정도서목록(CIP)은 서지정보유통지원시스템 홈페이지(http://seoji.nl.go.kr)와
  국가자료공동목록시스템(http://www.nl.go.kr/kolisnet)에서 이용하실 수 있습니다.(CIP제어번호: CIP2018016930)